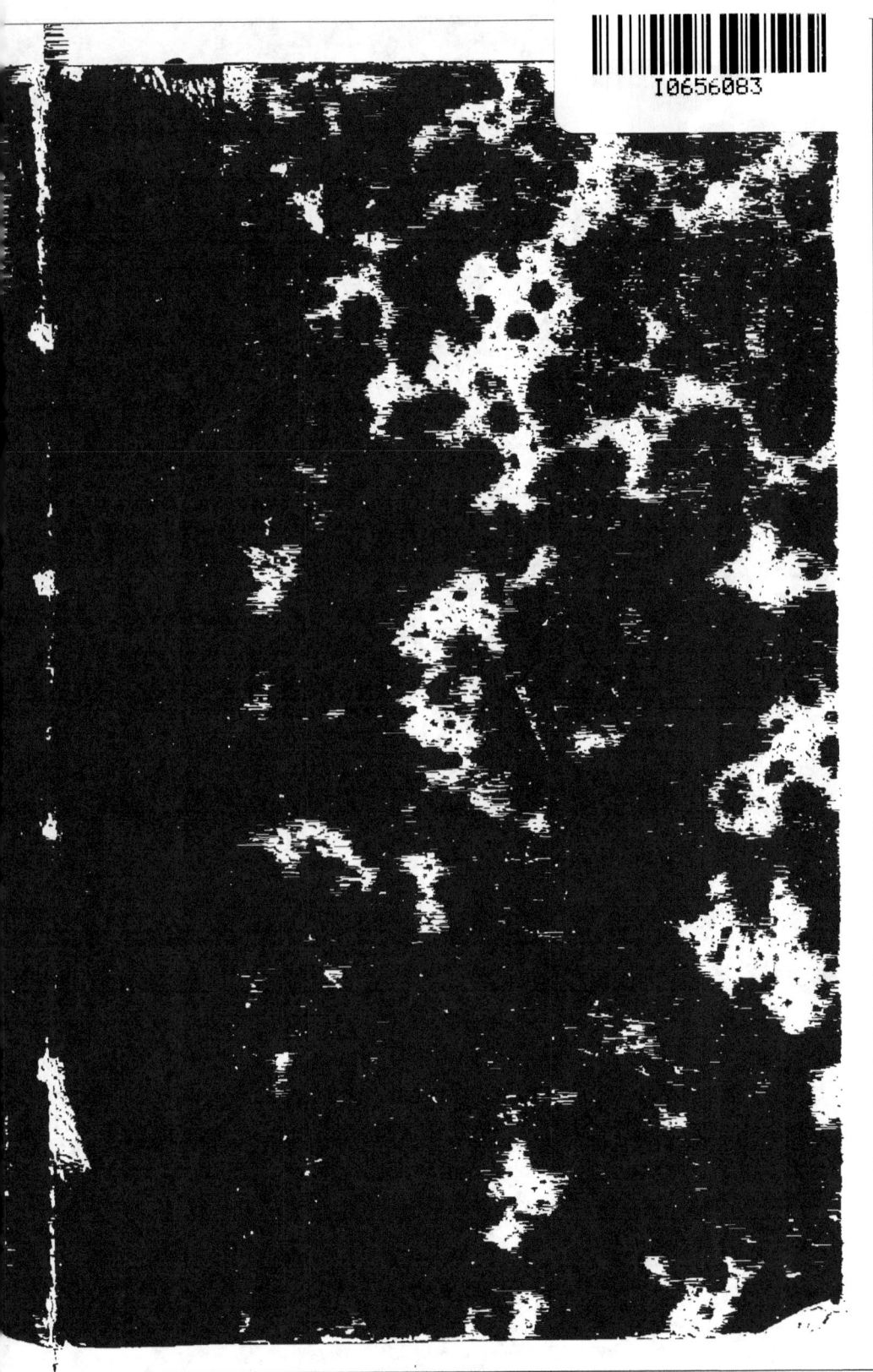

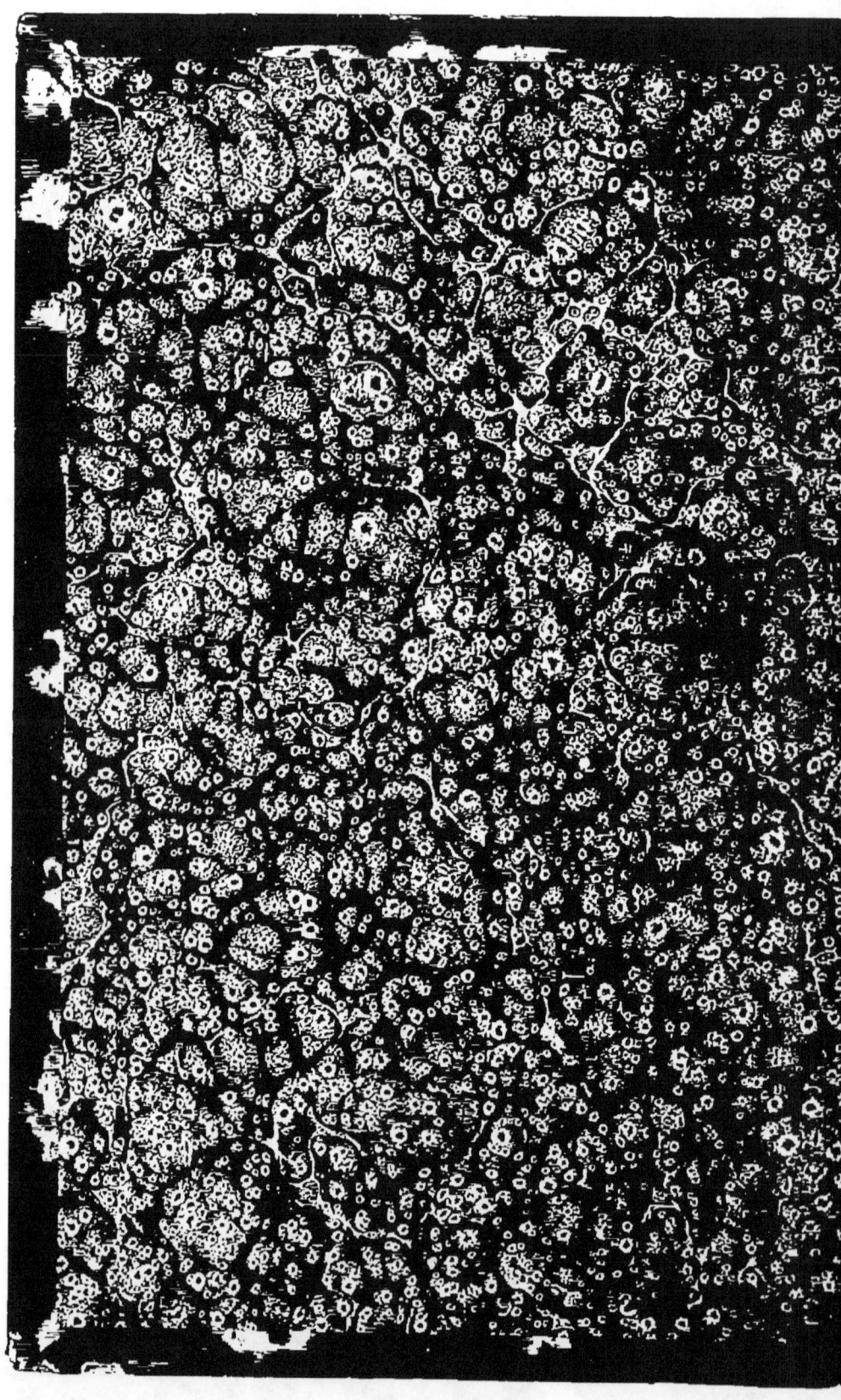

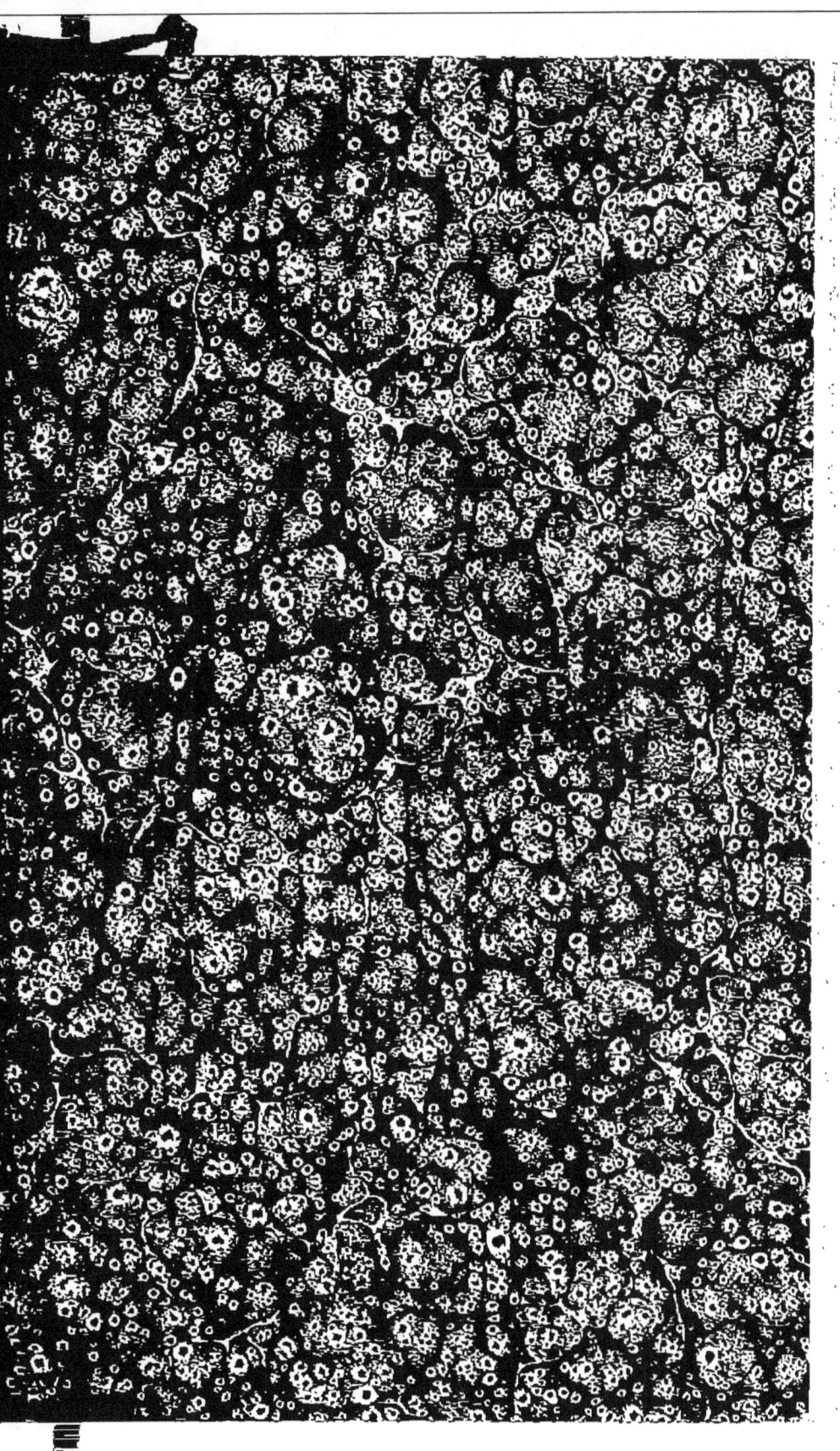

OEUVRES

DE

J. F. REGNARD.

IMPRIMERIE DE FIRMIN DIDOT,

RUE JACOB, N° 24.

OEUVRES

DE

J. F. REGNARD.

TOME QUATRIÈME.

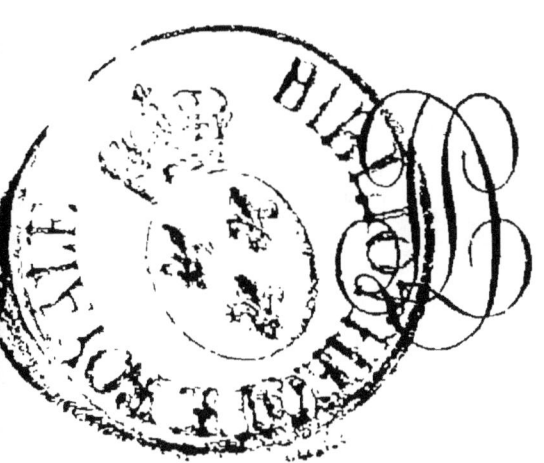

PARIS,

L. DE BURE, LIBRAIRE RUE GUÉNÉGAUD, N° 27.

M DCCC XXV.

SAPOR,

TRAGÉDIE EN CINQ ACTES,

Non représentée.

IV.

1

ACTEURS.

AURÉLIEN, empereur romain.
ZÉNOBIE, reine d'Orient,
ISMÈNE, fille de Zénobie,
SAPOR, fils du roi de Perse, pro-
    mis à Ismène,
} prisonniers d'Aurélien.

SABINUS, tribun de l'armée d'Aurélien.
FIRMIN, confident de l'empereur.
THÉONE, confidente de Zénobie.
GARDES.

La scène est à Palmire, ville de Syrie, conquise
par Aurélien.

SAPOR,

TRAGÉDIE.

ACTE PREMIER.

SCÈNE I.

ZÉNOBIE, THÉONE.

ZÉNOBIE.

Enfin nous la voyons cette grande journée
Qui de tout l'Orient règle la destinée ;
Nous la voyons, Théone, et nos bras désarmés
Rougissent sous les fers dont ils sont opprimés.
Nos honneurs sont détruits : cette grandeur suprême,
Ces armes, ces soldats, ces rois, ce diadème,
Cet éclat triomphant qui brilloit dans ma cour,

1.

Tout s'est évanoui dans l'espace d'un jour.
Ton ame, en ce moment, d'étonnement saisie,
Reconnoît-elle encor la fière Zénobie,
Qui, vengeant un époux et deux fils par ses mains,
Fit pâlir le sénat, et frémir les Romains ;
Et, faisant de leur camp un champ de funérailles,
Les fit souvent pleurer du gain de leurs batailles ?
Hélas ! ce temps n'est plus, Théone ; et nos malheurs
L'emportent, en un jour, sur toutes nos grandeurs.
Il ne me reste rien de ma gloire passée
Que le dur souvenir d'une pompe effacée ;
Et cet amer retour, ce revers que je sens,
De mes honneurs passés me fait des maux présents.

THÉONE.

En quelque état, madame, où le sort vous entraîne,
Vous portez en tous lieux l'auguste nom de reine :
On respecte toujours le mérite abattu ;
Le malheur sert en vous de lustre à la vertu.
Fille et veuve de rois...

ZÉNOBIE.

Et c'est ce qui m'outrage :
A ces titres pompeux tu vois croître ma rage ;
Je sens des mouvements de haine et de fureur,
Qui me rendent mon rang et le jour en horreur.
Je pourrois, écoutant un transport légitime,

M'arracher aux horreurs dont je suis la victime.
On n'est point malheureux, lorsque l'on peut mourir.
Il est mille chemins que je pourrois m'ouvrir;

(Elle montre un poignard caché sous sa robe.)

Ce fer toujours caché, le seul bien qui me reste,
En tout temps, en tout lieu, m'offre un secours funeste;
Et je puis, insultant le sort et ses revers,
Dérober aux Romains la gloire de mes fers.
Mais, hélas! tu le sais, je suis mère; et ma fille,
Débris infortuné d'une triste famille,
M'attache encore au jour par des nœuds que le sang
Et l'amour paternel ont formés dans mon flanc.
Ismène, quel que soit l'excès de sa misère,
Ismène encor peut-être a besoin de sa mère;
Et pour survivre aux maux que l'on me voit souffrir
Il faut plus de vertu cent fois que pour mourir.
Que te dirai-je enfin? l'ardeur de la vengeance
Entretient les lueurs d'une foible espérance.
Le généreux Zabas aux Romains échappé,
Dans nos communs malheurs Sapor enveloppé,
Tout flatte les transports de mon ame inquiète.
La Perse va bientôt, apprenant ma défaite,
Pour arracher son prince à d'odieuses mains,
De soldats aguerris couvrir les champs romains.
Tu sais bien que Sapor, digne sang d'Artaxerce,

Est second fils du roi qui règne dans la Perse;
Que son père voulut, pour cimenter la paix,
Avec les nœuds du sang nous unir à jamais,
Afin que, plus à craindre en rassemblant nos haines,
Nous n'eussions d'ennemis que les aigles romaines.
Il proposa d'unir ma fille avec son fils:
Ma gloire le vouloit, l'état y consentit;
Et, destinant dès-lors un héritier au trône,
Je promis à Sapor ma fille et ma couronne:
Je l'adoptai pour fils; et le roi, dès ce jour,
Envoya, jeune encor, ce prince dans ma cour.
Nourri depuis ce temps dans le métier des armes,
Il voit à tout moment croître Ismène et ses charmes;
Et ce jeune guerrier, charmé de ses appas,
A fait naître l'amour au milieu des combats.
Je vis avec plaisir cette naissante flamme,
Qui, confirmant mon choix, s'emparoit de leur ame;
Et je devois bientôt, par un hymen heureux,
Affermir mon empire, et couronner leurs feux:
Mais du ciel irrité la suprême puissance
De ces cœurs amoureux détruit l'intelligence;
Sapor voit sans espoir enchaîner dans ce jour
Son bras par la victoire, et son cœur par l'amour.

THÉONE.

Madame, espérez tout d'un retour favorable;

Le destin, quel qu'il soit, ne peut être durable :
De cette même main qui verse les malheurs,
Le ciel, quand il lui plaît, vient essuyer les pleurs;
A vos plaintes enfin il faudra qu'il se rende :
Attendez tout de lui.

ZÉNOBIE.

Que veux-tu que j'attende
De ces injustes dieux de la vertu jaloux,
Qui n'ont pu préserver mes fils ni mon époux,
Et qui, m'abandonnant en prenant leur défense,
N'ont pas justifié l'ardeur de ma vengeance?
Que veux-tu que j'attende? hélas! parle, dis-moi,
Ne suis-je pas plus prompte à me flatter que toi?
J'irai (voilà le sort où je suis destinée),
J'irai, traînant ma honte, à ce char enchaînée,
Au milieu des faisceaux, parmi les étendards,
De l'orgueilleux Romain rassembler les regards!
Spectacle d'infamie, esclave confondue,
Des rayons du soleil je soutiendrai la vue!
J'entends déja les cris d'un peuple injurieux,
Qui va m'anéantir de la voix et des yeux.
« Est-ce là, dira-t-il, la fière Zénobie,
« Qui devoit sous ses lois tenir Rome asservie ?
« Voilà par quel triomphe elle vient se venger,
« Et les fers qu'aux Romains elle avoit fait forger! »

Et, tandis que mon cœur dans les douleurs se noie,
Je me verrai l'objet de la publique joie !
Des vainqueurs insultée, aux vaincus en horreur,
Sur moi tout l'univers confondra sa fureur !
Ah ! j'en frémis déja; ma vertu terrassée
Succombe sous le poids d'une telle pensée.
Non, je ne verrai point ces détestables jours :
Que plutôt... Mais rompons d'inutiles discours :
Écoutons des transports dignes de mon courage;
Mettons le fer, le feu, le poison en usage,
D'autres moyens encor. Toi, sans perdre de temps,
Va, cours à Sabinus, dis-lui que je l'attends.

SCÈNE II.

ZÉNOBIE, seule.

Impatients transports, enfants de ma vengeance,
Qui jetez dans mon cœur un rayon d'espérance,
Que je me plais d'entendre, au gré de ma fureur,
Murmurer votre voix dans le fond de mon cœur!
Mais vous me flattez trop, et mon ame égarée
Ne suit que la fureur dont elle est enivrée.
Malheureuse princesse ! où vas-tu t'emporter ?

De quel espoir trompeur te laisses-tu flatter ?
Ce que tu n'as pu faire, et tant de rois ensemble,
Avec tous les soldats que l'Orient rassemble,
Quand ton bras s'étendoit sur cent peuples divers,
Tu veux donc l'entreprendre, et seule, et dans les fers !
Quels secours attends-tu d'une haine impuissante ?
La couronne long-temps fut sur ton front flottante ;
Tu n'as pu l'empêcher de tomber en éclats ;
Tu n'as pu conserver un seul de tant d'états,
Et tu veux d'un vainqueur mettre le trône en poudre !
Ton bras sur ses lauriers veut allumer la foudre !
Au milieu de son camp, dans le sein de sa cour,
Tu veux que Sabinus... Ah ! fuyez sans retour,
Impuissants mouvements de honte et de colère !
Le ciel dans mes malheurs ne veut pas que j'espère ;
Quand je l'implorerois, ce ne seroit qu'en vain ;
A mes vœux, à mes cris il est toujours d'airain.
Mais pourquoi de ses traits voudrois - je encor me
  plaindre ?
Trop contente en effet de ne pouvoir plus craindre,
Je ne t'accuse point, ô ciel, de tes rigueurs ;
Tu m'as rendue heureuse à force de malheurs ;
Quel que soit le courroux dont tu m'as poursuivie,
En me persécutant, ta fureur m'a servie ;
Et, pour fruit de tes coups, sans nombre confondus,

Je me trouve en état de n'en redouter plus.
Mais quoi ! laissant en cris exhaler ma vengeance,
N'aurois-je désormais que les pleurs pour défense ?
Non, non ; s'il faut tomber, que le poids de mes fers
Entraîne, s'il se peut, et Rome, et l'univers ;
Le dessein en est pris.

SCÈNE III.

ZÉNOBIE, THÉONE.

ZÉNOBIE.

         Ah ! reviens donc, Théone,
Calmer l'impatience où mon cœur s'abandonne.
Que t'a dit Sabinus ? viendra-t-il dans ces lieux ?
Le verrai-je ?

THÉONE.

         Bientôt il se montre à vos yeux ;
Dans ce même palais je l'ai trouvé, madame ;
Votre ordre et votre nom ont porté dans son ame
Un plaisir dont ses yeux ont soudain éclaté.
Mais pardonnez, madame, à ma témérité,
Si, suivant trop peut-être un transport de tendresse,

Je cherche à m'informer du trouble qui vous presse.
Aujourd'hui, plus sensible à vos cruels malheurs,
Le temps ne fait en vous qu'irriter les douleurs;
De vos cris plus fréquents ces voûtes retentissent;
De pleurs renouvelés vos beaux yeux s'obscurcissent;
Tout me fait craindre encor quelques malheurs nou-
    veaux.

ZÉNOBIE.

Tu ne rends pas justice à l'excès de mes maux,
Si tu crois que du ciel l'injuste barbarie
De ses traits courroucés puisse attaquer ma vie;
Et tu ne connois pas l'excès de mes malheurs,
Si tu crois l'avenir bon à sécher mes pleurs.
Sur les ailes du temps la tristesse ordinaire
S'évanouit souvent, et devient plus légère:
Mais mes maux ne sont pas de ceux qu'il peut guérir;
Chaque jour, chaque instant ne sert qu'à les aigrir.
Crois-tu donc qu'oubliant la gloire où j'étois née
A ces cruels destins je me tienne enchaînée,
Et que cent fois le jour, par des chemins divers,
Je ne songe en secret qu'à m'échapper des fers?
Que dis-je? Est-ce le terme où mon courage aspire?
Non, ce n'est pas assez de me rendre à l'empire;
Trop de honte en un jour a fait rougir mon front:
Théone, il faut du sang pour laver mon affront:

Si je n'en puis tirer par la force des armes,
On m'aime ; espérons tout du pouvoir de mes charmes.
Tu sais qu'après un siége aussi long que fâcheux,
Lasse de fatiguer le ciel de tant de vœux,
Et d'opposer ces murs pour toute ma défense,
Sans force, sans secours, même sans espérance,
Mes plus vaillants soldats par le fer immolés,
Les remparts de Palmire aux sillons égalés,
Je fus contrainte enfin, sans bruit, presque sans suite,
Dans l'ombre de la nuit d'envelopper ma fuite,
Et d'aller, m'arrachant au bras de mon vainqueur,
Du Perse à mon secours exciter la lenteur.
Déja, tu le sais bien, ma troupe fugitive
De l'Euphrate voisin touchoit presque la rive ;
Déja je me croyois échappée aux Romains,
Quand Sabinus, conduit par de plus courts chemins,
De six mille chevaux qui bordoient le rivage,
Au milieu de la nuit, me ferma le passage.
Je ne te dirai point de quel déluge alors
Le fleuve vit rougir et ses flots et ses bords ;
Tu sauras seulement que, dans nos mains sanglantes,
Le désespoir rendit nos armes plus tranchantes.
L'astre qui nous luisoit de tant de sang pâlit,
Et le jour eut horreur des crimes de la nuit.
Mais que peut la valeur quand le nombre est extrême?

Je cédai sans me rendre ; et Sabinus lui-même,
En m'imposant des fers, adora mes appas ;
Et mes yeux en ce jour surent venger mon bras.
Il m'aime ; et, dans l'ardeur du courroux qui m'en-
    traîne,
Son amour peut servir d'instrument à ma haine :
Il souffre impunément que Firmin aujourd'hui
De bienfaits et d'honneurs soit plus comblé que lui ;
Ce favori nouveau l'aigrit et l'importune :
Unissons nos dédains, notre cause est commune ;
Je me flatte, et mon cœur...

SCÈNE IV.

SABINUS, ZÉNOBIE, THÉONE.

THÉONE.
      Madame, le voici.

ZÉNOBIE.
Va, laisse-nous, Théone, un moment seuls ici.

SCÈNE V.

ZÉNOBIE, SABINUS.

SABINUS.

Madame, près de vous, par votre ordre on m'appelle :
Quel excès de bonheur, quelle heureuse nouvelle,
Si mes soins empressés pouvoient faire, en un jour,
Expirer votre haine, et naître votre amour !

ZÉNOBIE.

A quelque emportement que m'ait poussé la haine,
Je n'ai haï dans vous qu'un fils d'une Romaine ;
Dans la commune horreur vous étiez confondu ;
J'ai toujours cependant reconnu la vertu :
Mais plus dans un Romain je la voyois paroître,
Plus je sentois ma haine en mon ame s'accroître ;
Et cette vertu même étoit crime à mes yeux,
Lorsque je la trouvois dans un sang odieux.
Je la garde aux Romains cette haine infinie :
Voilà tout ce qui reste encor de Zénobie ;
C'est un bien qu'à mon cœur on n'ôtera jamais.
Mais, sans examiner si j'aime ou si je hais,
Vous, prince, expliquez-vous. M'aimez-vous ?

SABINUS.

Ah! madame,

Que du ciel en courroux la foudroyante flamme,
Que l'enfer sous mes pas s'ouvrant...

ZÉNOBIE.

Je vous entends.

Ce n'est point en discours qu'il faut perdre de temps,
Un cœur comme le mien hait ces secours frivoles ;
Je prétends qu'un amant, sans l'aide des paroles,
A travers des dangers courant se faire jour,
Au bruit de ses exploits m'apprenne son amour.

SABINUS.

C'est par mon bras aussi que je prétends, madame,
Avec des traits de sang peindre à vos yeux ma flamme.
Déterminez. Faut-il, en vous tirant des fers,
Vous replacer au trône aux yeux de l'univers ?
Faut-il, sous vos drapeaux, aux deux bouts de la terre,
Rallumer le flambeau d'une funeste guerre,
Semer par tout le camp la discorde et l'horreur ?
L'amour fera pour vous l'effet de la fureur ;
Et, contre le Romain armant le Romain même...
Madame, à ces transports connoîtrez-vous si j'aime ?

ZÉNOBIE.

Depuis cinq ans et plus, l'Orient sous mes lois
D'une cruelle guerre a soutenu le poids.

Le sort seroit douteux; ma rapide vengeance
Offre un plus prompt secours à mon impatience :
Pour servir votre amour, et mériter mon cœur,
Il faut que votre bras immole à ma fureur...

SABINUS.

Prononcez.

ZÉNOBIE.

     Aux transports de cet ardent courage,
Je le crois déja mort, l'ennemi qui m'outrage.

SABINUS.

N'en doutez point, madame; il mourra de mes coups.

ZÉNOBIE.

La victime, du moins, sera digne de vous.
S'il étoit à mes yeux une plus noble tête,
On me verroit sur elle exciter la tempête :
Mais, depuis mes malheurs, il ne s'offre plus rien
Qui paroisse au-dessus du nom d'Aurélien;
C'est lui qu'il faut percer. Quoi! ce grand cœur balance!
Vous ne répondez rien! Que m'apprend ce silence?
Parlez.

SABINUS.

Madame, hélas! le crime...

ZÉNOBIE.

            Finissez...

SABINUS.

L'empereur...

ZÉNOBIE.

Quoi!

SABINUS.

Les dieux... Ah! vous me haïssez
Plus que tous les Romains, plus que l'empereur même.

ZÉNOBIE.

Et qui vous fait juger de cette horreur extrême?
Est-ce donc vous haïr que de mettre en vos mains
Le succès important de mes hardis desseins?
Qu'importe que l'amour ou la haine m'inspire?
N'est-ce pas vous ouvrir un chemin à l'empire?
Qu'espérez-vous encor? Quand on y peut monter,
Est-il quelque moyen qu'on ne doive tenter?
Vous n'aurez pas plus tôt embrassé ma vengeance,
Que l'Orient, en vous respectant ma puissance,
Incertain sous le joug, viendra de toutes parts
Se ranger en un jour près de vos étendards;
Vous verrez près de vous les brigands de Syrie,
Ce qu'arme de soldats l'une et l'autre Arabie,
La Perse, sous vos lois dressant ses pavillons,
De ses meilleurs soldats grossir vos bataillons :
Les habitants épars des sommets de Nyphate,
Ceux qu'arrose le Tigre, et qui boivent l'Euphrate;

IV.   2

Tous ces peuples armés sauront bien sous vos lois
Contre tout l'univers justifier vos droits.
La fortune en ce jour au trône vous appelle ;
Jamais l'occasion ne peut être plus belle:
La discorde par-tout déchire les Romains ;
L'Italie est en proie aux fureurs des Germains ;
Titricus en Espagne, aidé de Victorie,
A d'un joug importun fini la barbarie ;
Et Firmus, ralliant les mécontents épars,
Fait sur le bord du Nil flotter ses étendards.
Vous ne répondez rien ! Qu'ai-je encore à vous dire ?
Vous êtes insensible aux honneurs d'un empire,
Aussi-bien qu'à ma voix qui ne vous touche pas.
Si le trône du monde a pour vous peu d'appas,
Hélas ! puis-je espérer que quelques foibles charmes,
Inutiles secours, vaines et foibles armes,
Seront de quelque prix, exposés à vos yeux ;
Que les coups redoublés d'un sort injurieux,
Que les cruels malheurs dont je suis la victime...

SABINUS.

Ne peut-on vous venger, hélas ! que par un crime ?

ZÉNOBIE.

Non, ce n'est pas le crime, ingrat, qui te fait peur ;
La crainte de la mort saisit ton lâche cœur.
As-tu frémi toujours à cette voix austère

Que fait entendre au cœur une vertu sévère?
As-tu fait autrefois de semblables efforts
Pour dérober ton cœur aux horreurs d'un remords?
C'est donc une vertu de m'arracher au trône,
D'enlever sur ma tête une juste couronne,
De mettre dans mes mains, pour un sceptre, des fers,
Et d'un sang innocent inonder l'univers?
A de telles vertus ton ame est tout ouverte :
Mais, quand il faut saisir l'occasion offerte
Pour purger l'univers d'un tyran odieux,
Et venger en un jour les hommes et les dieux ;
Qu'il faut briser les fers d'une reine innocente,
Et rendre la vertu du vice triomphante ;
Voilà, voilà le crime, et les lâches forfaits
Que ton cœur innocent ne tentera jamais !
Va, lâche, mériter les feux d'une Romaine ;
Je crains plus ton amour que je ne fais ta haine ;
Je rougis qu'en ce jour mes yeux ayent blessé
Un cœur que cette main devroit avoir percé.
Va, cours à l'empereur conter ma perfidie ;
Dis-lui les attentats que conçoit Zénobie :
Mais hâte-toi ; peut-être avant la fin du jour
Le désespoir m'aura vengé de ton amour.

(Elle sort.)

2.

SCÈNE VI.

SABINUS, seul.

Dieux! qu'est-ce que j'entends? et quelle est ma dis-
    grace!
A quoi m'engage-t-on? que veut-on que je fasse?
Moi, j'irai mériter, par un lâche attentat,
Les titres d'assassin, de perfide, d'ingrat!
Quoi! l'on verra ma main, jusqu'alors innocente,
Du sein d'un empereur sortir toute fumante!
D'un prince qui pour moi prodiguant ses faveurs...
Non, je ne puis penser à de telles horreurs;
Tout mon sang en frémit. Trop cruelle princesse,
Faut-il par des fureurs vous prouver ma tendresse?
Si, pour se faire aimer, il n'est que ce chemin,
Laissez du moins au meurtre accoutumer ma main;
Laissez-moi m'essayer sur de moindres victimes;
Et ne commençons point par le plus noir des crimes.

FIN DU PREMIER ACTE.

ACTE SECOND.

SCÈNE I.

AURÉLIEN, SABINUS.

SABINUS.

Quoi! seigneur, quand le ciel, secondant vos guer-
        riers,
Lui-même au champ de Mars cultive vos lauriers,
Au milieu des faveurs que sa main vous envoie,
Votre cœur abattu se refuse à la joie!
Vous seul, d'un noir chagrin par-tout environné,
Plus qu'aucun des vaincus paroissez consterné!
Tout rit à vos desirs : dans vos mains Zénobie
Vous répond du destin du reste de l'Asie;
Et César maintenant peut nous dire, à son choix,
Combien, pour son triomphe, il destine de rois.

AURÉLIEN.

Cher ami, ce grand jour éclairera ma honte;
Et, parmi tant de rois, je crains qu'on ne me compte.

SABINUS.

Seigneur, que craignez-vous? quelle vaine terreur
Vous dérobe à vous-même, et saisit votre cœur?
Depuis que l'Orient est joint à votre empire,
Est-il quelque conquête où votre bras aspire?
Le soleil, trop content d'éclairer vos états,
Ne s'y lasse jamais, et ne s'y couche pas:
Vous commandez, seigneur, du couchant à l'aurore,
Le Scythe vous révère, aussi-bien que le Maure:
Le Tage avec le Rhin s'incline devant vous,
Et d'un juste tribut honore vos genoux.
D'où naît dans votre cœur l'ennui qui vous traverse?
De quelques mouvements soupçonnez-vous la Perse?
Et, tenant dans vos fers Zénobie et Sapor,
Est-il quelque ennemi que vous craigniez encor?

AURÉLIEN.

Non, non, je ne crains plus d'ennemi que moi-même:
Cher Sabinus, enfin, te le dirai-je? j'aime.

SABINUS.

Vous aimez! vous, seigneur, à l'amour immolé!

AURÉLIEN.

Jamais de plus de feux un cœur ne fut brûlé;

Et jamais empereur, suivi de la victoire,
Ne se vit plus à plaindre au comble de la gloire.
Pour garantir mon cœur d'un funeste poison,
J'appelle à mon secours ma fierté, ma raison ;
J'oppose à mon amour mon rang et ma naissance
Le sénat, la vertu, vingt ans d'indifférence :
Hélas ! tout me trahit et me quitte en un jour ;
Fierté, raison, vertu, tout me livre à l'amour.
Oui, je te l'avouerai, depuis cette journée
Que le ciel par malheur rendit trop fortunée,
Où ton bras triomphant ramena dans ces lieux
Une princesse, hélas ! trop charmante à mes yeux,
Je ne me connois plus, ma grandeur m'importune ;
Je condamne les dieux, j'accuse la fortune ;
J'erre dans ce palais, inquiet, incertain ;
Je fuis, mais vainement, j'ai le trait dans le sein.
A tout moment, l'objet dont mon ame est blessée
Est présent à mes yeux, et flatte ma pensée ;
En vain de cet objet je tâche à m'écarter ;
Je veux me fuir moi-même, et ne puis m'éviter.
Que ne la laissois-tu, la princesse orgueilleuse,
Porter aux ennemis sa beauté dangereuse ?
Pourquoi l'arrêtois-tu sur le point d'échapper ?
Pour me servir, hélas ! n'osois-tu me tromper ?
Ne présumois-tu pas, en voyant tant de charmes,

Que la victoire un jour me coûteroit des larmes?
Et ton bras pouvoit-il, la mettant dans mes mains,
Jamais faire un présent plus funeste aux Romains?

SABINUS.

Dieux! qu'est-ce que j'entends? quelle foudre imprévue!
Mon ame à ce revers s'étoit-elle attendue?
Quoi! sur une captive attachant vos regards,
Vous pourriez démentir la fierté des Césars!

AURÉLIEN.

Ah! cruel, qu'as-tu fait?

SABINUS.

Ce que je devois faire,
Ce qu'au bien de l'état il étoit nécessaire;
Et l'Orient, soumis à vos lois pour jamais,
Assure à tout l'empire une éternelle paix.

AURÉLIEN.

Et que m'importe, hélas! du repos de la terre?
Que me sert d'étouffer le flambeau de la guerre,
Si j'allume en mon sein des feux plus violents,
Et dérobe à mon cœur le repos que je sens?
Tout l'Orient conquis, l'Afrique avec l'Asie,
Ne me rendront jamais ma liberté ravie;
Et l'univers entier est pour un empereur
Trop cher, quand il le doit acheter de son cœur.
J'aime cependant, j'aime; et, malgré moi, mon ame

Est en proie aux fureurs de sa nouvelle flamme :
Ce feu trop retenu ne peut plus se celer ;
Et je ne puis, enfin, et me taire et brûler.
Rome, dans ce moment, et l'armée, attentives,
Attendent quel sera le destin des captives ;
Ce jour le prescrira : je destine au soleil
D'un sacrifice heureux le pompeux appareil.
J'attends tout de tes soins ; va, que le camp s'apprête
A célébrer l'éclat d'une si grande fête.
Pour rendre à l'univers ce jour encor plus beau,
L'hymen en ma faveur brûlera son flambeau.
Ismène, dans ces lieux par mon ordre conduite,
Va bientôt de son sort par ma bouche être instruite ;
Je l'attends. Mais on vient. Ma gloire et mon amour
Se reposent sur toi de l'éclat de ce jour.

SCÈNE II.

AURÉLIEN, FIRMIN.

AURÉLIEN.

Eh bien ! Firmin, eh bien ! verrai-je la princesse ?
Viendra-t-elle en ces lieux ?

FIRMIN.

Seigneur, elle s'empresse
A remplir vos desirs, et bientôt, sur mes pas,
Ismène à vos regards viendra s'offrir.

AURÉLIEN.

Hélas !

FIRMIN.

Vous soupirez, seigneur ; et votre ame abattue
Semble, dans ce moment, redouter cette vue.
Vous tremblez !

AURÉLIEN.

Je rougis du trouble où tu me vois.
Toute ma fierté cède au feu que je conçois ;
Et l'amour, me forçant à rompre le silence,
Par ce houteux aveu commence sa vengeance.
Firmin, je fais venir Ismène dans ces lieux
Pour soumettre mon cœur au pouvoir de ses yeux,
Lui dire qu'un hymen à mes jours nécessaire
Doit nous joindre aujourd'hui.

FIRMIN.

Seigneur, qu'allez-vous faire ?
Vous savez quel empire est commis à vos soins.

AURÉLIEN.

Je serois plus heureux, si je le savois moins.

FIRMIN.

Je tremble des malheurs que le ciel vous apprête :
A combien de fureurs offrez-vous votre tête !
Je vois déja, seigneur, vos chefs et vos soldats,
D'un prétexte apparent couvrant leurs attentats,
Et se nommant tout haut vengeurs de la patrie,
Obéir en secret à leur propre furie.
La haine des Romains, ardents à se venger,
Ne souffre point au trône aucun sang étranger :
Cent massacres fameux en ont teint notre histoire.
Vous aurez beau, seigneur, opposer votre gloire,
Des moissons de lauriers, votre rang, vos vertus,
Des rois chargés de fers, des tyrans abattus :
En vain de ces remparts vous voudrez vous défendre,
Quand la liberté parle, on ne veut rien entendre.
Le Romain, attentif à ses premiers destins,
Ne verra plus en vous que le sang des Tarquins ;
Et, cet affront rendant ses fureurs légitimes,
De toutes vos vertus il vous fera des crimes.

AURÉLIEN.

Ainsi que toi, Firmin, je prévois les malheurs
Où d'un aveugle amour m'exposent les erreurs :
Mais je verrois la foudre à partir toute prête
S'allumer dans les cieux et menacer ma tête,
La foudre et ses éclats ne pourroient m'alarmer :

Le sort en est jeté, j'aime, et je veux aimer.

Que le sénat, jaloux de cet hymen, murmure,

Qu'il arme l'univers pour venger cette injure;

Contre tout l'univers je soutiendrai mes droits,

Et saurai me soustraire au caprice des lois :

Je maintiendrai sans lui l'honneur du diadème;

On me l'a confié, j'en rends compte à moi-même :

Qu'on s'en rapporte à moi; la gloire des Romains

Ne peut être remise en de meilleures mains.

Depuis que j'ai reçu les rênes de l'empire,

Aux lois de mon devoir j'ai pris soin de souscrire;

Et dans ce dur chemin où j'ai su m'avancer,

Ce n'est pas s'égarer que de s'y délasser.

FIRMIN.

Oui, seigneur, jamais Rome, en un jour de victoire,

De traits plus glorieux ne marqua son histoire;

L'éclat dont aujourd'hui le sénat est frappé

N'est que de votre gloire un rayon échappé :

Mais vous devez encore arracher à l'envie

Les traits dont elle peut attaquer votre vie,

Ne pas vous en remettre à nos neveux déchus

A peser vos erreurs avecque vos vertus.

Du chemin de la gloire on ne sauroit descendre,

Que la trace n'en soit difficile à reprendre :

En vain par mille exploits on a su s'avancer,

Pour un égarement il faut recommencer.

Il ne sied qu'au cœur foible, aux hommes ordinaires,

A se lasser bientôt dans ces routes austères,

Et se flatter encor, fiers et présomptueux,

Qu'un seul jour de vertu peut faire un vertueux.

Ah! qu'il est beau, seigneur, au vainqueur de la terre,

Qui déchaîne à son gré le démon de la guerre,

Qui tient tout sous ses lois, de borner son pouvoir

Au terme généreux prescrit par son devoir;

De laisser sa vertu seule dans la balance

L'emporter sur le poids de toute sa puissance!

AURÉLIEN.

Tous tes conscils, Firmin, ne sont plus de saison,

Et mes sens égarés ont séduit ma raison;

Une secrète voix, qui ne sauroit se taire,

Me prescrit mieux que toi ce que je devrois faire,

Et contre cet amour m'auroit fait révolter,

Si mon cœur un moment avoit pu l'écouter.

Que fais-je cependant dont ma gloire s'offense ?

Me voit-on de l'empire oublier la défense?

Quels tyrans sont en paix? quels Romains sont pro -

    scrits?

Mes arrêts au sénat de sang sont-ils écrits?

L'univers me voit-il, couvert d'ignominie,

Traîner dans le repos une indolente vie?

Pour fruit de mes travaux, pour prix de mes exploits,
Je ne veux qu'être un jour arbitre de mon choix.
Suis-je donc du sénat ou le maître ou l'esclave?
Attendrai-je à la fin qu'il m'insulte et me brave,
Qu'il décide mon sort? Firmin, n'en parlons plus;
L'amour est mon vainqueur; tes soins sont superflus.
Mais on vient. Que je sens de trouble dans mon ame!

SCÈNE III.

AURÉLIEN, ISMÈNE, FIRMIN, THÉONE.

AURÉLIEN.

Souffrez qu'à vos regards je m'offre ici, madame,
Non plus comme autrefois, que l'horreur et l'effroi
Marquoient par-tout mes pas et voloient devant moi:
Je viens, plein des transports d'une flamme indiscrète,
D'un cœur qui vous adore avouer la défaite,
Me mettre dans vos fers, et dire, à vos genoux,
Qu'il n'est plus dans ces lieux d'autre vainqueur que
vous.

ISMÈNE.

Seigneur, un tel discours a de quoi me surprendre;
J'en demeure interdite, et ne le puis comprendre.

Je n'ai pas oublié qu'un funeste revers,
Après de vains efforts, m'a mise dans vos fers :
Rebut de la fortune, esclave infortunée,
Je sais à quels malheurs le sort m'a condamnée;
Et le plus grand de tous, sans espoir, sans secours,
C'est de n'avoir encor vécu que peu de jours.
Puis-je au milieu des fers conserver quelques charmes ?
Tout le feu de mes yeux s'est éteint dans mes larmes;
Et je les punirois, si leur coupable ardeur
Avoit, en vous touchant, si mal servi mon cœur.

AURÉLIEN.

Madame, je sais bien qu'un soupir en ma bouche
Allume votre haine, et vous rend plus farouche;
Que vous changez le nom d'empereur, de vainqueur,
En celui de tyran et de persécuteur :
Mais enfin, si jamais, dans une ame hautaine,
Par un effort d'amour on peut vaincre la haine,
Malgré tous vos dédains, je suis sûr d'être heureux.
Madame, on n'a jamais ressenti tant de feux;
Et, quel que soit l'excès de votre horreur extrême,
Votre cœur me hait moins que le mien ne vous aime.
Si c'est assez pour vous qu'un empire romain,
Je vous l'offre en ce jour, madame, avec ma main.

ISMÈNE.

A moi, seigneur ! à moi ! Songez...

AURÉLIEN.

                                   A vous, madame.
Quel don plus précieux vous prouveroit ma flamme?
Un empereur, bientôt maître de l'univers,
Seroit-il un captif indigne de vos fers?

ISMÈNE.

Je l'avouèrai, seigneur, une telle victoire
N'éblouit point mes yeux par l'éclat de sa gloire;
Et je dois renoncer sans peine à la grandeur
Qu'il faudroit acheter aux dépens de mon cœur.
Il ne m'est plus permis d'accepter de couronne,
Si Sapor, plus heureux, à mon front ne la donne;
Et même le présent de l'empire romain
M'est odieux, seigneur, offert d'une autre main.

AURÉLIEN.

Que m'apprenez-vous donc? et que m'osez-vous dire?
Sapor... Si de sa main vous attendez l'empire,
Vos vœux avec les siens vers le ciel adressés
Ne seront pas encor dans ce jour exaucés.
Je crois peu que l'état où le ciel l'abandonne
Soit le plus court chemin pour arriver au trône :
Je pourrois me tromper; et, pour sortir des fers,
Peut-être que Sapor a cent chemins ouverts.
Mais, sans trop pénétrer, peut-on savoir, madame,
Par quel heureux secret il a touché votre ame?

Car enfin vous l'aimez. —

ISMÈNE.

Seigneur, jusqu'à ce jour
Mon cœur ignore encor ce que c'est que l'amour.
J'avouerai seulement qu'en ma plus tendre enfance,
Quand mes jours plus sereins couloient dans l'inno-
    cence,
Une mère, avant moi, formant ces nœuds si doux,
Me choisit, de sa main, ce prince pour époux.
Depuis ce temps, hélas! source d'inquiétude,
Je me fais de le voir une douce habitude;
Chaque jour, chaque instant vient irriter l'ardeur
Qui, flattant mes desirs, s'empare de mon cœur.
Quand je le vois, seigneur, une furtive joie
Dans mes yeux indiscrets malgré moi se déploie
Mon cœur, en ce moment, de plaisir pénétré,
Vole au-devant de lui, dans mon sein trop serré:
Quand je ne le vois plus, une langueur secrète
Entretient les ennuis d'une flamme inquiète;
Et, séduite souvent d'un souvenir flatteur,
Je le cherche et lui parle en secret dans mon cœur.
Mes yeux ne s'ouvrent plus que pour voir ses alarmes,
Que pour le regarder, ou pour verser des larmes:
Plus sensible à ses maux que je ne suis aux miens,
Mes fers sont à mon bras moins pesants que les siens;

IV.

Je le plains plus cent fois qu'il ne se plaint lui-même.
Ah! si l'on aime ainsi, j'avouerai que je l'aime.

AURÉLIEN.

N'en doutez point, madame, à ces signes secrets
On reconnoît assez l'amour et ses effets;
Par de plus doux transports il ne sauroit paroître.

ISMÈNE.

J'ai donc senti l'amour, seigneur, sans le connoître :
A ce tendre penchant mon cœur accoutumé
De sa naissante ardeur ne s'est point alarmé.
Trouvant dans mon amour mon devoir même à suivre,
J'ai commencé d'aimer en commençant de vivre;
Et, le temps confirmant mes feux de jour en jour,
Sapor n'a plus tenu mon cœur que de l'amour.
Je ferois plus encor; je donnerois ma vie
Pour lui rendre un moment sa liberté ravie.
Oui, prince, je te l'offre, et je meurs à tes yeux;
Puisse ma mort calmer la colère des dieux !
Trop contente, en mourant, de te le pouvoir dire :
Ayant vécu pour toi, c'est pour toi que j'expire.
Mais ma raison s'égare, et je me sens troubler.
Seigneur, en ce moment, je croyois lui parler.

AURÉLIEN.

A ces égarements, à ces transports, madame,
Vous m'instruisez assez des ardeurs de votre ame;

Mais apprenez aussi qu'un empereur romain
N'est point accoutumé de soupirer en vain ;
Qu'un amant couronné de plus d'un diadème
Prétend être entendu quand il a dit qu'il aime.
Pour ne devoir qu'à vous le don de votre cœur,
J'oubliois tous les noms de maître, de vainqueur ;
Et, m'abandonnant trop aux transports de mon ame,
Je ne me suis paré que de ma seule flamme.
Mais, madame, un moment songez ce que je puis,
Qui vous êtes, quel est Sapor, et qui je suis ;
Songez que, de nommer un rival qui m'offense,
C'est presque de sa mort prononcer la sentence :
Je vous laisse y penser.

SCÈNE IV.

ISMÈNE, THÉONE.

ISMÈNE.

Théone, qu'ai-je dit?
Quel trouble, en ce moment, vient saisir mon esprit?
Quel aveu, quel discours est sorti de ma bouche !
N'as-tu pas remarqué cet air sombre et farouche,

3.

Ces regards incertains, où j'ai lu la fureur
Et les jaloux transports qui déchirent son cœur ?
Il mourra donc, Théone ; et, parceque je l'aime,
Il faudra que ma main l'assassine elle-même !
C'étoit peu qu'en ces lieux conduit par son amour
Il eût abandonné les grandeurs de sa cour ;
Que, prodiguant pour moi son sang avec sa vie,
Son bras de fers honteux sentît la barbarie ;
Je n'avois pas encore assez rempli son sort,
Et j'étois réservée à lui donner la mort.
Hélas ! tout me trahit ; et toi-même, cruelle !
Voilà, voilà l'effet de ta main criminelle :
C'est toi qui, ce matin, par des soins imprudents,
As voulu me parer de ces vains ornements ;
C'est toi qui, par ces nœuds, dont l'appareil m'offense,
De mes cheveux épars as dompté la licence ;
C'est ce zèle indiscret, que je n'approuvois pas,
Qui rallume l'éclat de mes foibles appas.
Ah ! que tes soins cruels me vont coûter de larmes !

THÉONE.

Madame, quelque temps suspendez vos alarmes ;
Le ciel, en ce moment, touché de vos malheurs,
Se prépare à tarir la source de vos pleurs ;
Il vous ouvre un chemin pour monter à l'empire :
Il ne tient plus qu'à vous...

ISMÈNE.

Ah! que m'oses-tu dire,
Cruelle? et jusque-là tu peux donc me haïr?
Ta bouche, avec ta main, s'emploie à me trahir.
J'irois, du vain éclat d'un empire éblouie,
Aux yeux de l'univers montrer ma perfidie!
Et, pour un faux brillant, je vendrois en un jour
Fierté, haine, parents, gloire, vengeance, amour!
Moi, j'irois, me couvrant d'une honte éternelle,
Justifier les noms d'ingrate, d'infidèle!
Ah! périsse en mon cœur ce dessein odieux!
Je tremble, je frémis. Que plutôt à tes yeux...
Mais allons l'informer de tout ce qui se passe;
Tâchons à détourner le coup qui le menace;
A ses mortels ennuis je vais mêler mes pleurs.
Dieux! devroit-il s'attendre encore à ces malheurs?

FIN DU SECOND ACTE.

ACTE TROISIÈME.

SCÈNE I.

SAPOR, ISMÈNE.

SAPOR.

Est-il vrai ? le croirai-je, adorable princesse ?
Quoi ! votre cœur encor dans mon sort s'intéresse !
Trahi de tous côtés, vaincu de toutes parts,
Je puis, sans vous blesser, m'offrir à vos regards !
Vous me voyez sans peine ; et ces yeux pleins de
        charmes
Daignent pour moi s'ouvrir et répandre des larmes !
Pour moi vous préférez la honte de vos fers
Aux honneurs éclatants de cent sceptres offerts !
Un mot changeoit l'état de votre destinée ;
Vous remontiez au trône auquel vous étiez née ;

Et le ciel aujourd'hui, par un juste retour,
Vengeoit les coups du sort par les coups de l'amour.
Cependant, plus sensible au feu qui vous inspire,
Vous abandonnez tout, gloire, grandeur, empire,
Pour qui? pour un captif accablé de malheurs,
Qui ne peut désormais vous offrir que des pleurs,
D'un trône abandonné frivole récompense;
Et, pour comble d'ennui (j'en rougis quand j'y pense),
Ce prince aimé de vous, que vous favorisez,
Ne vous rendra jamais ce que vous refusez.

ISMÈNE.

Ah! prince, dès long-temps par le sort poursuivie,
J'ai prévu les malheurs qui menaçoient ma vie;
Et j'ai toujours bien cru qu'il falloit m'exercer
Au mépris des grandeurs où j'allois renoncer.
Je m'en suis déja fait une longue habitude:
Mais mon cœur à changer n'a point mis son étude,
Et je n'ai jamais cru devoir l'accoutumer
Au malheur imprévu de ne vous point aimer.
Peut-être à mon amour me laissé-je séduire:
Mais, à quelque grandeur où m'élève l'empire,
Le don de votre cœur, cher prince, est, à mes yeux,
Un présent mille fois encor plus précieux.

SAPOR.

Songez-vous qui je suis? Ah! princesse charmante,

Mon ame en ce moment sur mes lèvres errante,
Pour s'échapper de moi, n'attend plus qu'un soupir !
C'est trop pour un mortel ressentir de plaisir :
Arrêtez ces torrents où mon ame se noie,
Et Sapor n'est pas fait pour expirer de joie.

ISMÈNE.

Hélas ! que ces plaisirs vous coûteront de pleurs !
Mon amour est pour vous le dernier des malheurs ;
Craignez que l'empereur...

SAPOR.

Hé ! que pourrois-je craindre ?
Est-il quelque revers dont je puisse me plaindre ?
Hélas ! quand une fois on a vu vos appas,
Il n'est plus d'autre mal que de ne vous voir pas,
Plus de bien que d'avoir un cœur tendre, et capable
De vous aimer autant que vous êtes aimable.

ISMÈNE.

Hélas ! pour tant d'ardeur, pour prix de tant d'amour,
Que fais-je ? Je conspire à vous ravir le jour ;
D'un dangereux rival j'aigris la jalousie,
J'allume ses transports, j'excite sa furie :
Irrité d'un refus qu'il croit injurieux,
Il vengera sur vous le crime de mes yeux.
D'une secrète horreur mon ame prévenue
Ne jouit qu'en tremblant du bien de votre vue :

Je crains pour moi, pour vous; et, lorsque je vous vois,
Je crois toujours vous voir pour la dernière fois.

SAPOR.

Pour la dernière fois! Trop de bonté, madame,
Vous presse à partager les ennuis de mon ame.
Un prince qui n'a pu détourner vos malheurs
Mérite-t-il encor de causer vos frayeurs?
L'univers me verra, victime toujours prête,
Attendre les couteaux suspendus sur ma tête:
Un mot de votre bouche, un regard de vos yeux
Répare pour toujours un sort injurieux;
Et l'on oublie assez son injustice extrême,
Lorsque l'on se souvient seulement qu'on vous aime.

ISMÈNE.

Pour détourner les maux prêts à vous opprimer,
Souvenez-vous, hélas! de ne me plus aimer.

SAPOR.

Moi, ne vous plus aimer! Ma tendresse offensée
Ne soutient point l'horreur d'une telle pensée.
Moi, ne vous plus aimer! Et quel affreux démon
Verseroit dans mon cœur ce funeste poison?
Pourrois-je imaginer un revers plus funeste?
Je vous aime, et c'est là le seul bien qui me reste.
Hélas! j'ai tout perdu; prêt à perdre le jour,
Permettez-moi du moins de garder mon amour.

Mon cœur, en vous faisant un ardent sacrifice,
Du destin courroucé peut braver la malice :
Pénétré de vos feux, c'est vous qui m'animez,
Et je ne vis enfin qu'autant que vous m'aimez :
Heureux, s'il m'est permis, en dépit de l'envie,
De finir à vos pieds ma déplorable vie !

ISMÈNE.

Hélas ! qu'avez-vous fait ?

SCÈNE II.

AURÉLIEN, SAPOR, ISMÈNE, FIRMIN, THÉONE.

ISMÈNE.

J'aperçois l'empereur.
Ciel, détourne les maux que présage mon cœur.

AURÉLIEN.

Je vois avec chagrin qu'en ces lieux ma présence
De vos ardents transports calme la violence ;
Si j'avois cru troubler des entretiens si doux,
Je me serois gardé de m'offrir devant vous.
Si j'en crois mes regards, dans l'excès de ce zèle,
Vous lui juriez, madame, une amour éternelle ;

Et, plein du même feu, je crois qu'à votre tour,
Prince, vous lui juriez une éternelle amour.

SAPOR.

Vos yeux, en ce moment, n'ont point su vous séduire;
Tout ce que sa bonté me permet de lui dire,
Ce que pense un amant de ses feux pénétré,
Ma bouche lui disoit, quand vous êtes entré.

AURÉLIEN.

Mais, vous ne deviez pas, prince, sitôt suspendre
Le cours impétueux d'un entretien si tendre;
J'aurois été témoin de vos ardents discours.

SAPOR.

Si j'en crois votre bouche, elle use de détours.

AURÉLIEN.

Je n'en ai pas besoin; je sais ce que peut dire
L'amour le plus puissant, quand le malheur l'inspire :
Mais, prince, je ne sais si vous êtes instruit
Quel dangereux rival vous traverse et vous nuit.
Vous a-t-on fait savoir qu'il falloit dans votre ame
Étouffer les ardeurs d'une indiscrète flamme;
Que l'empire d'un cœur que le sort m'a donné
Est un bien qu'en secret je me suis destiné;
Qu'aucun autre que moi ne doit plus y prétendre?

SAPOR.

Oui, prince, je le sais; on vient de me l'apprendre :

Mais j'ignorois encor que le sort des combats
Pût disposer d'un cœur, ainsi qu'il fait d'un bras;
Et que les mêmes fers dont on charge une tête
Dussent toujours d'une ame assurer la conquête.
Il est vrai qu'en tout temps un puissant empereur
A travers cent rivaux se fait jour dans un cœur :
Tout fléchit devant lui, tout cède, tout fait place;
C'est pour une mortelle encore trop de grace
De recueillir l'honneur d'un sévère regard
Que sa bonté sur elle a jeté par hasard :
Mais il est certains cœurs, si j'ose ici le dire,
Qu'on n'éblouiroit pas de l'offre d'un empire,
Et qui, dès leur naissance au trône accoutumés,
Même à des empereurs pourroient être fermés.

AURÉLIEN.

S'il s'en trouvoit quelqu'un, une juste puissance
M'assureroit toujours de son obéissance :
Un pouvoir redoutable entraîne à soi l'amour.

SAPOR.

C'est ainsi qu'on emporte un cœur en cette cour ?

AURÉLIEN.

D'une esclave orgueilleuse on sait tirer vengeance
Et l'on y sait, de plus, réprimer l'insolence.

SAPOR.

Insultez, triomphez : peut-être en d'autres temps

Vous m'eussiez épargné ces discours insultants ;
Avant qu'aux champs fumants d'Émesse et de Larisse
Le ciel de mes malheurs se fût rendu complice,
Lorsque vos bataillons étonnés n'osoient pas
Soutenir les éclairs du fer de mes soldats, ·
Incertain du succès que nous devions attendre,
Ces mots dans votre bouche auroient pu se suspendre ;
Ce temps, dont vous pourriez encor vous souvenir,
Peut-être malgré vous pourroit-il revenir.

AURÉLIEN.

En tout temps, en tous lieux, en me voyant paroître,
Prince, vous avez dû respecter votre maître ;
Et, d'un mot, je vous puis empêcher de revoir
Ce temps qui vainement flatte encor votre espoir.

SAPOR.

Le coup devroit avoir prévenu la menace.

AURÉLIEN.

Le coup devroit avoir humilié l'audace
D'un esclave orgueilleux.

SAPOR.

· Dites mieux, d'un rival.

AURÉLIEN.

L'un et l'autre en ce jour mérite un sort égal,
Et tous deux à mes yeux ne sont que trop coupables.

SAPOR.

Peut-être d'autres yeux me sont plus favorables.

AURÉLIEN.

Redoutez leur faveur.

SAPOR.

Je crains plus leur courroux.

AURÉLIEN.

Je vous trouve bien vain.

SAPOR.

Mais du moins peu jaloux.

AURÉLIEN.

Prince, si vous l'étiez, vous seriez moins à plaindre.

SAPOR.

D'un rival tel que vous je sais ce qu'on doit craindre;
Et je demanderois, pour être satisfait,
D'être aimé seulement autant que l'on vous hait.

(Il sort.)

ISMÈNE, à Sapor, qui sort.

Prince, que dites-vous ?

SCÈNE III.

AURÉLIEN, ISMÈNE, FIRMIN, THÉONE.

AURÉLIEN.

Ah! c'est trop de licence;
C'est trop par des raisons fatiguer ma constance :
Laissons de mon courroux ralentir les éclats.
Autant que l'on me hait!...

ISMÈNE.

Ah! ne le croyez pas.

AURÉLIEN.

Je ne le crois que trop : mais si l'on me dédaigne,
Par de plus sûrs moyens j'obtiendrai qu'on me craigne.
Redoutez les transports d'un aveugle courroux;
Tremblez pour lui, madame, et peut-être pour vous.
L'un et l'autre à mes yeux est déja trop coupable,
Lui de vous trop aimer, vous d'être trop aimable.
Je ne vois en Sapor qu'un criminel d'état;
Tout demande sa mort, l'armée et le sénat;
Ce n'est plus un rival que mon courroux opprime :
Je dois à l'univers cette grande victime;
Et je rends grace au ciel de pouvoir, en un jour,

Satisfaire ma gloire, et venger mon amour.

ISMÈNE.

Non, le ciel ne veut point une telle injustice :
S'il vous demande encore un nouveau sacrifice,
Qui retient votre bras ? Frappez, qu'attendez vous ?
Voilà le cœur qui doit expirer de vos coups.

AURÉLIEN.

Déja Sapor devroit être réduit en poudre ;
Mais je veux quelque temps suspendre encor la
    foudre :
Je fais plus, je vous fais arbitre de son sort ;
Vous tenez dans vos mains et sa vie, et sa mort :
Allez le voir, madame, et lui faites entendre
Qu'aux droits de votre cœur il ne doit plus prétendre,
Que vos feux à jamais pour lui sont consumés,
Et qu'enfin aujourd'hui c'est moi que vous aimez.

ISMÈNE.

Il mourra donc, grands dieux ! Quoi ! ma bouche per-
    fide
Pourra lui proférer ce discours parricide !
Et, quand je le pourrois, ah ! ne seroit-ce pas,
Loin de sauver ses jours, avancer son trépas ?
Puisque vous et les dieux voulez cette victime,
Vous l'avez commencé, finissez votre crime :
Si la mort est l'objet de vos lâches desseins,

Qu'il meure par vos coups, et non pas par les miens.

AURÉLIEN.

Enfin par la pitié ma haine retenue
Peut avoir désormais toute son étendue.
Vous le voulez, madame; et je vous ferois tort,
Si je m'intéressois plus que vous à son sort.
Je puis donner l'essor à ma juste vengeance;
Armons-nous, punissons un rival qui m'offense;
Qu'il meure. En le voyant sans vie à vos genoux,
Madame, en ce moment n'en accusez que vous,

(Il va pour sortir.)

ISMÈNE, l'arrêtant.

Ah! seigneur, arrêtez; je suis prête à tout faire:
J'immolerai l'amour et l'amant, pour vous plaire;
Je vais lui prononcer l'arrêt de son trépas;
J'y cours; je lui dirai que je ne l'aime pas.
Que je ne l'aime pas! Eh! le pourra-t-il croire?
Peut-être dans mes yeux il lira le contraire.
Mais n'importe; ma bouche, arrêtant leurs effets,
Lui dira, s'il le faut encor, que je le hais.
Que ne ferois-je point pour lui sauver la vie!

AURÉLIEN.

Ne vous figurez pas que mon ame éblouie
Parmi ces sentiments n'aille se faire jour;
A travers cette haine on verra votre amour.

IV.   4

C'est pour moi, je l'avoue, une foible victoire;
Je sais d'un tel discours ce que je devrai croire;
Dans cet aveu contraint, source de votre ennui,
Votre bouche est pour moi, votre cœur est pour lui.
Mais enfin je vaincrai l'orgueil d'un téméraire;
Et, puisque vous m'ôtez tout espoir de vous plaire,
Je le dirai, cruelle, il m'est presque aussi doux
D'être haï de lui, que d'être aimé de vous.

SCÈNE IV.

ZÉNOBIE, AURÉLIEN, ISMÈNE, FIRMIN, THÉONE.

ZÉNOBIE, à Aurélien.

Il se répand un bruit que je ne crois qu'à peine;
On dit que dans ce jour vous épousez Ismène :
Ce bruit de bouche en bouche est jusqu'à moi venu,
Et dans tout ce palais se trouve répandu.
D'un doute qui m'outrage éclaircissez mon ame :
Épousez-vous Ismène?

AURÉLIEN.

Oui, dès ce jour, madame.

ZÉNOBIE.

Et ma fille pourroit jusque-là s'oublier !

AURÉLIEN.

Elle veut bien plutôt noblement s'allier.

ZÉNOBIE.

Elle y consentiroit ! Non, je ne le puis croire ;
Ma fille n'ira point, insensible à sa gloire,
Immoler sa vengeance, et, vous donnant la main,
Vendre le sang d'un père à son lâche assassin.

(à Ismène.)

Monteroit-elle au trône où le corps de son père
Fait le premier degré ? Que prétend-elle faire ?
Depuis quand, en quel lieu, comment, et par quels
   droits
Est-elle devenue arbitre de son choix ?
Sapor y consent-il ? M'avez-vous consultée ?
La voix de mon époux, l'avez-vous écoutée,
Cette plaintive voix qui suit par-tout mes pas,
Et vous reproche un sang que vous ne vengez pas ?

ISMÈNE.

Et vous aussi, madame ? Hélas ! c'est trop de peines.

ZÉNOBIE.

Non, ce n'est point mon sang qui coule dans tes veines :
Je ne t'ai point portée, ingrate, dans ce sein,
Et tu n'as, en naissant, sucé qu'un lait romain.

4.

Sont-ce là ces transports de haine et de vengeance
Dont j'ai toujours pris soin de nourrir ton enfance?
Est-ce moi qui t'appris à trahir en un jour
Les intérêts du sang, et les droits de l'amour?
Réponds-moi; parle.

ISMÈNE.

Hélas!

ZÉNOBIE.

Insensible! inhumaine!
Tu soupires! Voilà les transports de ta haine,
Fille indigne d'un nom que tu ne peux porter!

AURÉLIEN.

Madame, jusqu'à quand voulez-vous m'insulter?
N'avez-vous pas assez lassé ma patience?
Dois-je encor porter loin l'excès de ma constance?
Mais parmi ces discours, dont je dois être las,
Vous m'instruisez, madame; et je ne savois pas
Qu'en répandant sur vous un rayon de ma gloire
Je misse à votre front une tache si noire;
Et qu'un sceptre romain, par ma main présenté,
Fût un crime pour vous à la postérité:
S'il faut même le dire, avec un œil sévère
Ma fierté dès long-temps avoit vu le contraire;
Et, soigneux de mon nom, j'ai craint jusqu'à ce jour
D'intéresser ma gloire en ce fatal amour.

Mais, madame, aujourd'hui plus sensible à ma flamme,
L'amour, de son côté, vient entraîner mon ame.
Je n'examine point ici qui de nous deux
Hasarde plus sa gloire un jour chez nos neveux :
Quoi qu'il en soit enfin, quoi qu'on en puisse dire,
Je le veux, je l'ordonne, et cela doit suffire ;
Dussé-je me couvrir d'un affront éternel,
Je conduis dans ce jour votre fille à l'autel.

    (à Ismène.)

Vous, madame, arrêtez l'effet de ma puissance ;
Mon amour est encor plus fort que ma vengeance.
Tenez votre promesse : ici tout m'obéit ;
Ces murs me rediront ce que vous aurez dit.

SCÈNE V.

ZÉNOBIE, ISMÈNE, THÉONE.

ZÉNOBIE.

Enfin voilà l'abîme où j'étois attendue !
Dieux cruels, voyez-moi, suis-je assez confondue ?
Je verrai donc ma fille, amenée aux autels,
Avouer sa foiblesse aux pieds des immortels !
Mes yeux seront témoins...

ISMÈNE.

Ah ! de grace, madame,
De reproches affreux n'accablez point mon ame ;
Victime infortunée, un destin malheureux,
M'entraînant à l'autel, triomphe de mes vœux :
Plaignez plutôt mon sort ; pour sauver ce que j'aime,
J'immole mon amour, je m'immole moi-même ;
Sans ce dur sacrifice et cet hymen, hélas !
Ce jour est pour Sapor celui de son trépas.

ZÉNOBIE.

Le jour de son trépas ! dieux ! quelle tyrannie !

ISMÈNE.

Aux dépens de l'amour, il faut sauver sa vie.

ZÉNOBIE.

Le barbare !

ISMÈNE.

Ah ! madame, arrêtons son courroux.

ZÉNOBIE.

Ah ! périssons, ma fille, et Sapor avec nous.
D'un indigne attentat sauvons notre mémoire ;
Nous ne vivons que trop déja pour notre gloire.
Tout est ici soumis à la loi du trépas :
Nous vivons pour mourir, mais nous ne naissons pas
Avec un cœur exempt et de tache et d'offense,
Pour en trahir jamais la sévère innocence :

C'est pour tous les mortels un dépôt précieux,
Qu'ils doivent rendre tel qu'ils l'ont reçu des dieux.

ISMÈNE.

Quels combats !

SCÈNE VI.

ZÉNOBIE, SABINUS, ISMÈNE, THÉONE.

SABINUS, à Zénobie.

Je vous cherche, et ma flamme outragée
Vous promet tout, madame; oui, vous serez vengée;
Un mouvement secret dans le fond de mon cœur
Accuse ma foiblesse et blâme ma lenteur :
Je venge mes délais par mon impatience;
Vos beaux yeux dans mon cœur excitent la vengeance.
Ce cœur d'aucun remords ne se sent combattu;
Et vous servir, madame, est servir la vertu.

ZÉNOBIE.

Quel changement soudain ! Qui cause dans votre ame
Ce retour dont mon cœur...

SABINUS.

L'ignorez-vous, madame?
On vous aime, on me tue aujourd'hui dans ces lieux.

J'en frémis ; l'empereur vous épouse à mes yeux ;
Lui-même il m'a chargé de l'éclat de la fête.
Détournons les éclats de ce coup sur sa tête,
Prévenons ses desseins, détruisons ses projets ;
Changeons, par un seul coup, ses lauriers en cyprès ;
Que les flambeaux ardents de cet hymen célèbre
Éclairent les moments de sa pompe funèbre ;
Qu'il périsse à vos yeux.

ZÉNOBIE.

Prince, je vous entends ;
Ce soin de me venger, ces nobles sentiments,
Ces transports, ces fureurs dont votre ame est saisie,
Je les dois à l'amour moins qu'à la jalousie.

SABINUS.

Et qu'importe, madame, à qui vous les deviez,
Pourvu que le tyran tombe mort à vos pieds ?
Ce généreux courroux, confondu dans mon ame
Avec l'emportement de l'ardeur qui m'enflamme,
Ne vous marque que trop l'amour que j'ai pour vous :
Mon cœur est amoureux autant qu'il est jaloux.

ZÉNOBIE.

Il faut vous détromper ; l'éclat de cette fête,
L'hymen que dans ces lieux par votre ordre on ap-
      prête.
Ces flambeaux dont votre ame a conçu tant d'effroi,

Tout ce que vous voyez ne se fait pas pour moi.
SABINUS.

Ne se fait pas pour vous? Et pour qui donc, madame?
Quel autre objet ici peut exciter sa flamme?
ZÉNOBIE.

Voilà l'objet fatal, et les coupables yeux
Où l'empereur a pris cet amour odieux;
Amour, plus que mes fers, dangereux à ma gloire.
SABINUS.

Vous voulez m'abuser; non, je ne puis vous croire:
Je vous écoute moins que mes transports jaloux;
Et qui vous voit enfin ne peut aimer que vous.
Quoi qu'il en soit, madame, il faut vous satisfaire;
Le dessein en est pris, rien ne m'en peut distraire.
Déja par tout le camp mes fidèles soldats
Sont, au premier signal, prêts à suivre mes pas.
Le bruit de cet hymen, qui vient de se répandre,
Me fait trouver des cœurs prompts à tout entre-
     prendre:
Sévère, Albin, Plautus, pleins d'une noble ardeur,
Des moments retardés accusent la lenteur.
Allons, madame, allons, volons à la vengeance.
Déja plein des transports de mon impatience,
J'ai couru chez Sapor en venant dans ces lieux;
Le succès du complot est écrit dans ses yeux.

Je vais tout préparer pour ce grand sacrifice,
Et contraindre le ciel à nous être propice.

ZÉNOBIE.

Ah ! suivez les transports dont vous êtes épris,
Et songez que mon cœur en doit être le prix.

FIN DU TROISIÈME ACTE.

~~~~~~

ACTE QUATRIÈME.

SCÈNE I.

ISMÈNE, THÉONE.

ISMÈNE.

Où vais-je? où suis-je? Hélas! où courons-nous,
     Théone?
Ma raison me trahit, ma vertu m'abandonne;
Mon cœur est dévoré des plus cruels ennuis;
Je cours dans ce palais sans savoir où je suis;
Je crains d'y rencontrer un malheureux que j'aime;
Je me dérobe au jour; je me cache à moi-même;
Je me fuis, mais en vain; et tout ce que je voi
Me reproche mon crime et s'arme contre moi.
De quel front, de Sapor soutiendrai-je la vue,

Si, de ma trahison déja trop confondue,
Je n'ose regarder ce palais odieux,
Où le sang de mon père est fumant à mes yeux ?
Dieux ! que deviendra-t-il, quand ma bouche cruelle
Lui marquera l'état de mon cœur infidèle ?
Quand il m'entendra dire, interdit et confus,
« Prince, je vous aimois, je ne vous aime plus ;
« Je ne suis plus à vous ; à l'autel entraînée,
« Avec votre rival j'unis ma destinée ;
« Cet hymen se célèbre à vos yeux dans ce jour,
« Et je vais vous trahir par un effort d'amour. »
Ah ! plutôt que lui faire un aveu si terrible,
Fuyons, fuyons, Théone, au sein d'un antre horrible ;
Cachons-nous dans l'horreur des plus sauvages lieux ;
Renonçons pour jamais à la clarté des cieux :
Viens, Théone, suis-moi. Mais quelle horreur m'em-
　　porte !
Ne me souvient-il plus de ces fers que je porte ?
Où puis-je aller, grands dieux ? quels chemins sont
　　ouverts ?
Hélas ! je ne peux plus me cacher qu'aux enfers.

THÉONE.

Madame, à quelques maux que le destin me livre,
Ordonnez de mon sort, je suis prête à vous suivre :
Prompte à briser mes fers, je marche sur vos pas,

Sous un climat brûlant, ou sous de froids climats;
Soit qu'en ce jour fatal votre ombre fugitive
Descende pour jamais sur la funeste rive,
J'irai...

ISMÈNE.

Non, demeurons. En quel affreux séjour
Ne porterois-je pas ma honte et mon amour,
Après avoir conçu le dessein téméraire
D'épouser en ce jour l'assassin de mon père?
Il suffit que mon crime étonne l'univers,
Sans en aller sitôt infecter les enfers.

THÉONE.

Madame, jusqu'ici votre innocente vie
D'aucune tache encor ne se trouve ternie;
Et frustrant l'empereur du don de votre main,
Qui peut vous reprocher...

ISMÈNE.

Quel horrible dessein !
Voilà de tes conseils l'ordinaire injustice !
Et que t'a fait Sapor pour vouloir qu'il périsse?
Que t'ai-je fait, grands dieux! par quel affreux courroux
Veux-tu que contre lui je tourne encor mes coups?
C'est donc peu contre lui que la rage et l'envie;
L'amour, pour l'opprimer, se met de la partie.

SCÈNE 11.

SAPOR, ISMÈNE, THÉONE.

ISMÈNE.

Mais, dieux! je l'aperçois; il tourne ici ses pas.
Dans le trouble où je suis ne m'abandonne pas.

SAPOR.

Enfin le ciel, madame, à mes vœux moins contraire,
Luit d'un rayon plus pur; il permet que j'espère,
Il va m'ouvrir bientôt, en signalant mes coups,
Le moyen de mourir ou de vivre pour vous.
Sabinus, dans l'armée excitant sa puissance,
Des Romains courroucés irrite la vengeance;
Tout le camp mutiné s'arme en notre faveur,
Et mon cœur tout entier se livre à la fureur.
Mais que vois-je, grands dieux! et quel sombre nuage
Vient obscurcir l'éclat de votre beau visage!
Quel changement! Pourquoi détournez-vous vos yeux?
Depuis quel temps vous suis-je un objet odieux?
C'est Sapor qui vous parle. Ah! ma chère princesse,
Jetez les yeux sur moi. Quel sombre ennui vous presse?

Vous ne me dites rien? Ciel! que je sens d'effroi!
Serois-je donc trahi? par qui? comment? pourquoi?
L'aurois-je pu penser? Quel amour! quelle glace!
Est-ce ainsi que vos yeux enflamment mon audace,
Ces yeux où je venois prendre toute l'ardeur
Qui devoit animer et mon bras et mon cœur?
Je vais vous arracher...

ISMÈNE.

Hélas! qu'allez-vous faire?

SAPOR.

Pour vous dans les hasards je cours en téméraire;
Je me livre au destin; quel que soit le danger,
Sur les pas de la mort je vole vous venger.
Mon courage inquiet depuis long-temps murmure
De n'avoir du destin pu réparer l'injure;
Et je suis criminel aux yeux de l'univers,
De vous avoir laissée un moment dans les fers;
Cet univers saura que ce temps, ce silence,
Servoient à méditer une illustre vengeance,
Et que, tout malheureux et tout abandonné,
J'étois digne du cœur que vous m'avez donné.

ISMÈNE.

Hélas!

SAPOR.

Vous soupirez, je vois couler vos larmes.

Et pourquoi verse-t-on du sang avec ces armes?
Cédons à la fureur.

ISMÈNE.

Tournez vos premiers coups
Contre ce cœur ingrat qui ne peut être à vous.

SAPOR.

Qui ne peut être à moi! Ciel! que viens-je d'entendre?
Quelle secrète horreur dans moi va se répandre!
L'ai-je bien entendu, grands dieux? J'en doute encor.
Est-ce Ismène qui parle? ou bien suis-je Sapor?
Qui ne peut être à moi! C'en est donc fait, madame?
L'amour, ce tendre amour, est banni de votre ame;
Vos sens d'une autre ardeur sont enfin prévenus;
Vous m'aimiez autrefois, et vous ne m'aimez plus.
Ne craignez point ici que ma bouche rebelle
Vous accable des noms d'ingrate, d'infidèle,
Vous fasse souvenir des serments et des pleurs
Dont il vous plut jadis irriter mes ardeurs:
Non, pour vous reprocher votre injustice extrême,
Je ne veux exciter contre vous que vous-même;
Au lieu de condamner votre esprit inconstant,
Je vous pardonne tout, si j'en puis faire autant.
Vous me quittez, madame, et je me rends justice,
De mes cruels malheurs je suis le seul complice;
Indigne de vous plaire et de vous posséder,

Méritois-je ce cœur que je n'ai pu garder ?
Devois-je me flatter, puisqu'il faut vous le dire,
Que, toujours insensible aux charmes d'un empire,
Votre amour s'irritant au milieu des malheurs,
Vous oublieriez pour moi le trône et ses grandeurs ?
Espérois-je en effet que, malgré mille obstacles,
Le ciel en ma faveur prodiguât des miracles ?
Croyois-je que toujours... Ah ! trop long-temps déçu,
Malheureux que je suis ! je ne l'ai que trop cru ;
Je me suis trop flatté d'une fausse promesse,
Et du charme imposteur d'une feinte tendresse ;
Ma raison prévenue, et mon cœur enchanté...
Non, je n'étois point fait pour tant de cruauté.

ISMÈNE.

Étois-je faite aussi pour être si cruelle ?

SAPOR.

Vous étiez faite, hélas ! pour n'être pas fidèle :
Vous m'avez abusé d'un espoir trop flatteur ;
Je me croyois aimé, j'adorois mon erreur :
Ne pouviez - vous encor quelque temps vous con -
    traindre ?

ISMÈNE.

Hélas ! connoissez mieux en quel temps je veux feindre.

SAPOR.

Je ne veux rien connoître ; assuré de mon sort,

Mes vœux les plus ardents m'entraînent à la mort ;
J'y vais avec plaisir : il faut du sang, madame,
Pour achever d'éteindre une importune flamme ;
J'y cours...

ISMÈNE.

Que dites-vous ? Ah ! quelle aveugle erreur
Vous fait chercher la mort avec tant de fureur ?
Vivez : si vous mourez, il faut que je vous suive.

SAPOR.

Hé ! pourquoi voulez-vous maintenant que je vive ?
Abandonné, trahi, désespéré, vaincu,
Madame, en cet état j'ai déjà trop vécu.

ISMÈNE.

Quel trouble me saisit ! Je tremble, je frissonne.
Ah ! Théone, fuyons. La force m'abandonne.
Fuyons...

SAPOR.

Vous me fuyez dans ce moment fatal !
Vous courez vous jeter dans les bras d'un rival !
Est-ce ainsi qu'autrefois, sensible à mes alarmes,
Vous me voyiez courir dans les périls des armes,
Lorsque, nous séparant par de tendres adieux,
Vous me suiviez long-temps et du cœur et des yeux ?
Me fuyiez-vous ainsi, quand ma main fortunée
Tenoit à mes drapeaux la victoire enchaînée ;

Quand, revenant vainqueur, j'étalois à vos pieds
Le débris de l'orgueil des rois humiliés,
Des javelots brisés, des aigles menaçantes,
Du sang des ennemis encore dégouttantes,
Des faisceaux arrachés, mille et mille étendards,
Dignes fruits d'un héros, cueillis au champ de Mars ?
Tout couvert de lauriers, et tout brillant de gloire,
Je ne me réservois, pour prix de la victoire,
Que le plaisir charmant de vous la raconter,
Et vous, madame, et vous, celui de l'écouter.
Pour qui donc ai-je mis tant de villes en cendre ?
Pour qui couloit le sang que l'on m'a vu répandre ?
Vous ne l'ignorez pas, j'allois de vos parents
Apaiser, par mon sang, les mânes murmurants.
Ce n'étoit pas assez qu'aux plaines de Larisse
Mon bras leur eût offert un sanglant sacrifice,
Et que vous eussiez vu leurs sillons désolés
Blanchir des ossements dont ils étoient comblés :
C'étoit peu que, traînant les horreurs de la guerre,
De vastes flots de sang j'eusse inondé la terre ;
Il me falloit encor, par de plus grands travaux,
Changer l'ordre du ciel, faire rougir les eaux,
Leur apprendre à couler par des routes nouvelles.
Vous le savez, vos yeux sont des témoins fidèles :
L'Oronte a vu deux fois ses flots précipités.

5.

De cadavres romains dans leur cours arrêtés,
Remonter vers leur source, et, cherchant un passage,
S'égarer dans les champs voisins de son rivage.
Quel fruit de mes travaux ! grands dieux ! N'en parlons
    plus ;
Mes regrets aussi-bien seroient-ils superflus.
O ciel ! tu me devois un destin moins barbare !
Mais calmons la fureur qui de mon cœur s'empare.
Oui, madame, trahi, percé de mille traits,
Je sens que je vous aime encor plus que jamais.

ISMÈNE.

Vous m'aimeriez encor ! Non, je suis trop coupable.

SAPOR.

Pour ne me plus aimer, êtes-vous moins aimable ?

ISMÈNE.

Vengez-vous par la haine, armez votre courroux.

SAPOR.

Pour me venger, hélas ! quel chemin m'ouvrez-vous ?

ISMÈNE.

Je le dirai pourtant : du destin poursuivie,
Je devrois être plainte, et non être haïe.
Vous le saurez un jour.

SAPOR.

        Ah ! dans mon désespoir,
Votre bouche déja m'en a trop fait savoir ;

Ne m'apprenez plus rien : je n'ai rien à vous dire,
Je ne vous retiens plus, allez chercher l'empire ;
Tandis que, d'autre part, en proie à ma fureur,
Je vais, pour me venger, chercher un empereur.
Qu'il me tarde de voir mon bras, de sang avide,
Se perdre dans le sein du traître, du perfide !
Lorsque dans les combats je signalois mes coups,
Je n'étois qu'amoureux, je n'étois point jaloux ;
Par les coups de l'amour j'ai commencé ma vie,
Faisons sentir ici ceux de la jalousie ;
Le champ nous est ouvert, il faut s'y signaler.
Cruel, tu périras, et ton sang va couler.

ISMÈNE.

Ah dieux ! que dites-vous ?

SAPOR.

En vain votre tendresse,
Tremblante pour ses jours, dans son sort s'intéresse ;
Il mourra de mes coups, j'irai chercher son cœur.
Mais, hélas ! pardonnez à ma juste fureur,
Si, pressé du transport d'une jalouse rage,
Je ne respecte point votre divine image ;
Si je perce ce cœur pour effacer des traits,
Ailleurs que dans le mien, infidels, imparfaits,
Et si, l'amour rendant ma fureur légitime,
J'immole, en me frappant, une double victime.

ISMÈNE.

Sortons d'ici, Théone, je me sens accabler;
Je tremble, je chancelle, et je ne puis parler.

SCÈNE III.

SAPOR, seul.

Enfin dépouillons-nous d'une feinte apparence;
Déchirons maintenant ce voile de constance
Où ma foiblesse a su si long-temps se cacher;
Il n'est plus de témoins pour nous la reprocher.
Ouvrons enfin la scène, exposons à la vue
Les sentiments secrets d'une ame toute nue.
Éclatez, mes regrets trop long-temps retenus;
Je vais mourir bientôt, je ne me plaindrai plus.
Voilà pour quel usage on me laissoit la vie!
Ciel, tu me réservois à cette perfidie!
Eh bien! es-tu content? La fortune et l'amour
M'ont-ils assez joué l'une et l'autre à leur tour?
O trop flatteur espoir, détruit dans sa naissance!
A quel point se réduit toute mon espérance!
Je vais mourir; et pour comble d'horreur, hélas!
Ismène est infidèle et ne me plaindra pas.

Je ne vous verrai plus, ingrate, encore aimable ;
Je ne vous verrai plus ! quel mot épouvantable !
Je tremble, je frémis, je sens couler mes pleurs !
Ah ! qui peut exciter ces indignes terreurs ?
Est-ce la mort, grands dieux ! qui cause mes alarmes ?
Est-ce l'amour trahi qui m'arrache des larmes ?
Je ne sais : mais, hélas ! renonce-t-on au jour
Quand on ne peut encor renoncer à l'amour ?
Qui pourra vous aimer autant que je vous aime,
Quand, de vos cruautés m'étant puni moi-même,
Je serai descendu dans l'infernale horreur ?
Mais quel transport jaloux s'élève dans mon cœur ?
Quoi ! l'on vous aimera (j'en frémis quand j'y pense),
Et je ne vivrai plus pour venger cette offense !
Ah ! de quels soins cruels viens-je ici m'affliger ?
Ismène encor vivra, c'est trop pour me venger.
Elle a pu me trahir, l'ingrate ! sera-t-elle
Pour un nouvel amant plus que pour moi fidèle ?
Non, je serai vengé dans le sein du trépas.
Mais, tandis que je vis, vengeons-nous par mon bras.
Quel autre mieux que moi puniroit cet outrage ?
Que l'amour dans mon cœur se convertisse en rage :
D'un orgueilleux rival allons percer le flanc,
Et noyons son amour dans les flots de son sang.
Courons, qu'attendons nous ? qu'il périsse !...

SCÈNE IV.

SAPOR, ZÉNOBIE.

SAPOR.

Ah! madame,
Venez voir le désordre et l'horreur de mon ame;
Venez, considérez l'état où l'on m'a mis :
Vous ne direz jamais quels sont mes ennemis.
Le jour m'est à présent une peine cruelle;
Je suis trahi, madame; Ismène est infidèle,
Ismène, votre fille! et dans quel temps, grands dieux!
Lorsque je vais verser tout mon sang à ses yeux;
Et que mon bras, armé pour se rendre justice,
Des destins ennemis va dompter la malice.
Ah! que ne suivoit-elle encor quelques momens
Le cours toujours trompeur de ses déguisemens?
Par pitié, pour le moins, que ne me laissoit-elle
Dans l'erreur où j'étois de la croire fidèle?
Que ne se faisoit-elle encore un peu d'effort?
Les dieux n'alloient-ils pas ordonner de ma mort?
J'aurois abandonné ma languissante vie

Avecque plus d'amour et moins d'ignominie.

ZÉNOBIE.

Prince, calmez l'excès de vos ressentiments ;
Le temps attend de vous d'autres emportements.
D'un tyrannique amour déplorable victime,
Ma fille est malheureuse, et voilà tout son crime :
Son infidélité dans ce jour malheureux,
Bien plus que sa constance, a fait briller ses feux.
D'amour et de terreur son ame combattue
A de tendres frayeurs s'est à la fin rendue ;
Une loi trop cruelle arrachoit un discours
Qu'elle ne prononçoit que pour sauver vos jours.
Non que je veuille ici, trop pleine de tendresse,
Faire grace à l'amour, et cacher sa foiblesse.
Si de meilleurs conseils avoient été suivis,
Ma fille, vous et moi, nous serions tous péris,
Plutôt qu'un lâche aveu fût sorti de sa bouche ;
Mais enfin, plus sensible à l'ardeur qui la touche,
Ismène a consenti, dans ce funeste jour,
Pour sauver son amant, d'immoler son amour.

SAPOR.

Ah ! que me dites-vous ? Est-il bien vrai, madame ?
A ce flatteur espoir puis-je livrer mon ame ?
Quoi ! malgré ses froideurs, Ismène, dans son cœur,
Auroit désavoué ce discours imposteur ?

Ces sentiments trompeurs, arrachés par la feinte,
N'étoient que des effets d'amour et de contrainte ?
Ah ! pardonnez, Ismène, à mon aveuglement ;
Pardonnez aux transports d'un trop crédule amant ;
Je vous crois criminelle, et je suis seul coupable :
Vous ne serez jamais à mes yeux plus aimable,
Maintenant que je sais le prix de vos combats,
Que quand vous me direz que vous ne m'aimez pas.
Mais peut-être, madame, une pitié secrète,
Plus que la vérité, dans mon malheur vous jette :
Car enfin deux amants, en cette extrémité,
De la feinte aisément percent l'obscurité.
Hélas ! d'un seul soupir elle eût calmé l'orage,
Dissipé mes frayeurs, rassuré mon courage.
Eh ! contrainte à tenir un discours odieux,
Son cœur ne pouvoit-il s'exprimer par ses yeux ?

ZÉNOBIE.

Tout mentoit dans Ismène ; et ses regards timides
Craignoient d'en trop apprendre à des témoins per-
    fides :
On l'observoit.

SAPOR.

    Madame, ah ! que m'apprenez-vous ?
On l'observoit, grands dieux ! Ah ! courons, hâtons-
    nous :

Nos projets sont détruits; tout est perdu, madame.
Hélas! dans les transports qui déchiroient mon ame,
Je n'aurai pu me taire; on saura... j'aurai dit...
Je sens que dans mon cœur l'espoir s'évanouit.
Tout est perdu, madame, et je vous ai trahie.
Quel malheur! quel revers! dieux! quelle est donc
    ma vie?
Tous mes moments ne sont qu'un éternel retour
De la crainte au dépit, de la rage à l'amour.
Allons, courons finir mes jours et ma misère :
Ciel, je ne serai plus l'objet de ta colère!
Il ne te reste plus contre moi qu'un seul trait;
Je l'attends : tonne, frappe, et je suis satisfait.

ZÉNOBIE.

Il n'est plus temps ici de se répandre en plaintes;
Défendez votre cœur contre ces vaines craintes;
Que ce nouveau malheur, et peut-être incertain,
Ne serve qu'à hâter les coups de votre main.
Dans mon appartement Sabinus va se rendre;
De ses soins empressés nous devons tout attendre.
Nous avons des amis touchés de nos malheurs,
Et la pitié n'est pas éteinte en tous les cœurs.
Enflammé par l'amour, animé par la gloire,
Prince, je crois vous voir voler à la victoire.

SAPOR.

Allons, madame, allons ; le succès est certain,
Si je puis seulement avoir le fer en main.

FIN DU QUATRIÈME ACTE.

ACTE CINQUIÈME.

—

SCÈNE I.

ZÉNOBIE, ISMÈNE, THÉONE.

ZÉNOBIE.

Non, non, vous n'irez point : qu'il vienne ici, s'il l'ose,
Achever cet hymen que son cœur se propose,
Vous arracher des bras d'une mère en fureur.
Il est plus d'un chemin pour aller à son cœur ;
Mon bras, mieux que vos yeux...

ISMÈNE.

L'ardeur de la vengeance
Est un foible secours contre tant de puissance.
Que pourront nos efforts ?

ZÉNOBIE.

Eh bien ! cours à l'autel,

Va verser sur ton front un opprobre éternel ;
Mais, avant de partir, vois ces voûtes sanglantes,
Du meurtre de ton père encor toutes fumantes ;
Vois ce palais rempli du nom de tes aïeux :
Tout reproche ton crime à tes perfides yeux.
Si de ces monuments exposés à ta vue,
Ton ame, en ce moment, n'est assez confondue,
S'il te faut des objets empruntés chez les morts
Pour aller dans ton cœur exciter des remords,
Ombre de mon époux[1]. . . . .

. . . .

SCÈNE II.

ZÉNOBIE, ISMÈNE, SAPOR, THÉONE.

SAPOR.

Je cède enfin, madame, à mon impatience ;
Les moments sont trop lents, je cours à la vengeance.

---

1 On a cherché vainement dans les ouvrages manuscrits
de M. Regnard ce qui manque en cet endroit ; et, ne l'ayant
pu recouvrer, on a été obligé de laisser la scène telle qu'elle
est.

Sabinus ne vient point, il faut l'aller chercher;
C'est trop long-temps ici l'attendre et se cacher;
Il est temps maintenant que le ciel se déclare.
Quel que soit le trépas que le sort me prépare,
Je mourrai satisfait, si d'un coupable cœur,
En versant tout mon sang, je puis laver l'erreur.
Dans le temps que pour moi votre tendresse éclate,
Je vous crois infidèle, et je vous nomme ingrate:
Dans ce moment pourtant, vos yeux en sont témoins,
J'étois plus malheureux, je n'en aimois pas moins;
Et, n'accusant que moi d'une fausse inconstance,
Je vous gardois toujours un reste d'innocence:
Non que par ces raisons je veuille m'excuser;
Peut-être qu'un moment j'ai pu vous accuser;
Et ce cruel moment, dont le retour m'accable,
A vos yeux pour toujours doit me rendre coupable.
Ah! périsse un soupçon né de mon désespoir,
Et le crédule cœur qui le peut concevoir!
Je vole l'en punir. Vous m'aimez, je vous aime;
Rien ne peut mieux venger l'amour que l'amour
        même:
Je m'arrache à vos yeux; vous ne me reverrez
Que triomphant, ou mort.

                    ISMÈNE.

            Ah! prince, demeurez:

Je tremble pour vos jours. Aux coups de la tempête
Laissez-moi présenter une moins chère tête.
Si je vous exposois aux horreurs du danger,
Ce seroit me punir bien plus que me venger;
Et, quoique vos périls m'apportassent des charmes,
Je serois mal payée encor de mes alarmes;
D'autres me vengeront.

SAPOR.

           Madame, à cet emploi
Que vous me refusez, qui destinez-vous ?

ISMÈNE.

                       Moi.
Dans les nobles transports du courroux qui m'anime,
Si je vais à l'autel, ce n'est plus en victime :
J'y cours pour immoler un tyran odieux;
Et mon bras va venger le crime de mes yeux.

SAPOR.

Je renonce à ce prix, madame, à la vengeance :
Vous allez à l'autel flatter son espérance;
Ah! quand il y devroit expirer de vos coups,
Mon cœur de son bonheur seroit encor jaloux.
Non; laissez-moi, madame, achever mon ouvrage :
Moi seul j'espère tout du feu de mon courage;
Et, si je ne remets l'Orient sous vos lois,
Je dispense les dieux d'appuyer mes exploits.

SCÈNE III.

AURÉLIEN, ZÉNOBIE, ISMÈNE, SAPOR,
THÉONE, FIRMIN, GARDES.

ZÉNOBIE.

Quel coup de foudre affreux ! dieux ! quel revers funeste !

ISMÈNE.

Ciel ! conservez Sapor, j'abandonne le reste.

AURÉLIEN.

Non, prince, il n'est pas temps encore de partir ;
Sabinus doit ici vous venir avertir :
Je viens vous en porter les dernières nouvelles ;
Son supplice déja sert d'exemple aux rebelles,
Et le vôtre bientôt instruira l'univers
Qu'il n'est que ce chemin pour sortir de mes fers.
Et vous, madame, et vous, l'objet de ma foiblesse,
Voilà donc de quel prix vous payez ma tendresse !
A cet illustre emploi vous destiniez ses jours,
Quand vos larmes tantôt m'en demandoient le cours.
Ah ! c'est trop sous l'amour faire gémir la gloire.

IV   6

SAPOR.

Par quel aveuglement aurois-tu donc pu croire
Que Sapor pût jamais former d'autre dessein
Que de briser ses fers et te percer le sein ?
Je te le dis encor ; pour assurer ta vie,
Il faut qu'auparavant la mienne soit ravie.
Quels que soient mes destins, libre ou chargé de fers,
Je prétends te haïr même au fond des enfers.
Que tardes-tu, barbare, à m'y faire descendre ?
Tes bourreaux sont-ils prêts ? Tu risques trop d'at-
    tendre.
Crains, tant que je respire, un coup mal arrêté.

AURÉLIEN.

Ainsi bientôt mes jours seront en sûreté.

SAPOR.

Le plus affreux trépas n'a rien dont je pâlisse.

ISMÈNE.

Et vous pouvez, seigneur, commander qu'il périsse?
Il n'est point criminel; c'est moi qui dois périr.

SAPOR.

Pourquoi m'enviez-vous la gloire de mourir ?
Accordez à mes vœux cette grace, madame;
C'est tout ce que j'attends pour le prix de ma flamme :
Et mourant, en ce jour, à vos yeux et pour vous,
Quel autre sort ailleurs pourroit m'être plus doux ?

Je triomphe : un rival à mon sort porte envie.
Tout le regret que j'ai d'abandonner la vie
Vient de t'y voir encor : c'est un crime pour moi
D'en sortir sans punir un tyran tel que toi.

AURÉLIEN.

C'est trop d'un orgueilleux suspendre le supplice.
Tes jours sont à leur fin. Gardes, qu'on le saisisse.
Firmin, obéissez.

ISMÈNE.

Ah ! s'il meurt aujourd'hui,
Seigneur, ordonnez donc que je meure avec lui.
Sapor... Mais il me quitte, hélas !

SAPOR.

Vous soupirez !
Vous m'aimez, et je meurs ; je meurs, et vous pleurez.
Trop heureux en mourant de causer vos alarmes !
Et mon sang est cent fois trop payé de vos larmes.
Adieu, belle princesse, adieu.

6.

SCÈNE IV.

AURÉLIEN, ZÉNOBIE, ISMÈNE, THÉONE,
SUITE.

ISMÈNE.

Quelle injustice !
Sapor, vous me quittez pour courir au supplice.
Arrête, cher amant, je vole sur tes pas
M'unir à toi du moins dans le sein du trépas :
Tu ne mourras pas seul. Retirez-vous, perfides ;
Laissez-moi l'arracher à des mains parricides,
Et vous offrir un cœur que vous puissiez percer.
Traîtres, éloignez-vous. Mais je ne puis passer.
Ce n'est donc que pour moi qu'on devient pitoyable :
On punit l'innocent, on pardonne au coupable.
Ah ! seigneur, suspendez un arrêt plein d'horreur :
Ordonnez de ma main, disposez de mon cœur.
Par ces sacrés genoux que je tiens, que j'embrasse,
Détournez sur moi seule un coup qui le menace ;
Au nom de ce qui fut le plus cher à vos yeux ,
Au nom de notre hymen, seigneur, au nom des dieux !

ZÉNOBIE.

Finissez un discours dont ma fierté murmure,
Ma fille : une faveur est pour nous une injure,
Lorsque notre ennemi la dispense à nos soins ;
Nous pourrions, vous et moi, l'en haïr un peu moins,
Et les jours de Sapor, quelque amour qui nous presse,
Seroient trop achetés d'une telle foiblesse.

ISMÈNE.

Madame, en ce moment, peut-être ce héros
Rend les derniers soupirs sous le fer des bourreaux.
Ah ! cruels, de quel sang arrosez-vous la terre !
Barbares, redoutez les éclats du tonnerre ;
Suspendez vos couteaux, désarmez vos fureurs.
Ah, seigneur ! Mais je vois vos secrètes horreurs.
Non, vous ne voulez point que ce héros périsse ;
Votre cœur désavoue une telle injustice :
Je le sais, je le vois. Ah ! partez, courez tous,
Allez vous opposer à ces indignes coups ;
L'empereur vous l'ordonne, allez ; j'y cours moi-même.
Seigneur...

SCÈNE V.

FIRMIN, AURÉLIEN, ZÉNOBIE, ISMÈNE,
THÉONE.

ISMÈNE.

Mais, dieux ! Firmin... Mon horreur est extrême.
(à Firmin.)
Ah ! barbare, c'est vous dont les secours trop lents...
C'est vous... Sapor est mort ! O ciel ! il n'est plus temps !
Hélas !

AURÉLIEN.

Quelle raison près de moi te rappelle ?
Le camp a-t-il déja vu le sang d'un rebelle ?
Sapor vit-il encor ? Quelqu'un m'a-t-il trahi ?
Explique-toi.

FIRMIN.

Seigneur, vous êtes obéi ;
Et sa mort dans ces lieux est déja répandue.
Sapor s'étoit soustrait à peine à votre vue,
Que, brûlant d'arriver au lieu de son trépas,
Son ardeur devant nous précipitoit ses pas ;

Quand, bientôt parvenu sous ces pompeux portiques
Où des rois ses aïeux sont les bustes antiques :
« Arrêtons-nous ici, dit-il ; c'est dans ces lieux
« Qu'à ces bustes chéris j'expose mes adieux.
« Vous, héros, qui, couverts d'une éternelle gloire,
« M'avez vu, comme vous, suivi de la victoire,
« Offert à vos regards, il doit m'être bien doux
« De répandre le sang que j'ai reçu de vous,
« Ne l'ayant pu verser dans le sein de la guerre. »
Aussitôt, d'un effort plus prompt que le tonnerre,
Nous le voyons saisi du fer d'un des soldats.
« Lâches, retirez-vous ; qu'on ne m'approche pas,
« Dit-il ; je veux ici vous épargner un crime,
« Et porter seul des coups dignes de la victime. »
A ces mots se taisant, d'une intrépide main,
Il enfonce le fer promptement dans son sein ;
Il se perce, son sang par deux canaux bouillonne ;
Ce spectacle sanglant n'offre rien qui l'étonne ;
Il sent glisser en lui la mort, sans se troubler ;
Et lui seul, sans effroi, voit tout son sang couler :
Mais bientôt, d'un visage où la mort étoit peinte,
Le regard languissant, et la voix presque éteinte :
« Je meurs, enfin, dit-il, et les dieux l'ont permis ;
« Aurélien peut vivre, il n'a plus d'ennemis.
« Vous, Ismène... » A ce mot, qu'à peine il a pu dire,

Ce prince s'affoiblit, chancelle, tombe, expire :
Je l'ai laissé, seigneur, sans forces, étendu
Parmi les flots de sang qu'il avoit répandu ;
Il ne vit plus enfin.

 AURÉLIEN.

Le trépas d'un seul homme
Affermit pour jamais la puissance de Rome :
Je n'ai plus rien à craindre, enfin ; et, dans ce jour,
J'assure, d'un seul coup, mon trône et mon amour.

ISMÈNE.

Il est mort, et je vis, et je respire encore !
Et je te vois, cruel ! Tu m'aimes, je t'abhorre.
Ce n'est qu'avec le fer que tu touches un cœur,
Monstre que les enfers ont produit en fureur !
Éloigne-toi, barbare ; évite ma présence ;
Crains que Sapor encor ne vive en ma vengeance :
J'aurois déja puni tes lâches attentats,
Si de ton sang impur j'osois souiller mon bras :
Dans les frémissements de mon horreur extrême,
Je n'ose t'approcher pour te percer moi-même ;
Je réserve ma main pour un plus noble emploi :
Lâche, voilà le coup que je gardois pour toi.

(Elle se tue.)

ZÉNOBIE.

Que vois-je ? juste ciel !

AURÉLIEN.

Quel spectacle effroyable !

ZÉNOBIE.

L'aurois-je dû penser ? Quel coup épouvantable !

AURÉLIEN.

Ismène, hélas ! Ismène...

ISMÈNE.

Ah ! ne m'approche pas ;
J'irai, sans ton secours, dans la nuit du trépas ;
Je te laisse, en mourant, un noble exemple à suivre.
J'aimois, j'aimois Sapor, je n'ai pu lui survivre :
Si tu m'aimes, suis-moi dans le séjour affreux ;
Viens m'y voir dans les bras de ton rival heureux.
Mais que dis-je ? grands dieux ! égarée, éperdue...
Ah ! n'y suis point mes pas, n'y souille point ma vue ;
Si tu t'y présentois, je voudrois le quitter :
Barbare, je ne meurs qu'afin de t'éviter.

ZÉNOBIE.

Ma fille, vous mourez ! Ce coup est mon ouvrage.
O mère infortunée ! étoit-ce à cet usage
Que ce fer malheureux dans vos mains étoit mis ?

ISMÈNE.

Madame, je fais plus que je n'avois promis.
Je meurs.

AURÉLIEN.

O coup fatal !

ZÉNOBIE.

O ma fille!

THÉONE.

Elle expire!

(Elle emporte Ismène.)

SCÈNE VI.

AURÉLIEN, ZÉNOBIE, FIRMIN.

ZÉNOBIE.

Oui, barbare, à tes yeux, je veux bien te le dire,
C'est moi, c'est ma fureur qui lui mit dans la main
Ce poignard tout sanglant pour t'en percer le sein.
Elle est morte, et son bras a trahi son courage :
Mais je vis, et le mien achèvera l'ouvrage.
Tu m'as ravi, perfide, empire, enfants, époux;
Mais il me reste un bien, et plus cher et plus doux
Que ne furent jamais époux, enfants, empire :
C'est une horreur de toi que je ne saurois dire.
J'aime mieux voir ma fille, avançant son trépas,

Dans le sein de la mort, cruel ! que dans tes bras.

(Elle sort.)

SCÈNE VII.

AURÉLIEN, FIRMIN.

AURÉLIEN.

Je saurai prévenir les effets de sa haine ;
Je crains peu son courroux. Firmin, suivez la reine :
Qu'on la garde. Je perds le fruit de mes exploits,
Si Rome ne la voit avec les autres rois ;
C'est le seul prix qui reste à marquer ma victoire.
Un amour outragé rend l'éclat à ma gloire ;
Et l'honneur d'un triomphe offert à mon retour
Me récompense assez des pertes de l'amour.

FIN DE SAPOR.

C 3

LE CARNAVAL

DE VENISE,

BALLET EN TROIS ACTES,

AVEC UN PROLOGUE;

Représenté par l'Académie royale de Musique,
en mai 1699.

ACTEURS DU PROLOGUE.

UN ORDONNATEUR.

MINERVE.

Un suivant de la Danse.

Un suivant de la Musique.

Choeur d'ouvriers.

Troupe de génies qui président aux arts.

PROLOGUE

DU

CARNAVAL DE VENISE.

⚬⚬

Le théâtre représente une salle où l'on doit donner un spectacle : tout y est encore en désordre ; le lieu est plein de morceaux de bois et de décorations imparfaites ; et l'on y voit quantité d'ouvriers qui travaillent pour mettre tout en état.

SCÈNE I.

UN ORDONNATEUR, chœur d'ouvriers.

L'ORDONNATEUR.

Hatez-vous, préparez ces lieux ;
Ne perdez pas des moments précieux.

LE CHOEUR.

Hâtons-nous, préparons ces lieux ;
Ne perdons pas des moments précieux.

L'ORDONNATEUR.

Redoublez vos efforts; dépêchez, le temps presse;
Tout accuse votre lenteur ;
On ne peut travailler avec assez d'ardeur,
Quand au plaisir on s'intéresse.
Hâtez-vous, préparez ces lieux ;
Ne perdez pas des moments précieux.

LE CHOEUR.

Hâtons-nous, préparons ces lieux ;
Ne perdons pas des moments précieux.

L'ORDONNATEUR.

Quelle divinité s'empresse
A descendre des cieux ?
Minerve paroît à nos yeux.

SCÈNE II.

MINERVE, L'ORDONNATEUR,
CHOEUR D'OUVRIERS.

MINERVE.

Je quitte sans regret la demeure immortelle,
        Pour venir en ce jour,
        Dans une aimable cour,
Partager les plaisirs d'une fête nouvelle.

Mais quel désordre affreux règne de toutes parts ?
        Quelle main téméraire
    Ote à ces lieux leur éclat ordinaire ?
Est-ce ainsi qu'on prétend mériter mes regards ?

L'ORDONNATEUR.

Par nos soins empressés, par notre diligence,
Nous allons satisfaire à votre impatience.
    Hâtez-vous, préparez ces lieux ;
    Ne perdez pas des moments précieux.

LE CHOEUR.

Hâtons-nous, préparons ces lieux ;

Ne perdons pas des moments précieux.

MINERVE.

Pour attirer les yeux d'un grand prince que j'aime
Vos soins me paroissent trop lents.
Retirez-vous, ministres négligents;
Je prétends m'employer moi-même.

Accourez, dieux des arts; embellissez ces lieux;
Qu'à ma voix votre ardeur réponde;
Servez le fils du plus grand roi du monde;
C'est un emploi digne des dieux.

SCÈNE III.

(Les divinités qui président aux arts, la Musique, la Danse,
la Peinture, l'Architecture, etc., viennent à la voix de
Minerve, avec leurs suivants, et élèvent un théâtre magnifique.)

LE CHOEUR.

Servons le fils du plus grand roi du monde;
C'est un emploi digne des dieux.

(Entrée des Génies qui président aux arts.)

UN SUIVANT de la Musique.

Qu'Amour dans nos fêtes
Fasse des conquêtes :
Où ce dieu n'est pas,
Trouve-t-on des appas ?

Venez, cœurs sensibles,
Dans ces lieux paisibles ;
Il garde pour vous
Les plaisirs les plus doux.

Qu'Amour, etc.

Il cause des larmes,
Des soins, des alarmes,
Mais ses biens parfaits
Nous vengent de ses traits.

Qu'Amour, etc.

L'ORDONNATEUR.

Les dieux seuls en ce jour auront-ils l'avantage
De divertir le maître de ces lieux ?
Entre les mortels et les dieux,
Il faut que ce bien se partage.

7.

L'ORDONNATEUR, UN SUIVANT de la Musique et
UN SUIVANT de la Danse, ensemble.

Joignons nos voix, nos jeux, et nos desirs ;
Que l'on donne aux mortels le soin de ses plaisirs,
    Et dans le temple de Mémoire
    Les dieux prendront soin de sa gloire.

(Les Génies des arts recommencent leur danse.)

MINERVE.

Jeunes cœurs, échappés à la fureur de Mars,
    Venez, venez de toutes parts
Faire au champ de l'Amour les moissons les plus
                                belles;
Venez vous délasser de vos travaux guerriers ;
    Faites ici des conquêtes nouvelles :
Les myrtes quelquefois valent bien les lauriers.

    Célébrez un roi plein de gloire ;
Ses travaux vous ont fait un repos précieux :
Mille exploits éclatants consacrent sa mémoire ;
Il sait à ses drapeaux enchaîner la Victoire ;
    La Paix descend pour lui des cieux.

LE CHOEUR.

Célébrons un roi plein de gloire :
Ses travaux nous ont fait un repos précieux :

Mille exploits éclatants consacrent sa mémoire;
Il sait à ses drapeaux enchaîner la Victoire;
　　La Paix descend pour lui des cieux.

MINERVE.

Vous qui suivez mes pas, remplissez mon attente;
Montrez, par les attraits d'un spectacle pompeux,
　　Tout ce que Venise a de jeux
　　Dans la saison la plus charmante.

FIN DU PROLOGUE.

ACTEURS.

LÉANDRE, cavalier françois, amoureux d'Isabelle.

ISABELLE, Vénitienne, amante de Léandre.

LÉONORE, Vénitienne, amante de Léandre.

RODOLPHE, noble vénitien, amoureux d'Isabelle.

TROUPE DE BOHÉMIENNES, D'ARMÉNIENS, ET D'ESPAGNOLS.

LA FORTUNE.

TROUPE DE JOUEURS de différentes nations, suivants de la fortune.

TROUPE DE CASTELLANS ET DE BARQUEROLLES.

LE CARNAVAL.

TROUPE DE MASQUES.

LE CARNAVAL

DE VENISE,

BALLET.

●○●◦●◦●◦●◦●◦●◦●◦●◦●◦●◦●◦●◦●◦●◦●◦●◦●◦●◦●◦●

ACTE PREMIER.

Le théâtre représente la place de Saint-Marc de Venise.

————

SCÈNE I.

LÉONORE, seule.

J'ai fait l'aveu de l'ardeur qui m'enflamme,
  L'amour a vaincu la fierté ;
  Cet aveu, qui m'a tant coûté,
D'un nouveau trouble agite encor mon ame.

Amour, toi qui peux tout charmer,
Pourquoi faut-il, sous ton empire,
Qu'on ait tant de plaisir d'aimer,
Et qu'on souffre tant à le dire?

Je cherche en vain de toutes parts,
Léandre ne vient point s'offrir à mes regards.
Depuis qu'il connoît ma foiblesse,
Je ne vois plus le même empressement.
Hélas! ce qui devroit animer un amant
Fait bien souvent expirer sa tendresse.

Amour, toi qui peux tout charmer,
Pourquoi faut-il, sous ton empire,
Qu'on ait tant de plaisir d'aimer,
Et qu'on risque tant à le dire?

Isabelle paroît; un soudain mouvement
Augmente ma crainte fatale.
Ciel! n'est-ce point une rivale?
Ah! qu'un cœur amoureux est jaloux aisément!

SCÈNE II.

ISABELLE, LÉONORE.

ISABELLE.

Dans ces beaux lieux, où tout enchante,
Je viens donner quelques moments
Aux jeux, aux spectacles charmants
Qu'ici la saison nous présente.

LÉONORE.

Dans ces spectacles, dans les jeux,
Ce n'est point cet éclat pompeux
   Qui toujours nous attire;
Sous ce prétexte, dans ces lieux
L'Amour prend soin de nous conduire,
Pour y voir quelque objet qui nous plaît encor mieux.

ISABELLE.

Je ne veux point faire un mystère
De l'amour qui peut m'engager:
   J'aime un jeune étranger,
Et je cherche en ces lieux l'objet qui m'a su plaire.

LÉONORE.

A vous faire un pareil aveu

Cette confidence m'engage ;
Et pour un étranger j'ai senti naître un feu
Que son cœur avec moi partage.
De ses tendres regards je me sens enchanter.

ISABELLE.

A ses discours flatteurs je n'ai pu résister.

LÉONORE.

Il m'aime d'une ardeur extrême ;
Il m'a juré de m'aimer constamment.

ISABELLE.

Le tendre amant que j'aime
M'a fait cent fois même serment.

LÉONORE.

Apprenez-moi le nom de cet amant fidèle.

ISABELLE.

Nommez-moi cet objet de votre amour nouvelle.

(Ensemble.)

C'est Léandre. Qu'entends-je ? ô dieux !

LÉONORE.

Le perfide !

ISABELLE.

L'ingrat !

LÉONORE.

Il faut briser nos nœuds ;
Que mon dépit fasse éclater le vôtre ;

Il nous abuse l'une ou l'autre.

ISABELLE.

Peut-être que l'ingrat nous trompe toutes deux.

LÉONORE.

Il vient; pénétrons dans son ame
  Le secret de sa flamme.

SCÈNE III.

LÉANDRE, ISABELLE, LÉONORE.

ISABELLE, à Léandre.

Puis-je croire que votre cœur
Pour une autre que moi soupire?

LÉONORE, à Léandre.

Ingrat, ne m'as-tu pas mille fois osé dire
Que tu brûlois pour moi d'une sincère ardeur?

LÉANDRE.

Quand je vous vois ensemble,
L'Amour, qui dans vos yeux tous ses charmes ras-
                                  semble,
  Est également triomphant;
Entre deux beaux objets, qui tous deux savent plaire,
  Le choix est difficile à faire,

Et l'un de l'autre me défend.

LÉONORE, à Léandre.

Explique-toi sans artifice.

ISABELLE, à Léandre.

Il est temps enfin de parler.

LÉONORE, à Léandre.

Il ne faut plus dissimuler.

LÉANDRE.

Quelle contrainte ! quel supplice !
De vos tendres regards j'ai senti les attraits ;
  Je vous aimai, charmante Léonore ;
    Mais des yeux plus puissants encore
    Ont soumis mon cœur à leurs traits ;
    C'est Isabelle que j'adore,
      Pour ne changer jamais.

LÉONORE.

Ciel! que viens-je d'entendre? et que ma peine est rude!
Oses-tu déclarer ton infidélité ?

ISABELLE.

En amour bien souvent un peu d'incertitude
  Flatte plus que la vérité.

LÉONORE.

Jouis de ta victoire, orgueilleuse rivale ;
  Insulte encore à mon malheur :
Et toi, perfide amant, crois-tu voir dans mon cœur

Dissiper en regrets ma tendresse fatale?
Non, ingrat! je prétends que mon courroux égale
    Et surpasse encor mon ardeur;
Je veux qu'à ma vengeance offert en sacrifice
    L'un ou l'autre périsse.
J'en atteste le ciel, en ce funeste jour
    La haine vengera l'amour.

                    (Elle sort.)

SCÈNE IV.

LÉANDRE, ISABELLE.

LÉANDRE.

Que ces vains projets de vengeance
Ne servent qu'à serrer nos nœuds.

De divers étrangers une troupe s'avance;
Écoutons leurs concerts, prenons part à leurs jeux.

SCÈNE V.

(Une troupe de Bohémiennes, d'Arméniens, et d'Esclavons, avec des guitares, vient dans la place Saint-Marc prendre part aux plaisirs du carnaval.)

UNE BOHÉMIENNE.

Amor, amor, tel giuro affè,
Tuo crudo stral non fa più per me.

LE CHOEUR répète ces deux vers, et les reprend à chaque couplet.

UN ESCLAVON.

Lungi da me, vaga beltà ;
Non mi giova la crudeltà.
Chi vuol sospirar
Può s'innamorar :
Amor, non la voglio con te ;
Lascia mio core in libertà.

LE CHOEUR.

Amor, etc.

TRADUCTION

DES VERS ITALIENS.

UNE BOHÉMIENNE.

Amour, je t'en donne ma foi,
Tes traits ne sont plus faits pour moi.

LE CHOEUR.

Amour, etc.

UN ESCLAVON.

Loin de moi, sévère beauté;
Je renonce à la cruauté;
Qui voudra soupirer, s'enflamme :
Plus de commerce, Amour; fuis: laisse dans mon ame
Et le calme et la liberté.

LE CHOEUR.

Amour, etc.

L'ESCLAVON.

Grata mercè di costante fè
Indarno vien a consolar me:
Col foco non voglio più scherzar,
Amor per me gioco non è;
Voglio ridere, non avvampar.

LE CHOEUR.

Amor, etc.

L'ESCLAVON.

En vain, pour me flatter un peu,
La constance me montre un prix que je desire :
L'on ne badine point en vain avec le feu ;
L'Amour pour moi n'est pas un jeu ;
Je ne veux point brûler, si je puis ; je veux rire.

LE CHOEUR.

Amour, etc.

La troupe continue les jeux, et danse la villanelle.

UNE MUSICIENNE de la troupe.

Formons, s'il est possible,
Les plus doux concerts;
Ce séjour est paisible
Dans le sein des mers.

LE CHOEUR répète les quatre vers précédents à chaque
couplet.

LA MUSICIENNE.

Neptune, plus tranquille,
Pour flatter nos vœux,
Sert, dans ce doux asile,
De théâtre aux jeux.

LE CHOEUR.

Formons, s'il est possible, etc.

LA MUSICIENNE.

Nous ressentons dans l'onde
Le flambeau d'Amour;
Il est plus cher au monde
Que celui du jour.

LE CHOEUR.

Formons, s'il est possible, etc.

On recommence la danse.

UNE BOHÉMIENNE.

Tout plaît, tout rit dans ce beau séjour;

Vénus y tient sa brillante cour.

LE CHOEUR répète ces deux vers à chaque couplet.

UN ARMÉNIEN.

Dans ces beaux lieux remplis d'attraits,
L'Amour n'a que d'aimables traits ;
Tout vient, jeunes cœurs, flatter vos desirs ;
Si l'hiver chasse les zéphyrs,
Il vous ramène les doux plaisirs.

LE CHOEUR répète :

Tout plaît, tout rit, etc.

L'ARMÉNIEN.

Malgré la glace et les noirs frimas,
Nous ressentons des feux pleins d'appas,
Et les jeux suivent par-tout nos pas.
Quel printemps fait de plus beaux jours ?
Au lieu de fleurs il naît des Amours.

LE CHOEUR répète :

Tout plaît, tout rit, etc.

SCÈNE VI.

LÉANDRE, ISABELLE.

LÉANDRE.

Vous brillez à mes yeux d'une grace nouvelle,
Et je brûle pour vous d'une nouvelle ardeur:
La mère des Amours ne fut jamais si belle;
Tout le feu de vos yeux a passé dans mon cœur.

ISABELLE.

Je crains une rivale; et mon ardeur fidèle
Me fait sentir de mortelles terreurs.

LÉANDRE.

Ne craignez rien de ses fureurs.

ISABELLE.

Je crains plus de votre inconstance.

LÉANDRE.

Ah! que cette crainte m'offense!

ISABELLE.

Pourquoi vous offenser de la juste frayeur
Dont je sens les atteintes?
Les troubles et les craintes

Sont les premiers effets d'une naissante ardeur.

LÉANDRE.

De ce tendre discours que mon ame est ravie !

ISABELLE.

D'un jaloux odieux je crains la barbarie :
Si notre amour éclatoit à ses yeux,
Rien ne pourroit calmer ses transports furieux.

LÉANDRE.

L'Amour, armé de la constance,
Ne craint ni rivaux, ni jaloux ;
Si nos cœurs sont d'intelligence,
Rien n'est à redouter pour nous.
D'un jaloux importun tromper la vigilance,
C'est goûter par avance
Ce que l'amour a de plus doux.

ISABELLE.

Brûlerez-vous pour moi d'une flamme sincère ?

LÉANDRE.

Pouvez-vous vous connoître, et me le demander ?

ISABELLE.

La conquête d'un cœur est plus aisée à faire,
Qu'elle n'est facile à garder.

LÉANDRE.

Bannissez ces alarmes,
Rendez le calme à votre cœur;

Vos beaux yeux et vos charmes
Vous répondront de mon ardeur.

(Ensemble.)

Goûtons, sans nous contraindre,
Les plaisirs les plus doux.
Ah ! que pouvons-nous craindre,
Si l'Amour est pour nous ?

FIN DU PREMIER ACTE.

~~~~~~

ACTE SECOND.

Le théâtre représente la salle des réduits de Venise, qui est un lieu destiné pour le jeu pendant le carnaval.

―――――

SCÈNE I.

RODOLPHE, seul.

Vous qui ne souffrez point les peines
Qui déchirent les cœurs jaloux,
Quel que soit le poids de vos chaines,
Amants, que votre sort est doux !

Deux tyrans dans mon cœur exercent leur furie ;
L'amour, le tendre amour
Y fait naître la jalousie ;

Et mes jaloux transports, par un cruel retour,
Y font mourir l'amour qui leur donna la vie.

Vous qui ne souffrez point les peines
Qui déchirent les cœurs jaloux,
Quel que soit le poids de vos chaînes,
Amants, que votre sort est doux !

SCÈNE II.

LÉONORE, RODOLPHE.

LÉONORE.

Malgré toute l'ardeur qui règne dans votre ame,
On vous séduit, on trahit votre flamme.

RODOLPHE.

Ah ! je m'en doutois bien ; et mes soupçons jaloux
M'en avoient instruit avant vous.

LÉONORE.

Un autre amant, sans résistance,
Remporte le prix le plus doux
Que méritoit votre constance.

RODOLPHE.

Nommez-moi seulement le rival qui m'offense,
Et laissez agir mon courroux.

LÉONORE.

L'affront est égal entre nous,
Je veux partager la vengeance.

Un ingrat me juroit de vivre sous mes lois :
Je me flattois de ce bonheur extrême ;
On se laisse aisément tromper par ce qu'on aime,
Lorsque l'on est trompé pour la première fois.
A ce perfide amant Isabelle a su plaire,
Et Léandre à ses yeux...

RODOLPHE.

O ciel ! que dites-vous ?
(Ensemble.)
Que l'amour dans nos cœurs se transforme en colère :
Vengeons-nous, hâtons nos coups ;
La vengeance qu'on diffère
Perd ce qu'elle a de plus doux.

LÉONORE, à part.

Et toi, sors de mon cœur, indigne et foible reste
D'une impuissante ardeur ;
Ne me parle plus en faveur
D'un perfide que je déteste.

RODOLPHE, à part.

J'étoufferai la voix d'une pitié funeste
Qui crie en vain dans le fond de mon cœur.

(Ensemble.)

Que l'amour dans nos cœurs se transforme en colère:
Vengeons-nous, hâtons nos coups ;
La vengeance qu'on diffère
Perd ce qu'elle a de plus doux.

RODOLPHE.

Rien ne peut s'opposer à mon impatience ;
Allons, courons à la vengeance.

SCÈNE III.

LA FORTUNE paroît suivie d'une troupe de Joueurs
de toutes nations.

CHOEUR de suivants de la Fortune.

Suivons tous, d'une ardeur fidèle :
C'est la Fortune ici qui nous appelle ;
Son pouvoir peut combler nos vœux.
Tous les biens volent autour d'elle ;
C'est elle qui nous rend heureux.

LA FORTUNE.

Je suis fille du sort, inconstante et légère ;
Tout fléchit sous ma loi.
De tous les dieux que le monde révère,

Quel autre a plus d'encens que moi ?

Je traîne à mon char la victoire ;
Je brise, quand je veux, des trônes éclatants ;
    Et je puis, à tous les instants,
Par quelque évènement éterniser ma gloire.

    Venez implorer mon secours,
    Amants qu'un triste sort accable ;
Je fais naître à mon gré le moment favorable
    Que, sans moi, l'on attend toujours.

(Entrée de suivants de la Fortune.)

UN MASQUE.

        De tes rigueurs,
        Ni de tes faveurs,
        Fortune inconstante,
    Je ne crains rien, rien ne me tente ;
        Tout ton pouvoir
Ne fait ni ma crainte, ni mon espoir.

    Le bien qui peut enchanter mon ame,
    Est de brûler d'une constante flamme,
    Et d'allumer de semblables feux.
            Deux yeux
            Touchants,

Charmants,
Élèvent mon sort aux cieux;
Sans cesse je les implore,
Je les adore;
Ce sont mes rois, ma fortune, et mes dieux.

SCÈNE IV.

Le théâtre change, et représente une vue de plusieurs palais ou balcons. Le reste de l'acte se passe pendant la nuit.

RODOLPHE, seul.

De ses voiles épais la nuit couvre les cieux.
Je sais que mon rival, dans l'ardeur qui le presse,
Doit ici, par ses chants, exprimer sa tendresse;
Pour l'observer, cachons-nous en ces lieux.

(Il se retire dans un coin du théâtre.)

SCÈNE V.

LÉANDRE conduit une troupe de musiciens, pour donner une sérénade à Isabelle.

LÉANDRE.

Doux charme des ennuis et des peines pressantes,
    Favorable divinité,
    Sommeil, qui, dans la fausseté
    De tes illusions charmantes,
    Nous fais goûter la vérité
    De cent douceurs des plus touchantes,
    Viens verser sur cette beauté
De tes pavots les vapeurs les plus lentes ;
    Et fais que son cœur enchanté
Jouisse du repos que ses yeux m'ont ôté.

(Les musiciens se joignent à Léandre, et chantent le trio italien qui suit.)

TRIO ITALIEN.

Luci belle, dormite;
Deh! per pietà, un momento cessate
Con i dardi
De' vostri sguardi
Di rinnovar al cor le mie ferite.

LÉANDRE, apercevant quelqu'un au balcon d'Isabelle.
L'Amour me favorise, et je vois dans ces lieux
Une clarté nouvelle;
N'en doutez point, mes yeux,
C'est l'Aurore, ou c'est Isabelle.

SCÈNE VI.

ISABELLE, sur le balcon.

Mi dice la speranza
Ch' il tormento
In contento
Si cangerà.
Tra le spine nascosa
Si ritrova la rosa;
E fra le pene amor trionfera.

TRADUCTION

DU TRIO ITALIEN.

Dormez, beaux yeux, dormez sans craintes;
Et cessez un moment, avec vos traits vainqueurs,
   De renouveler les atteintes
     Dont vous percez les cœurs.

TRADUCTION

DE L'AIR ITALIEN.

L'espérance me dit que nos peines mortelles
   Se changeront en des plaisirs charmants.
     Parmi les épines cruelles
    On voit les roses les plus belles;
L'Amour doit triompher au milieu des tourments.

LÉANDRE.

Quelle félicité peut égaler la mienne ?

Il faut quitter ce lieu charmant ;
Un jaloux s'endort avec peine,
Mais il se réveille aisément.

SCÈNE VII.

RODOLPHE, sortant du lieu où il étoit caché.

Je me suis fait trop long-temps violence ;
Je ne puis plus cacher mes transports furieux.
Où donc est cet audacieux ?
Mais il fuit en vain ma présence.
Avant que le soleil paroisse dans ces lieux,
Les ministres de ma vengeance
Éteindront dans son sang des feux injurieux.

SCÈNE VIII.

ISABELLE, RODOLPHE.

ISABELLE, croyant parler à Léandre.

Je cède à mon impatience ;

Et, tandis que la nuit triomphe encor du jour,
Cher Léandre, je viens, conduite par l'amour,
Vous dire de mes feux toute la violence.

Quel plaisir de tromper et les soins et les yeux
D'un jaloux importun qui m'obsède en tous lieux !

Que je le hais ! que son amour me gêne !
 Rien n'est comparable à la haine
 Que je ressens pour ce jaloux ,
Que l'amour violent dont je brûle pour vous.

RODOLPHE.

Ingrate !

ISABELLE.

Ah ciel !

RODOLPHE.

  Ma voix t'étonne.
Je sais les trahisons où ton cœur s'abandonne.

ISABELLE.

Si le sort trahit votre espoir ,
C'est à vous qu'il faut vous en prendre ;
Pourquoi cherchez-vous à savoir
Ce qu'on ne veut pas vous apprendre ?

RODOLPHE.

O dieux !

IV.   9

ISABELLE.

Ne m'aimez plus ; rompez, rompez des nœuds
Qui ne sauroient vous rendre heureux.

RODOLPHE.

Puis-je briser la chaîne qui m'accable ?
Mon cœur par vos attraits s'est trop laissé charmer ;
Si vous ne voulez pas m'aimer,
Souffrez du moins que je vous trouve aimable.

Je veux vous adorer malgré moi, malgré vous ;
J'espère que le temps rendra mon sort plus doux.

ISABELLE.

Dans mes yeux vous avez pu lire
Le sort que vous gardoit mon cœur.
Jamais d'aucun regard flatteur
Ai-je entrepris de vous séduire ?
Ah ! quand on ressent quelque ardeur,
Les yeux sont-ils si long-temps à le dire ?

RODOLPHE.

Pour rendre le calme à mes sens,
Et pour payer l'amour dont mon ame est atteinte,
Dites que vous m'aimez, trompez-moi, j'y consens ;
Cette fausse pitié, cette cruelle feinte,
Peut-être calmeront les douleurs que je sens.

ISABELLE.

C'est une peine, quand on aime,

D'avouer un penchant qu'on trouve plein d'appas ;
Ce seroit un supplice extrême
De déclarer des feux que l'on ne ressent pas.

RODOLPHE.

Mon tendre amour de votre haine
Ne sera-t-il jamais victorieux ?
Vous gardez le silence, insensible ! inhumaine !

ISABELLE.

L'aurore va paroître, il faut quitter ces lieux.

SCÈNE IX.

RODOLPHE, seul.

Pour trouver un amant qu'en vain ton cœur adore,
La nuit n'a point d'horreur pour toi ;
Et tu crains avec moi
Le retour de l'aurore !
Va, cours chercher ce rival odieux
Qui de ton cœur s'est rendu maître ;
Tes mépris trop injurieux
Étouffent tout l'amour que j'ai pris dans tes yeux :
Mais mon juste dépit te fera bien connoître
Que, si je sais aimer, je hais encore mieux.

FIN DU SECOND ACTE.

9.

~~~~~~

ACTE TROISIÈME.

Le théâtre représente une place de Venise, environnée de palais magnifiques, où se rendent quantité de canaux couverts de gondoles.

———

SCÈNE I.

LÉONORE, seule.

TRANSPORTS de vengeance et de haine,
Succédez à l'amour qui régnoit dans mon cœur;
Mon ingrat va périr, et sa mort est certaine;
Peut-être en ce moment une main inhumaine...
Je tremble... je frémis d'horreur.
Barbares... arrêtez... votre fureur est vaine;
L'ingrat que vous percez, cause encor ma langueur.
Transports de vengeance et de haine,
Ne chassez point l'amour qui flatte encor mon cœur.

Mais il vit pour une autre! Une pitié soudaine
Doit-elle s'opposer à mon dépit vengeur?
Ministres qui servez le courroux qui m'entraîne,
Frappez... et qu'en mourant, cet infidèle apprenne
    Que je l'immole à ma fureur.
    Transports de vengeance et de haine,
Succédez à l'amour qui régnoit dans mon cœur.

SCÈNE II.

RODOLPHE, LÉONORE.

RODOLPHE.

A la fin vous êtes vengée :
J'ai servi le juste transport
De notre tendresse outragée :
Votre ingrat ne vit plus, et mon rival est mort.

LÉONORE.

Il est mort, justes dieux! ma bouche impitoyable
    A prononcé l'arrêt de son trépas.
    Qu'ai-je fait, malheureuse? hélas!

RODOLPHE.

Il ne vit plus ; et le ciel redoutable,
S'il respiroit encor, ne le sauveroit pas.

LÉONORE.

Tu l'as souffert, ô ciel ! et ta main équitable
    Ne punit point ces attentats !
    Que fais-tu ? qui retient ton bras ?
    Lance ta foudre épouvantable ;
Sur ce traître ou sur moi fais voler ses éclats,
Tu ne saurois manquer de frapper un coupable.

Ensemble.
{
LÉONORE.

C'est toi qui lui perces le cœur.

RODOLPHE.

C'est vous qui lui percez le cœur.
}

LÉONORE.

Cruel ! dis-moi quel est son crime.

RODOLPHE.

Vous demandiez une victime.

Ensemble.
{
LÉONORE.

Devois-tu croire mon ardeur ?

RODOLPHE.

Deviez-vous armer ma fureur ?

LÉONORE.

C'est toi qui lui perces le cœur.

RODOLPHE.

C'est vous qui lui percez le cœur.
}

RODOLPHE.

Calmez les déplaisirs dont votre ame est saisie.

Pour oublier leur perfidie,
Aimons-nous, unissons nos cœurs ;
Et qu'un amour formé de nos communs malheurs
Soit le fruit de la jalousie.

LÉONORE.

Que je m'unisse à toi,
Monstre sorti de l'infernal empire !
Va... fuis... je frémis d'effroi,
Que le jour que je voi,
Que l'air que je respire,
Me soient communs avec toi.

SCÈNE III.

RODOLPHE, seul.

Laissons de ses regrets calmer la violence.
(On entend un bruit de réjouissance.)
Mais le parti victorieux
Du combat que le peuple a donné dans ces lieux
Vient montrer sa réjouissance.

Allons faire savoir à l'objet qui m'offense
Un trépas dont son cœur sera saisi d'effroi ;

Je perds le prix de ma vengeance,
Si l'ingrate l'apprend d'un autre que de moi.

SCÈNE IV.

Divertissement de Castellans et de Barquerolles, avec le fifre
et le tambourin.

Les Castellans et les Nicolotes sont deux partis opposés dans
Venise, qui donnent, pendant le carnaval, pour divertir
le peuple, un combat à coups de poings pour se rendre
maîtres d'un pont. Le parti victorieux se promène dans
toute la ville, avec des cris de joie et des acclamations publiques.

UN CHEF DE CASTELLANS.

Nous triomphons sur les eaux, sur la terre;
Nous mêlons dans nos jeux l'image de la guerre :
Mêlons aussi, dans ce beau jour
Qui nous comble de gloire,
Des chansons d'amour
Aux chants de victoire,
Des chansons d'amour
Au son du tambour.

LE CHOEUR.

Nous triomphons sur les eaux, sur la terre;

Nous mêlons dans nos jeux l'image de la guerre :
  Mêlons aussi, dans ce beau jour
   Qui nous comble de gloire,
    Des chansons d'amour
    Aux chants de victoire,
    Des chansons d'amour
    Au son du tambour.

(Des Castellans et des Castellanes témoignent, par leur danse,
la joie qu'ils ont de leur victoire.)

UNE CASTELLANE.

Entre la crainte et l'espérance,
Sur le sein de Neptune, on est à tous moments ;
L'empire de l'Amour n'a pas plus de constance,
Et l'on y voit flotter sans cesse les amants
  Entre la crainte et l'espérance.

(Le parti victorieux recommence la danse.)

UN BARQUEROLLE.

  Embarquez-vous,
Amants, sans faire résistance ;
  Embarquez-vous,
L'empire de l'Amour est doux.

C'est une mer toujours sujette à l'inconstance,
Que quelque orage à tout moment vient agiter ;

Malgré ces maux, le calme de l'indifférence
Est encor plus cent fois à redouter.

(Entrée de gondoliers et de gondolières.)

LE CHOEUR.

Tout rit à nos desirs,
Ne songeons qu'aux plaisirs.
Que le vent gronde,
Que la mer soulève les flots,
Que le ciel en feu leur réponde,
Nous goûtons ici le repos.

SCÈNE V.

ISABELLE, seule.

Mes yeux, fermez-vous à jamais,
Ou ne vous ouvrez plus que pour verser des larmes.

Le jour est pour moi désormais
Un sujet de peine et d'alarmes.

Mes yeux, fermez-vous à jamais,
Ou ne vous ouvrez plus que pour verser des larmes.

Je suis coupable de vos charmes,
J'ai trop fait briller vos attraits ;
Et je veux, par les mêmes armes,
Me punir des maux que j'ai faits.

Mes yeux, fermez-vous à jamais,
Ou ne vous ouvrez plus que pour verser des larmes.

Mais que servent, hélas ! ces regrets superflus ?
Cher Léandre, tu ne vis plus.
Quand tu descends pour moi dans la nuit éternelle,
Doit-il m'être permis de voir encor le jour ?
Non, non : pour me rejoindre à cet amant fidèle,
La plus affreuse mort me paroîtra trop belle,
Et ce fer doit ouvrir un chemin à l'amour.

(Elle tire son stylet pour s'en frapper.)

SCÈNE VI.

LÉANDRE, ISABELLE.

LÉANDRE, lui arrêtant le bras.

Ciel ! que voulez-vous entreprendre ?

ISABELLE.

Dois-je en croire mes yeux ? est-ce vous, cher Léandre ?

LÉANDRE.

Quelle aveugle fureur vous arrache le jour?

ISABELLE.

Le bruit de votre mort causoit seul mes alarmes.
Mon sang versé, mieux que mes larmes,
Vous alloit prouver mon amour.

LÉANDRE.

Quoi! vous mouriez pour moi! Dieux! quelle barbarie
De votre sort hâtoit le cours?
Hélas! toute ma vie
Ne vaut pas un seul de vos jours.
Un jaloux, que la rage anime,
Vient de faire éclater son barbare courroux;
Il a porté les mains sur une autre victime,
Et la nuit et l'Amour m'ont sauvé de ses coups.

ISABELLE.

Je revois enfin ce que j'aime;
L'excès de mon bonheur peut-il se concevoir?
Je crains que le plaisir extrême
Que je sens à vous voir
Ne fasse sur mes jours l'effet du désespoir.

LÉANDRE.

Vivons pour nous aimer, vivons, malgré l'envie;
Nous triomphons des jaloux et du sort.
Que notre crainte soit suivie

Du plus tendre transport.

Aimez-moi, tout vous y convie :

Si vous vouliez donner votre sang à ma mort,

Hélas ! que pourriez-vous refuser à ma vie ?

(Ensemble.)

Suivons nos doux emportements,

Aimons-nous d'une ardeur nouvelle ;

Quand l'Amour au jour nous rappelle,

Nous lui devons tous nos moments.

LÉANDRE.

Fuyons un lieu funeste à de tendres amants.

ISABELLE.

Je fais mon bonheur de vous suivre.

Je vous allois chercher dans le sein du trépas ;

Lorsque pour moi l'Amour vous fait revivre,

Qui pourroit m'empêcher de voler sur vos pas ?

LÉANDRE.

On doit donner au peuple, en ce jour favorable,

Un spectacle où d'Orphée on retrace la fable ;

Un bal pompeux doit suivre ces plaisirs ;

Le tumulte et la nuit serviront nos desirs.

Je vais en ce lieu vous attendre :

Un vaisseau par mes soins dans ce port va se rendre,

Pour nous porter en des climats plus doux,

Où nous pourrons braver la fureur des jaloux,
Et goûter les douceurs de l'hymen le plus tendre.

(Pendant que les violons jouent l'entr'acte, on voit descendre un théâtre fermé d'une toile, qui occupe toute l'étendue
du premier. Ce qui reste d'espace jusqu'à l'orchestre,
contient plusieurs rangs de loges pleines de différentes
personnes placées pour voir un opéra.)

FIN DU TROISIÈME ACTE.

ORFEO
NELL' INFERNO.

ORPHÉE
AUX ENFERS.

ORFEO
NELL' INFERNO,

OPERA.

PERSONAGGI.

PLUTONE.
ORFEO.
EURIDICE.
Un' Ombra.
Coro di numi infernali.
Coro di folletti.

ORPHÉE

AUX ENFERS,

OPÉRA.

———◦———

ACTEURS.

PLUTON.
ORPHÉE.
EURYDICE.
UNE OMBRE.
TROUPE DE DIVINITÉS INFERNALES.
TROUPE D'ESPRITS FOLLETS.

ORFEO
NELL' INFERNO,

OPERA.

━━━━━━━━━━━━━━━━━━━━━━━━━━━━

Il teatro rappresenta la reggia di Plutone.

SCENA I.

PLUTONE, fra numi infernali.

Tartarei numi, all' armi!

CORO.

All' armi! all' armi!

PLUTONE.

Un mortal insolente,
Al dispetto della sorte,
Passa vivo nel regno della Morte,
Per turbarmi.
All' armi!

ORPHÉE
AUX ENFERS,

OPÉRA.

Le théâtre représente le palais de Pluton.

SCÈNE I.

PLUTON, au milieu d'une troupe de divinités infernales.

Dieux des enfers, aux armes !

LE CHŒUR.

Aux armes ! aux armes !

PLUTON.

Un mortel insolent, malgré la loi du sort,
Dans les royaumes de la Mort
Descend encor vivant, et cause mes alarmes.
Aux armes ! aux armes !

10.

Freme il Tartaro,
Geme l' Erebo,
Stride Cerbero;
Tartarei numi,
All' armi!

CORO.

All' armi! all' armi
(Si sente sinfonia pianissima.)

PLUTONE.

Ma qual nuova armonia!
Qual soave sinfonia
Dal cor di Plutone
L' ira depone!

SCENA II

ORFEO, PLUTONE.

ORFEO.

Dominator dell' Ombre,
Al tuo soglio Amor m'invita.
Euridice è morta,
Ahi! dure pene!
O toglimi la vita,

Le Tartare frémit,
L'Érèbe gémit,
Cerbère mugit;
Dieux des enfers, aux armes!

LE CHOEUR.

Aux armes! aux armes!
(On entend une symphonie très douce.)

PLUTON.

Mais quels chants remplis de douceur!
Quelle douce harmonie
Chasse la barbarie
D'un cœur comme le mien, ouvert à la fureur!

SCÈNE II.

ORPHÉE, PLUTON.

ORPHÉE.

Puissant maître des Ombres,
A ton trône enflammé l'Amour conduit mes pas.
La charmante Eurydice, hélas!
A passé les rivages sombres;
Rends-moi cet objet plein d'appas,

O rendimi il mio bene.

PLUTONE.

Troppo da te si prega ;
Ma, se Amore lo vuol, Pluto nol nega.
Parti, ma con tal patto,
Che non miri Euridice,
Sin ch' al regno del giorno
Il varco ti sia fatto.

SCENA III.

ORFEO.

Vittoria, mio core :
Ha vinto Amore.

Il riso, il canto,
Al duol succede :
Al dolce incanto,
D' un vago ciglio l' inferno cede.

(Segue il ballo de' numi infernali e spirti folletti.)

Ou, par pitié, donne-moi le trépas.

PLUTON.

Plus loin que ton espoir tu portes ta demande ;
Mais Pluton y consent, si l'Amour le commande.

Pars ; sors du ténébreux séjour :

Mais je prétends qu'une loi s'accomplisse ;

Ne regarde point Eurydice,

Que tu ne sois rendu dans l'empire du jour.

SCÈNE III.

ORPHÉE.

Mon cœur, chantez votre victoire,
L'Amour est couronné de gloire.

Les ris et les chants
A la douleur succèdent,
Les enfers cèdent
Aux charmes de deux yeux touchants.

(Entrée de divinités infernales et d'esprits follets.)

SCENA IV.

UN' OMBRA fortunata.

Al lampo
D' un bel volto resista chi può ;
Penetra il ciel un vago sembiante ,
E dell' inferno stesso apre le porte.

(Si ricomincia il ballo.)

SCENA V.

EURIDICE.

Per piacer al mio ben ,
Amori, volatemi in sen :
Fuggite, martiri ;
Fuggite, sospiri ;
Non turbate dell' alma il bel seren.

(Da capo.)

SCÈNE IV.

UNE OMBRE heureuse.

Soutienne qui pourra les traits et les éclairs
    Qu'on voit partir d'un beau visage;
La beauté dans les cieux trouve un aisé passage,
Et se fait même ouvrir les portes des enfers.

    (On recommence la danse.)

SCÈNE V.

EURYDICE, seule.

Pour plaire à l'objet qui m'enflamme,
    Amours, volez tous dans mon ame :
Fuyez, peines, soupirs; ne revenez jamais
De mon cœur amoureux interrompre la paix.

    (On recommence.)

SCENA VI.

ORFEO, EURIDICE.

(Orfeo passa senza mirar Euridice.)

EURIDICE.
Deh! per pietà, mira, Orfeo, chi t' adora.
ORFEO, riguardando Euridice.
Euridice, mio ben, ti vedo ancora.

SCENA VII.

PLUTONE, ORFEO, EURIDICE.

PLUTONE.
Fuggi, temerario;
Già che del decreto mio
Violasti la fè,
Qui rimanga Euridice.
ORFEO.
O Dio!

SCÈNE VI.

ORPHÉE, EURYDICE.

(Orphée passe sans regarder Eurydice.)

EURYDICE.

Jette, Orphée, un regard sur celle qui t'adore.

ORPHÉE, regardant Eurydice.

Chère Eurydice, enfin je vous revois encore !

SCÈNE VII.

PLUTON, ORPHÉE, EURYDICE.

PLUTON.

Va, fuis loin de mes yeux,
Mortel trop téméraire ;
Puisque des dieux
Tu violes l'arrêt sévère,
Qu'Eurydice reste en ces lieux.

ORPHÉE.

O dieux !

PLUTONE.

Su, ch' un diligente stuol
Porti quel perfido
A riveder il suol:
Così Pluto lo vuol.

ORFEO.

O rigor! o crudeltà!

EURIDICE.

Colpa d' amore merta pietà.

(Demoni portano Orfeo.)

SCENA VIII.

PLUTONE, coro.

Voi, per fugar sua noja,
Spirti d'Averno, mostrate la gioja.
Si canti, si goda,
Si balli, si rida;
Non si parli di dolor
Dove splende la face d' Amor.

CORO.

Si canti, si goda,
Si balli, si rida;
Non si parli di dolor
Dove splende la face d' Amor.

PLUTON.

Qu'une troupe rapide
De démons empressés
Dans l'empire des airs reporte ce perfide.
Pluton commande, obéissez.

ORPHÉE.

Quelle rigueur impitoyable !

EURYDICE.

Un crime de l'amour n'est-il point pardonnable?
(Des démons enlèvent Orphée.)

SCÈNE VIII.

PLUTON, LE CHOEUR.

Esprits infernaux, en ce jour,
Pour chasser le chagrin qui la presse,
Riez, chantez, dansez, montrez votre alégresse;
Qu'on ne parle plus de tristesse
Où brille le flambeau d'Amour.

LE CHOEUR.

Rions, chantons, dansons, montrons notre alégresse:
Qu'on ne parle plus de tristesse
Où brille le flambeau d'Amour.

SCÈNE IX.

LÉANDRE, ISABELLE.

LÉANDRE.

Il est temps de partir, l'occasion est belle;
Tout conspire pour nous, et la mer, et les vents;
Profitons bien de ces heureux moments,
Allons où l'Amour nous appelle.

LE BAL,

DERNIER DIVERTISSEMENT.

Le théâtre représente une salle magnifique, préparée
pour donner le bal.

LE CARNAVAL paroît, conduisant avec lui une troupe
de masques de différentes nations.

LE CARNAVAL.

L'HIVER a beau s'armer d'aquilons furieux,
Et fixer des torrents la course vagabonde ;
En vain ses noirs frimas, pour attrister le monde,
Dérobent le flambeau qui brille dans les cieux :
Sitôt que je parois, je bannis la tristesse ;
J'ouvre la porte aux jeux, aux festins, à l'amour :
     A mon départ le plaisir cesse ;
Et, pour mieux s'y livrer, on attend mon retour.

Vous qui m'accompagnez, montrez votre alégresse ;

Par vos jeux, par vos chants, célébrez ce beau jour.

(Les masques commencent un bal sérieux.)

LE CARNAVAL.

Je veux joindre à ces jeux une nouvelle danse ;
    Venez, aimables enjouements ;
Redoublez en ces lieux notre réjouissance
    Par de nouveaux déguisements.
En ce temps de plaisir le plus sage s'oublie,
    Et permet un peu de folie.

(On tire un rideau, et l'on voit arriver du fond du théâtre un char magnifique, traîné par des masques comiques, et rempli de figures de même caractère, qui se mêlent, en dansant, avec les masques sérieux.)

LE CARNAVAL.

Chantez, dansez, profitez des beaux jours ;
L'heureux temps des plaisirs ne dure pas toujours.

LE CHOEUR.

Chantons, dansons, profitons des beaux jours ;
L'heureux temps des plaisirs ne dure pas toujours.

LE CARNAVAL.

La raison vainement voudroit vous interdire
    Des passe-temps si doux ;
    Les moments que l'on passe à rire
    Sont les mieux employés de tous.

LE CHOEUR.

Les moments que l'on passe à rire
Sont les mieux employés de tous.

FIN DU CARNAVAL DE VENISE.

POÉSIES DIVERSES.

POÉSIES DIVERSES.

ÉPITRE I.

A M. LE MARQUIS DE ....

ARISTE, en vains discours tu t'échauffes la bile ;
Réserve tes conseils pour un cœur plus docile :
Tes avis sont fort bons, on en doit faire cas ;
Mais, pour t'en parler net, je ne les suivrai pas.
Tel qu'un marchand avide, arraché du naufrage,
Dés périls échappés je perds toute l'image ;
Un fier démon m'agite et m'oblige à souffrir.
Ce démon, quel est-il ? c'est l'ardeur de courir.
Trop gras d'un plein repos, je pars pour l'Italie.
Je suis fou, diras-tu. Qui n'a pas sa folie ?
La nature en naissant, jalouse de son droit,
Marque l'homme à son coin par quelque foible en-
    droit.

Souvent notre bon sens malgré nous s'évapore,
Et nous aurions besoin tous d'un peu d'ellébore.
Pour surcroît de malheur, prévenus follement,
Nous nous applaudissons dans notre égarement.
Moi, vous dira **, que, d'une main profane,
Pour trois fois mille écus je vende mon Albane !
J'aurois perdu l'esprit ; non, je n'en ferai rien.
Mais, monsieur... Non, vous dis-je... Il est beau, j'en
　　convien ;
Jamais l'art triomphant, avec tant de noblesse,
N'insulta la nature et montra sa foiblesse :
Mais, s'il vous en souvient, depuis un lustre entier,
En cuillères d'étain, en fourchettes d'acier,
Vous mangez, le dimanche, une fort maigre soupe ;
Un pot cassé vous sert de bouteille et de coupe ;
Et vous, et votre sœur, sans habits et sans bois,
Ne vous chauffez l'hiver qu'en soufflant dans vos
　　doigts.
Voilà d'un fou parfait la parlante peinture,
Dit aussitôt André, qui, docteur en usure,
Compte déja combien neuf mille francs par mois,
Placés modestement, rendent au denier trois.
Il est fou. Qui le nie ? Êtes-vous donc plus sage,
O vous, qui, possédant tous les trésors du Tage,
Vous laissez consumer et de soif et de faim,

Plutôt que d'y porter une coupable main?
Oronte, pâle, étique, et presque diaphane
Par les jeûnes cruels auxquels il se condamne,
Tombe malade enfin; déja de toutes parts
Le joyeux héritier promène ses regards,
D'un ample coffre-fort contemple la figure,
En perce de ses yeux les ais et la serrure.
Un nouvel Esculape, en cette extrémité,
Au malade aux abois assure la santé,
S'il veut prendre un sirop que dans sa main il porte.
Que coûte-t-il? lui dit l'agonisant. — Qu'importe?
Qu'importe, dites-vous? Je veux savoir combien.
Peu d'argent, lui dit-il.—Mais encor?—Presque rien,
Quinze sous.— Juste ciel! quel brigandage extrême!
On me tue, on me vole; et n'est-ce pas le même,
De mourir par la fièvre ou par la pauvreté?
Non, je n'achète point à ce prix la santé.
Damon est agité d'une fureur contraire;
Et, dissipant tout l'or qui fit damner son père,
Il fait, en moins d'un an, passer par un cornet
Cinquante mille écus d'un bien et quitte et net.
Qui des deux est plus fou, le prodigue ou l'avare?
Tous deux de leurs erreurs sont le jouet bizarre.
Que sert donc aux mortels cette droite raison
Que le ciel leur donna comme un sûr cavesson,

Si rien ne peut brider leur fougue et leur audace?
Toujours dans les excès nous donnons tête basse;
Le mal est qu'habillant nos vices en vertus,
Notre erreur est toujours ce qui nous plaît le plus.
En dépit d'Apollon D...... veut écrire:
Son frère en vain l'exhorte à quitter la satire,
Il ne veut point changer de style ni de ton;
Il sait que, bien payé de vingt coups de bâton,
Il gagna plus cent fois, en dépit de l'envie,
Qu'il n'a fait tout l'hiver avec sa comédie.
Laissons donc cet auteur, qui met tout à profit,
Aux dépens de son corps égayer son esprit.
Gillot, depuis vingt ans, à plaider se tourmente;
De trente-neuf procès il en perdroit quarante;
Tout maigre et gueux qu'il est, il veut encor plaider;
L'exemple de Dandin ne sauroit le brider.
Voici le fait. Dandin, pour partager sa vie,
Avoit pris femme laide et servante jolie:
Conduite par l'esprit du démon du palais,
Chacune un beau matin lui suscite un procès:
La femme demandoit que, pour fait d'impuissance,
De permuter d'époux on lui donnât licence;
La servante vouloit que Dandin fût tenu
D'alimenter l'enfant qu'elle avoit de son crû.
Dandin prenoit en paix la bizarre aventure,

Et se flattoit du moins dans cette procédure,
Malgré tous les détours d'un Maurice importun,
Que de ses deux procès il en gagneroit un :
Il les perdit tous deux; et, dans la même affaire,
Par un arrêt nouveau fut impuissant et père.
Il n'est point de cerveau qui n'ait quelque travers.
Saint-Jean ne sait pas lire, et veut faire des vers.
Sur un patin de liège élevant sa chaussure,
Lise veut être grande en dépit de nature.
Damis avoit pour vivre huit mille écus par an,
Hors la main du ministre; il se fait partisan.
Enfin, chaque homme est fou, tout m'oblige à le dire;
Et, si ce n'est assez, je veux encor l'écrire.
Tout beau, me diras-tu, prédicateur en vers;
Pour trois ou quatre esprits mal timbrés, de travers,
N'allez pas, emporté d'une critique vaine,
Faire ici le procès à la nature humaine.
Je sais bien, cher marquis, que tu n'as aucun trait
De ces fous dont ma plume a tracé le portrait :
Mais toi, qui fais ici le sage de la Grèce,
Ton cœur n'a-t-il jamais ressenti de foiblesse ?
Ce fier tyran de l'ame, amour, ce doux poison,
Dis-moi, n'a-t-il jamais attaqué ta raison ?
Si l'on me voit encore aux pieds de la cruelle,
Dit un amant piqué des rigueurs d'une belle,

Que l'enfer... Doucement... Que la foudre... Eh! de
    grace,
Suspendez vos serments. Le premier jour se passe;
L'amant, comme un reclus, s'enferme en son logis;
Il sort, le jour suivant, malgré tous ses dépits;
Il va, revient, s'approche, observe la fenêtre
Où sa maîtresse exprès affecte de paroître.
Qu'arrive-t-il enfin? Deux mots dans un billet
Rengagent de nouveau l'oiseau dans le filet.
Plein des nouveaux transports de son amour sincère,
En cent mille façons il s'efforce de plaire :
Malgré son aigre voix, qui fait grincer les dents,
Il apprend de Lambert les airs les plus touchants :
Quoique d'un âge mûr, tourné vers les cinquante,
Pécourt tous les matins lui montre la courante :
Il use chaque jour de parfums sur son corps
Autant qu'il en faudroit pour embaumer deux morts:
Martyr des nouveautés, pour plaire à sa maîtresse,
Des marchands du palais il épuise l'adresse ;
Changeant, à ses genoux, de geste et de maintien,
Cent fois plus que Baron il est comédien :
Si Célimène rit, à rire il s'évertue;
Est-elle triste, il pleure; a-t-elle chaud, il sue;
Se plaint-elle du froid dans le cœur du mois d'août,
Ce Protée aussitôt s'affuble d'un surtout.

Ce procédé, marquis, te paroît-il bien sage ?
De l'homme cependant voilà la vive image.
Mais je te veux prouver que l'homme est mille fois
Plus dépourvu de sens que les hôtes des bois.
Est-il rien, réponds-moi, de plus cher que la vie ?
Dans chaque être ici-bas cette ardeur réunie
Nous apprend qu'il n'est point de bien plus précieux ;
Cependant l'homme seul, bravant ce don des cieux,
A ses jours tant chéris fait sans cesse la guerre ;
Il cherche à se détruire ; et, craignant que sur terre
Il ne manquât de place à creuser des tombeaux,
Il va, bravant Neptune, en chercher sur les eaux.
Ce débauché, fumant de vin et de crapule,
Met lui-même en son sein le poison qui le brûle.
Ceux que la gloire enchaîne à son char éclatant,
Séduits du faux appât d'un espoir décevant,
Les guerriers si hardis, vrais enfants d'Alexandre,
Qu'un point d'honneur expose et ne sauroit défendre,
Combien de fois le jour, pleins d'un noble transport,
Pour vivre en l'avenir, courent-ils à la mort !
Tant qu'à la fin d'un plomb la blessure soudaine
D'une confession leur épargne la peine,
Et paie un créancier par un trépas d'éclat,
Aussi-bien que ** par des lettres d'état.
O siècles fortunés, où la forge innocente,

Ne brûlant que pour rendre une moisson moins lente,
Enfantoit seulement des socs et des râteaux !
Elle ne creusoit point ces terribles métaux
Dont on voit les mortels, insultant à la foudre,
Faire voler la mort avec trois grains de poudre.
On ne faisoit amas que de blés et de vins ;
Mars n'avoit point encor bâti ses magasins,
Ces affreux arsenaux, réservoirs de la guerre,
D'où l'enfer entretient commerce avec la terre.
Voilà l'homme pourtant ; et ces folles erreurs
Sont les égarements dignes des plus grands cœurs.
Et tu veux, cher marquis, que je sois le seul sage,
Que je me sauve seul dans un commun naufrage !
Non, non ; conviens plutôt que par mille raisons
Tous les fous ne sont pas aux petites-maisons.
Je m'appliquerois mieux au soin de la sagesse,
S'il se trouvoit encore un seul sage en la Grèce.
Mais enfin, puisqu'ici tous les hommes sont fous,
Ce n'est pas un grand mal, hurlons avec les loups.

ÉPITRE II.

A M. L'ABBÉ DE BENTIVOGLIO.

Favori d'Apollon, toi, qui sur le Parnasse,
D'un vol rapide et fier, suis de si près le Tasse;
Toi, dont les vers galants et libres dans leur cours,
Semblent être en tout temps dictés par les Amours,
A qui, dans mes transports, je fais gloire de plaire;
Cher abbé, j'ai besoin d'un conseil salutaire.
Je sais que je ne puis mieux m'adresser qu'à toi.
Voici quel est le fait: de grace, écoute-moi.
Un démon, ennemi du repos de ma vie,
De rimer, en naissant, m'inspira la folie;
Et je n'eus pas encore assemblé douze hivers,
Qu'errant sur l'Hélicon je composai des vers.
Depuis ce temps fatal, ma vie infortunée

Aux fureurs d'Apollon fut toujours condamnée.
Le fantasque qu'il est m'agite à tout propos,
Et se fait un plaisir de troubler mon repos.
Quand retiré chez moi, que, d'un sommeil tranquille,
Je devrois à mon aise, ainsi que Gémonville,
Entre deux draps bien blancs, jusqu'à midi ronflant,
Attendre le retour d'un diner succulent ;
Bientôt ce dieu fougueux, me tirant par l'oreille,
S'empare de mes sens, me travaille, m'éveille,
M'arrache de mon lit, et fait tant qu'il m'assied,
Ainsi qu'un criminel, sur le sacré trépied.
Avec l'aide d'un fer le caillou étincelle,
Le feu prend; j'entrevois, j'allume ma chandelle ;
Je prends la plume en main, j'écris, et quelquefois,
Pour faire quatre vers, je me mange trois doigts :
Je monte, je descends; sur le bruit que je mène,
On croit, dans la maison, que c'est une ame en peine;
La servante, en frayeur, se jette à bas du lit,
Et pour le lendemain me promet un obit,
Avec des oraisons de cent ans d'indulgence :
Mais déja pour un temps ma pauvre ame en élance
Cherche, travaille, sue, efface, ajoute, écrit,
A la torture met son corps et son esprit.
Encor si quelquefois mon indulgente veine,
De mes premiers efforts se contentant sans peine,

A quelque foible endroit vouloit faire quartier,
Je pourrois aisément, comme l'abbé Goutier,
Seul content des transports de ma veine facile,
Fatiguer de mes vers et la cour et la ville :
Mais, hélas ! par malheur, abbé, le croiras-tu ?
Je ne te dirai point si c'est vice ou vertu,
Il me semble toujours, lorsque je viens d'écrire,
Que tout ce que j'ai dit, on le pourroit mieux dire ;
Qu'un tel vers, à mon sens, est languissant et froid ;
Que ce mot n'est pas bien placé dans son endroit ;
Là, que le bon sens souffre, et qu'ici la pensée
De ténèbres encor se trouve embarrassée.
Ainsi toujours chagrin, agité de remords,
Si j'en croyois la voix de mes justes transports,
Je cacherois bientôt, sous de sages ratures,
De mes vers mal polis les honteuses mesures ;
Ou bien, écoutant mieux la voix de la raison,
Le feu me vengeroit des froideurs d'Apollon.
Mais, malgré tous les maux où ma verve m'engage,
Abbé, vois, je te prie, à quel point va ma rage :
Comme si de ce dieu tous les trésors divers
Ne s'ouvroient que pour moi, je veux faire des vers.
J'ai beau, dans mon bon sens, blâmant mon impru-
    dence,
De mes astres malins accuser l'influence ;

Sitôt que mon démon vient m'offrir son secours,
Il faut, comme un torrent, que ma veine ait son cours;
Je me rejette en mer sans crainte de l'orage;
Et, tout humide encor de mon dernier naufrage,
J'aime mieux mille fois m'abandonner aux flots,
Qu'aux charmes indolents d'un ennuyeux repos.
Je serois trop heureux, si d'une autre manie
Le ciel ne prenoit soin de traverser ma vie;
Je ne me trouverois à plaindre qu'à demi,
Si je n'avois, abbé, que ce seul ennemi.
De quelque adroit poison dont il vînt me surprendre,
Je crois que je pourrois quelquefois m'en défendre:
Mais un dieu plein de haine est venu dans un jour
Souffler dedans mon cœur tous les feux de l'amour.
Depuis le triste instant qui vit finir ma joie,
Mon cœur de deux bourreaux est devenu la proie;
Et l'un n'a pas plus tôt suspendu sa fureur,
Que l'autre arme sa rage et déchire mon cœur :
Car, sitôt qu'Apollon souffre que je respire,
L'amour vient sur ses pas exercer son empire,
Et m'offrir un objet qui fut fait par les dieux
Pour le tourment des cœurs et le plaisir des yeux.
Que ce plaisir fatal m'a fait verser de larmes !
Qu'il en coûte à mon cœur d'avoir vu tant de charmes,
Et qu'il s'en faut, grands dieux! dans cet engagement,

Que le plaisir, hélas! n'égale le tourment!
Je veux à chaque instant m'échapper de ma chaine;
J'appelle à mon secours le dépit et la haine,
La raison, ses froideurs, les maux que j'ai soufferts,
Mais, toujours malgré moi retenu dans mes fers,
Plus je forme d'efforts, plus ma rebelle flamme,
S'irritant par mes soins, s'allume dans mon ame.
Trop heureux Q.... qui peux en un seul jour
Changer trois fois d'habit, de cheval, et d'amour;
Qui peux facilement, d'une flamme légère,
Passer du blond au brun, de la fille à la mère!
Pour le premier objet ton cœur est toujours prêt :
Tes plaisirs, il est vrai, sont sans goût, sans attrait;
Mais tu fais cependant, quoiqu'on en veuille rire,
L'amour sans rien souffrir, et même sans rien dire.
Que je serois heureux, si le ciel, en naissant,
M'eût donné, comme à toi, ce merveilleux talent;
Ou, comme à Robineau, qu'il eût mis dans ma bouche
Ces accents doucereux, ce langage qui touche,
Cet air tendre et flatteur, et ce discours concis
Qui fait qu'avec deux mots un cœur se trouve pris!
Mais, hélas! je n'ai rien de ce qu'il faut pour plaire :
Je ne puis bien parler, et ne saurois me taire.
Je me consolerois, si, comme au siècle d'or,
Les amants d'aujourd'hui faisoient l'amour encor.

IV.   12

La bouche étoit du cœur la fidèle interprète :
On n'appréhendoit point alors qu'une coquette
Apprît à ses soupirs quand ils devoient sortir,
Et que même les pleurs fussent faits à mentir;
Qu'une fausse bonté, succédant à la haine,
Vînt arrêter un cœur prêt à rompre sa chaîne :
On ignoroit encor l'art de dissimuler;
Qui plus avoit d'amour, mieux en savoit parler;
Dès que l'on aimoit bien, on étoit sûr de plaire :
Aussi par un retour et juste et nécessaire,
Il arrivoit toujours que le plus amoureux,
Malgré tous ses rivaux, étoit le plus heureux.
Ce beau temps est passé; tout a changé de face;
Et l'amour aujourd'hui ne se fait qu'en grimace.
Il faut être bourru, chagrin, fâcheux, jaloux,
Et plus prompt que Rodrigue à se mettre en courroux.
Moi-même le premier je sens cette foiblesse :
Qu'une mouche bourdonne autour de ma maîtresse,
Et vienne impudemment sur ses lèvres s'asseoir,
Ou qu'un zéphyr fripon lui lève son mouchoir,
Soudain j'entre en fureur, je pâlis, je frissonne,
Et je crois avoir vu mon rival en personne :
Je languis, je me plains, quand je vois ses appas;
Je ne souffre pas moins quand je ne les vois pas.
Ainsi, toujours fâcheux, odieux à moi-même,

Je passe tous mes jours dans une horreur extrême.
Je m'ennuie étant seul, le monde me déplait,
Et ne puis dire enfin si j'aime ou si je hais.

Voilà depuis cinq ans la vie que je mène :
Mais enfin il est temps que je sorte de peine ;
Et je viens dans ces vers, abbé, te consulter.
De deux rudes métiers lequel dois-je quitter ?
Cesserai-je d'aimer, ou bien d'être poëte ?
Tu vas me conseiller, en personne discrète,
De laisser l'un et l'autre, et les vers et l'amour.
Il est vrai : mais c'est trop entreprendre en un jour.
Et tu seras encore un saint d'un grand mérite,
Si tu peux, par conseils, par art, par eau bénite,
Exorciser en moi l'un de ces deux démons :
Abbé, je t'en conjure ; et si par tes sermons
Apollon et l'Amour peuvent quitter la place,
S'il en rentre en mon cœur jamais la moindre trace,
Je consens que mon bras, chargé de nouveaux fers,
De l'Ottoman encor fasse écumer les mers ;
De n'aller qu'en béquille, ou sur une civière ;
De ne faire concert qu'avecque Goupillière ;
Et, pour comble à la fin d'ennuis et de tourment,
De ne voir de trois mois la belle Lallemant.

〰〰〰〰〰〰〰〰〰〰〰〰〰〰〰〰〰〰

ÉPITRE III.

—

A M. QUINAULT,

Auditeur en la chambre des comptes, l'un des quarante de l'Académie françoise, et de celle des
inscriptions et belles-lettres.

FAVORI des neuf Sœurs, toi que l'Amour fit naître
Pour être en l'art d'aimer et le guide et le maître,
Et dont les vers galants, libres et pleins d'attraits,
Fournissent à ce dieu les plus sûrs de ses traits ;
Toi qui connois si bien le cœur et la tendresse ;
Quinault, souffre aujourd'hui qu'à toi seul je m'a-
       dresse
Pour châtier des vers, enfants d'un noble feu
Qui n'avoit d'Apollon peut-être aucun aveu :
Juge juste et sévère, ajoute, change, efface ;

Viens des vers trop pompeux humilier l'audace ;
Fais à de languissants prendre un plus noble essor ;
Sous tes critiques mains tout va devenir or.
Si mon foible travail s'attire quelque gloire,
Je te la devrai plus qu'aux Filles de mémoire ;
Et pour élève enfin si tu veux m'avouer,
C'est par cet endroit seul qu'il faudra me louer :
Car enfin, de tes traits admirateur fidèle,
Où trouverai-je ailleurs un plus parfait modèle,
Soit que ma muse un jour donne à Lulli des vers,
Soupirés d'un cœur tendre, et dignes de ses airs ;
Soit que je veuille encor, d'une plus forte haleine,
Pour le cothurne altier faire couler ma veine ;
Ou qu'un plus noble feu m'emportant vers les cieux,
Je chante d'un héros les exploits glorieux ?
En effet, qui sait mieux dans les plus froides ames
Allumer les brasiers des amoureuses flammes ?
On diroit que l'Amour t'a remis son carquois,
Qu'il frappe par tes coups et touche par ta voix.
Si tu chantes Louis que l'univers révère,
Tu cesses d'être Ovide, et prends le ton d'Homère.
Quelle gloire pour toi, que tes illustres vers
Ayent donné matière à ces nobles concerts
Qui vont porter son nom du midi jusqu'à l'Ourse,
Et du couchant aux lieux où le jour prend sa source !

A l'ombre de ce nom, cher Quinault, ne crains pas
D'être soumis aux lois d'un injuste trépas :
A l'injure des ans ta gloire est arrachée,
Puisqu'elle est pour jamais à Louis attachée.
Heureux, si, comme toi, plein de divins transports,
Je lui pouvois un jour consacrer mes efforts !
Mais foible et vain desir ! quelle muse assez fière
Osera maintenant entrer dans la carrière ?
Campistron m'apprend trop, dans de pareils combats,
Les dangers que l'on court en marchant sur ses pas.
Je repousse bien loin de flatteuses amorces,
Et sais mieux mesurer mes desseins à mes forces.
Que d'autres, plus hardis, dans ces nobles travaux,
S'efforcent d'imiter Racine et Despréaux ;
Mais moi, je n'irai point, trop altéré de gloire,
Honorer le triomphe acquis à leur victoire ;
Content de t'admirer dans un vol glorieux,
Je te suivrai, Quinault, et du cœur et des yeux.

ÉPITRE IV.

A M. DU VAULX.

Toi que, pour un faux pas, un sort trop inhumain
Attache sur un lit avec des clous d'airain,
Quel que soit le chagrin dont ton ame est saisie,
Du Vaulx, le croirois-tu? ton sort me fait envie.
Non que j'ignore à quoi doivent aller tes maux :
De longs frémissements troubleront ton repos ;
Une maligne humeur sur ta jambe épandue
Par cent élancements cherchera son issue :
Je sais que trente fois, dans son char radieux,
Le soleil fournira la carrière des cieux,
Avant que, pleinement remis de ta disgrace,
Ton pied dans tes vergers laisse après toi la trace,
Ou que, voulant tromper les hivers et les vents,

Tes chevaux à Paris te mènent à pas lents.

Si cet éloignement, à ton humeur trop rude,
Des maux que tu ressens aigrit l'inquiétude,
Que dans nos sentiments nous différons tous deux !
Car c'est par cet endroit que je te trouve heureux.
Tu vis tranquille aux champs, tandis qu'en cette ville
Rien ne s'offre à mes yeux qui n'échauffe ma bile.
Pendant un mois au moins les tiens ne verront pas
Mille objets de chagrin qu'on trouve à chaque pas.
Un ** embrassant l'une et l'autre portière
Du char dont autrefois il ornoit le derrière,
Traîné par des coursiers qui, d'un pas menaçant,
Font trembler les pavés, et gronder le passant.
Tu n'es point obligé, tout dégouttant de boue,
De serrer les maisons de peur qu'on ne te roue,
Et, demeurant long-temps contre le mur collé,
De voir encor passer le train de Champmêlé.
Tu ne crains point, Du Vaulx, qu'au détour d'une
    rue,
Dainville vienne à toi, malgré sa courte vue,
Et, vomissant des vers fades et mal tournés,
N'infecte ton esprit encor plus que ton nez.
Tu ne vois point d'un fat l'ennuyeuse figure,
Bouffi du vain orgueil de sa magistrature,
Insulter au bon sens, et n'offrir, pour vertus,

Que trois laquais en jaune, et cent fois mille écus.
Pour moi, qui cède au cours d'une humeur incertaine,
Et qui vais jour et nuit où le plaisir m'entraîne,
Quelque soin que je prenne à détourner mes yeux,
Les sots ou les fripons me cherchent en tous lieux.
Je rencontre Alidor, dont la haute impudence
Croit duper jusqu'à Dieu par sa sainte apparence,
Et qui, sous un dehors charitable et pieux,
Cache un franc usurier : Bernard, Portail, Brieux,
Ont gémi sous le poids des intérêts qu'il tire;
Et c'est le... enfin, puisqu'il faut te le dire.
Le... me diras-tu! parlez mieux, s'il vous plaît;
Le... est honnête homme. Il est vrai qu'il connoît
Combien sur un billet par mois on doit rabattre,
Et ce que cent écus rendent au denier quatre:
Mais du pauvre en revanche il fournit aux besoins,
Et l'on voit l'hôtel-dieu prospérer par ses soins.
Je me tais : car enfin je vois, plus j'examine,
Qu'être honnête homme ici, c'est en avoir la mine.
Damon, midi sonnant, vêtu d'un habit noir,
Un dimanche, dans l'œuvre, au sermon vient s'asseoir;
D'un gros livre, à l'instant, que son bras porte à peine,
Il parcourt les feuillets, et les lit d'une haleine.
Tu croirois, à le voir, que le ciel en courroux
Suspend, en sa faveur, tous ses carreaux sur nous :

Mais prends garde à ce fourbe ; et, par trop d'impru-
    dence,
Ne va pas d'un dépôt charger sa conscience ;
Tu le verrois bientôt, avec un front d'airain,
Nier d'avoir reçu ce qu'il prit de ta main ;
Et, par mille serments, au mépris du tonnerre,
Attester hautement et le ciel et la terre.
Mais, je t'entends déja, d'un ton de défenseur,
Blâmer les traits aigus de mon esprit censeur ;
Et, lâche adulateur, t'élever, et me dire
Que ces emportements sont bons pour la satire ;
Qu'on peut trouver encor quelque honnête homme
    ici,
Et que tous ne sont pas faits comme...
Ariste, diras-tu, n'est-il pas un modèle
D'un homme plein d'honneur, et d'un ami fidèle ?
N'est-il pas doux, sincère, obligeant, généreux ?
D'accord : mais, entre nous, il n'est pas malheureux
D'avoir pu se purger, quoi que dans lui l'on vante,
De maints fâcheux griefs sus dans la chambre ardente.
    Tout mortel porte un fond corrompu, vicieux ;
Le plus saint est celui qui le cache le mieux :
Et la vertu qu'on voit, si l'on en voit quelqu'une,
N'est qu'un effet de l'art ou bien de la fortune.

D'un intrépide cœur, Crispin, plus de vingt fois,
A frustré, dans Paris, le gibet de ses droits;
Cependant aujourd'hui le premier à l'église,
Le ciel ne fait de bien que par son entremise:
Il est dévot, pieux; et, pour n'en dire rien,
C'est qu'il a pris assez pour être homme de bien;
Que de mille orphelins il a fait des victimes,
Et ses vertus ne sont que le fruit de ses crimes.
Sans les coups imprévus d'un outrageant cornet,
Ou les revers affreux d'un maudit lansquenet,
Verroit-on d'O... plein d'une ardeur nouvelle,
Servir les hôpitaux, prier Dieu d'un grand zèle?
Non; autour d'une table, assis en quelque lieu,
De toute autre manière il parleroit à Dieu.
Mais je m'emporte trop, et ma mordante veine
Des esprits mal tournés va m'attirer la haine.
Et que veux-je de plus? Si tu m'aimes, Du Vaulx,
Je suis assez vengé de la haine des sots.
Démocrite, après tout, l'estima-t-on moins sage,
Lorsque d'un ris moqueur il châtioit son âge,
Et que, las des lombards qu'il trouvoit en tous lieux,
Pour n'en plus voir enfin il se creva les yeux?
 Cependant, de son temps, voyoit-on dans Abdère
Un Pécourt de ses airs insulter le parterre?

Voyoit-on la... sous un dais de velours ?
La... d'un duc devenir les amours,
Après que chacun sait qu'autrefois de chez elle
On ne faisoit qu'un saut chez Bessière ou Morelle ?
Il ne rencontroit point alors en son chemin
Une mule à pas lents traînant un médecin,
Et n'auroit jamais cru qu'en ce temps où nous sommes
On eût mis à profit l'art de tuer les hommes.
Que diroit-il, grands dieux ! si, sur les fleurs-de-lis,
Il voyoit au palais un magistrat assis,
Qui, malgré les clameurs de Maurice en furie,
Se dédommage à fond d'une longue insomnie,
Et, n'ayant pas du fait entendu quatre mots,
Pour donner un arrêt, se réveille en sursaut ;
S'il voyoit des repas dont la folle dépense
Des eaux et des forêts épuise l'abondance ;
S'il voyoit un sénat de cuisiniers fameux
Pour quelque nouveau mets tenir conseil entre eux,
Donner des lois au goût, et, pour le satisfaire,
Y décider en chef des points de bonne chère ?
　　Mais voilà bien prêcher, me dira Daigremont,
Qui, comme moi, souvent bâille et dort au sermon.
A quoi bon ces chagrins ? quel démon vous agite ?
En vain contre les mœurs la raison vous irrite ;

Par quatre méchants vers, peut-être déja dits,
Croyez-vous changer l'homme et redresser Paris?
Non; je sais que vouloir réformer cette ville,
C'est tracer sur le sable un sillon inutile;
Que Bourdaloue et moi, nous prêcherions mille ans,
Avant que la Dussé se passât de galants.
Je sais que Saint O...., quoi qu'on fasse et qu'on die,
Sera fripon au jeu tout le temps de sa vie.
Mais du moins je fais voir que, marchant loin des sots,
Je sépare souvent le vrai d'avec le faux.
Je distingue... d'avec un homme sage,
Et ne suis point enfin la dupe de mon âge.

ÉPITRE V.

Quoi! toujours prévenu des sentiments vulgaires,
Ne sortiras-tu point des routes ordinaires?
Et veux-tu, te laissant entraîner au torrent,
Toujours dans tes erreurs suivre un peuple ignorant
Ne pourrai-je à la fin te mettre dans la tête
Que ces opinions où le peuple s'arrête
Sont ces faux loups-garoux, ces masques effrayants,
Ces spectres dont ici l'on fait peur aux enfants?
Ne sais-tu point encor, par ton expérience,
Que tout ce qu'ici-bas on appelle science,
N'est qu'un abîme obscur, où nous trouvons enfin
Qu'il n'est rien de si sûr que tout est incertain;
Qu'une femme en sait plus que...
Tu ris! Qu'a donc, dis-moi, ce discours qui t'étonne
Je ne veux que deux mots pour te pousser à bout.
Qu'est-ce que le savoir? L'art de douter de tout.

Ignorer ou douter étant la même chose,
Un simple esprit, certain de ce qu'on lui propose,
N'est-il pas, réponds-moi, mille fois plus savant
Dans ses égarements, que ce docte ignorant,
Lequel, interrogé si le soleil éclaire,
Répond : Je n'en sais rien ; j'en doute ; il se peut faire ?
Mais il faut s'égayer; et, sur le même ton,
Après t'avoir prouvé par plus d'une raison
Que l'homme ne sait rien qu'à force d'ignorance,
Sceptique dangereux, je dis plus, et j'avance
Que le bien et le mal n'est qu'en opinion;
Que faire l'un ou l'autre est faire une action
Que la loi seulement défend ou rend licite,
Et qui ne porte en soi ni crime ni mérite;
Que l'un dans l'autre enfin est si fort confondu,
Que le bien est un mal, le crime une vertu.
Ma doctrine n'est pas tout-à-fait orthodoxe,
J'en conviens, et je sais qu'un pareil paradoxe
Du portique incertain a toujours pris l'essor.
Mais il faut le prouver comme l'autre : d'accord.
Le bien dont nous parlons n'est-il pas d'une essence
Qui ne prend que de soi toute son excellence;
Qui, recherché de tous, et toujours précieux,
N'emprunte sa valeur ni du temps ni des lieux ?
Le mal est, d'autre part, ce qu'une voix tacite

Nous dit être mauvais, et que chacun évite.
Or, dis-moi, quelle chose est d'un goût général
Ici-bas reconnue ou pour bien ou pour mal?
Chaque peuple à son gré, conduit par ses caprices,
N'a-t-il pas ordonné des vertus et des vices?
Et, sans de la raison écouter trop la voix,
Ce qui fut mal en soi fut fait bien par les lois.
Chacun, dans ses erreurs, ou fâcheux, ou commode,
S'établit une loi purement à sa mode.
Ainsi l'on vit du Nil les brûlés habitants
Peindre les anges noirs, comme les démons blancs.
Le porc est chez l'hébreu le morceau détestable,
Le porc chez les chrétiens est l'honneur de la table;
Et sur le même mets nous voyons attaché,
Pour les uns du plaisir, pour d'autres du péché.
L'Ottoman ne sauroit boire du vin sans crime;
Le Germain, s'il n'en boit, ne peut être en estime;
Et c'est une vertu, sur les rives du Rhin,
De perdre la raison pour faire honneur au vin.
On a, dans mille lieux, vingt femmes de réserve;
Deux suffisent ici pour aller droit en Grève;
Même les plus sensés, craignant le nom de sot,
Ont jugé sainement qu'une étoit encor trop.
Un mari, redoutant les coups de la tempête
Dont le musqué blondin vient menacer sa tête,

Croit qu'il n'est point au monde un plus sensible af-
 front
Que celui qui, sans bruit, le peut marquer au front,
Et qu'il n'est devant Dieu d'actions plus énormes
Que ces crimes féconds qui font pousser les cornes.
Il n'en est pas de même en ces tristes pays
Que sous d'âpres glaçons l'Aquilon tient transis.
Qui le sait mieux que moi? La froide Laponie
De ces sottes erreurs ignore la manie :
Pour honorer son hôte, il faut (me croiras-tu ?)
Prendre le soin fâcheux de le faire cocu.
Cocu! Vous vous moquez. Bon! il n'est pas possible.
Et pourquoi non? Qu'a donc ce mot de si terrible?
Les femmes n'en ont pas, comme toi, tant de peur.
Cela fut bon jadis. Voyez le grand malheur,
Quand ton nom des cocus grossira le volume,
Si ton front à la chose aisément s'accoutume !
Eh! pourquoi, sans raison, du seul mot s'effrayer?
Je le dis entre nous, il faut que ce métier
Ne soit pas, après tout, un si rude exercice,
Puisqu'on voit tous les jours dedans cette milice
Des flots d'honnêtes gens venir prendre parti.
Mais je reviens au point duquel je suis sorti,
Et je dis qu'il n'est point de vertu ni de vice
Qui ne change de nom suivant notre caprice,

IV.   13

Et que tout ici-bas est diversement pris
Par les gens plus sensés et les plus beaux esprits.
    Ces lieux si décriés, que ces femmes humaines
Tiennent pour soulager les amoureuses peines,
Ces temples de Vénus, où l'on voit si souvent
Le commissaire en robe appuyé du sergent ;
Ces lieux contre lesquels le dévot voisinage
Va déchaîner son zèle et déployer sa rage,
Sont détestés en France, et bénis au Levant,
Où l'on voit tous les jours le pieux musulman
Fonder sur les chemins, par un excès de zèle,
Ainsi qu'un hôpital ou bien une chapelle,
De ces lieux que l'on trouve ici si dangereux,
Pour les pressants besoins du passant amoureux.
Cependant, à nous voir, nous sommes les seuls sages ;
Rien ne fut mieux conçu que nos lois, nos usages.
Il est vrai : mais bientôt, par de bonnes raisons,
L'Indien va nous placer aux petites-maisons.
En effet, dira-t-il, quelle fureur extrême
De mettre en terre un corps qu'on chérit, que l'on
      aime,
Pour être indignement la pâture des vers ?
Qu'avec plus de raison, en cent ragoûts divers,
Le fils mangeant le père, il lui rend en partie
Ce qu'il reçut de lui quand il vint à la vie !

Et, ranimant sa chair, et réchauffant son sang,
Il lui fait de son corps un sépulcre vivant !
Quelle horreur ne font pas ces sentiments bizarres ?
Mais pourtant dans ces lieux si cruels, si barbares,
Nous-mêmes nous passons pour des gens sans amour,
Ingrats, dénaturés, et peu dignes du jour.
Non, non, je le dirai, il n'est point de folie
Qui ne soit ici-bas en sagesse établie,
Point de mal qui pour bien ne puisse être reçu,
Et point de crime enfin qu'on n'habille en vertu.
Un voleur par la ville, en pompeuse ordonnance,
Est du fond d'un cachot conduit à la potence :
La raison, l'équité, la coutume, les lois,
Pour demander sa mort tout élève sa voix.
En jugiez-vous ainsi jadis, Lacédémone,
Quand, par votre ordre exprès, une illustre couronne
Venoit ceindre le front du plus adroit voleur,
Qu'on renvoyoit comblé de présents et d'honneur ?
Cependant les décrets que vous sûtes écrire
Furent reçus dans Rome, et ce fameux empire,
Qui prescrivoit des lois à l'univers jaloux,
Se fit toujours honneur d'en recevoir de vous.

Mais pourquoi s'étonner que des lois étrangères
Soient, suivant le caprice, aux nôtres si contraires ?
Nous-mêmes, sans raison, à nous-même opposés,

13.

Nous punissons des faits par nous-même encensés ;
Et, sans avoir pour nous de raisons légitimes,
Le succès fait toujours nos vertus ou nos crimes.
Il est vrai, j'en conviens, nous voyons parmi nous
Les suivants de Thémis, de leur pouvoir jaloux,
Contre des malheureux déchaîner leur colère.
Mais ces voleurs fameux de la première sphère,
Ces riches partisans, ces heureux scélérats,
Malgré tous leurs forfaits, ne les voyons-nous pas,
A force d'entasser injustices sur crimes,
Se tracer une route aux rangs les plus sublimes ?
Voler au coin d'un bois pour éviter la faim,
C'en est trop pour mourir d'un supplice inhumain ;
Mais, sous le faux semblant de l'intérêt du prince,
Désoler en un an la plus riche province,
Faire gémir le peuple, accabler l'équité,
Se faire une vertu de son iniquité,
Immoler tous les jours d'innocentes victimes,
Et remporter enfin, pour le fruit de ses crimes,
Le repos malheureux de n'en connoître plus ;
Voilà, voilà des faits dont se sont prévalus
Ceux qu'on a vus par là mériter l'alliance
D'un duc et pair, ou bien d'un maréchal de France.
Par cent bouches d'airain mettre une ville à bas,
Ravir une province, enlever des états,

Déposséder des rois affermis sur le trône,
Leur ôter en un jour la vie et la couronne,
Précipiter enfin cent peuples dans les fers,
Et porter l'épouvante aux coins de l'univers ;
N'est-ce pas là courir de victoire en victoire,
Et faire des exploits d'éternelle mémoire ?
Répandre un peu de sang, c'est être un assassin,
C'est être d'un gibet l'honneur et le butin :
Mais de ruisseaux de sang inonder les campagnes,
De morts et de mourants élever des montagnes,
Immoler l'univers à toute sa fureur ;
A force de trépas, de carnage, et d'horreur,
Obliger le soleil à rebrousser sa course,
Et révolter les eaux contre leur propre source :
Que fîtes-vous jamais, illustres conquérants,
Pour mériter le nom d'invincibles, de grands,
Que ces fameux forfaits que l'univers admire ?
N'est-ce pas à ce prix qu'on achète un empire ?
Et vous eût-on jamais élevé des autels,
Si vous n'eussiez été qu'à demi criminels ?
Pourquoi commandes-tu que je perde la vie ?
Dit ce corsaire un jour au vainqueur de l'Asie.
Ce fut toi qui m'appris, en pillant l'univers,
Le métier malheureux de voler sur les mers :
Nous exerçons tous deux le même art de pirate ;

En cela différents, que toi dessus l'Euphrate
Tu ravis tous les jours des empires nouveaux,
Et que moi je ne prends sur mer que des vaisseaux.
N'avoit-il pas raison ? Car si, pour le bien prendre,
Le corsaire eût été plus voleur qu'Alexandre,
Par un fâcheux revers alors on auroit vu
Le premier sur le trône, et le second pendu.

    La plus belle action n'est bien souvent qu'un vice.
Romains, vous l'enseigniez, quand du dernier sup-
    plice
Vous punissiez vos fils en criminels d'état,
Quand ils avoient vaincu sans l'ordre du sénat.
De si hautes vertus, de si rares maximes,
Par leur trop de hauteur dégénèrent en crimes ;
Et le crime élevé, et d'éclat revêtu,
Perd son nom dans son vol, et se change en vertu.
Que je te plains, hélas ! malheureuse duchesse,
D'être du campagnard et du clerc la maîtresse !
Tu vois depuis quinze ans dans ton indigne emploi
Ta honte tous les jours s'élever contre toi.
Si comme une Laïs, ou comme une Faustère,
Tu pouvois captiver les maîtres de la terre,
Et, t'élevant enfin par quelque coup d'éclat,
Devenir les amours d'un ministre d'état ;
Alors, certes, alors, ennoblie, estimée,

Tu verrois de ton sort changer la renommée ;
Tu verrois dans l'état tout soumis à tes lois ;
Seule tu donnerois les charges, les emplois,
Qui tu voudrois iroit par la ville en carrosse ;
Tu verrois à tes pieds et l'épée et la crosse ;
Et la France viendroit, ne jurant que par toi,
T'implorer, comme on fait le tout-puissant Louvois.
Plutôt que d'épuiser une telle matière,
Je compterois vingt fois combien au cimetière
Pilon, l'homme aux pardons, a fait porter de corps,
Combien au jeu Robert a perdu de trésors,
Et combien la Milieu, la beauté de notre âge,
A de fois en un an recrépi son visage.

ÉPITRE VI.

—

A M. . . . .

Sɪ tu peux te résoudre à quitter ton logis,
Où l'or et l'outremer brillent sur les lambris,
Et laisser cette table avec ordre servie,
Viens, pourvu que l'amour ailleurs ne te convie,
Prendre un repas chez moi demain, dernier janvier,
Dont le seul appétit sera le cuisinier.
Je te garde avec soin, mieux que mon patrimoine,
D'un vin exquis, sorti des pressoirs de ce moine
Fameux dans Ovilé, plus que ne fut jamais
Le défenseur du clos vanté par Rabelais.
Trois convives connus, sans amour, sans affaires,
Discrets, qui n'iront point révéler nos mystères,
Seront par moi choisis pour orner le festin.
Là, par cent mots piquants, enfants nés dans le vin,

Nous donnerons l'essor à cette noble audace
Qui fait sortir la joie et qu'avoueroit Horace.
    Peut-être ignores-tu dans quel coin reculé
J'habite dans Paris, citoyen exilé,
Et me cache aux regards du profane vulgaire?
Si tu le veux savoir, je vais te satisfaire.
Au bout de cette rue où ce grand cardinal,
Ce prêtre conquérant, ce prélat amiral,
Laissa pour monument une triste fontaine,
Qui fait dire au passant, que cet homme, en sa haine,
Qui du trône ébranlé soutint tout le fardeau,
Sut répandre le sang plus largement que l'eau,
S'élève une maison modeste et retirée,
Dont le chagrin sur-tout ne connoît point l'entrée :
L'œil voit d'abord ce mont dont les antres profonds
Fournissent à Paris l'honneur de ses plafonds;
Où de trente moulins les ailes étendues
M'apprennent chaque jour quel vent chasse les nues :
Le jardin est étroit; mais les yeux satisfaits
S'y promènent au loin sur de vastes marais.
C'est là qu'en mille endroits laissant errer ma vue
Je vois croître à plaisir l'oseille et la laitue;
C'est là que, dans son temps, des moissons d'artichauts
Du jardinier actif secondent les travaux,
Et que de champignons une couche voisine

Ne fait, quand il me plaît, qu'un saut dans ma cuisine :
Là, de Vertumne enfin les trésors précieux
Charment également et le goût et les yeux.
Dans le sein fortuné de ce réduit tranquille,
Je ne veux point savoir ce qu'on fait dans la ville ;
J'ignore si Paris fait des feux pour la paix ;
Mes yeux n'y voyent point un maudit Bourvalais
Dans un char surdoré jouir avec audace
Des regards indignés dont chacun le menace ;
Je n'entends point crier tant de nouveaux...
De l'avare cerveau de... sortis.
Libre d'ambition, d'amour, de jalousie,
Cynique mitigé, je jouis de la vie ;
Et, pour comble de biens, dans ce lieu retiré,
Je n'y connus jamais ni M... ni G...

　　Dans ce logis pourtant humble et dont les tentures
Dans l'eau des Gobelins n'ont point pris leurs tein-
　　　tures,
Où Mansart de son art ne donna point les lois,
Sais-tu quel hôte, ami, j'ai reçu quelquefois ?
Enghien, qui, ne suivant que la gloire pour guide,
Vers l'immortalité prend un vol si rapide,
Et que Nerwinde a vu, par des faits inouis,
Enchaîner la victoire aux drapeaux de Louis.
Ce prince, respecté moins par son rang suprême

Que par tant de vertus qu'il ne doit qu'à lui-même,
A fait plus d'une fois, fatigué de Marly,
De ce simple séjour un autre Chantilly.
Conti, le grand Conti, que la gloire environne,
Plus orné par son nom que par une couronne,
Qui voit, de tous côtés, du peuple et des soldats
Et les cœurs et les yeux voler devant ses pas ;
A qui Mars et l'Amour donnent, quand il commande,
De myrte et de laurier une double guirlande ;
Dont l'esprit pénétrant, vif et plein de clarté,
Est un rayon sorti de la divinité ;
A daigné quelquefois, sans bruit, dans le silence,
Honorer ce réduit de sa noble présence.
Ces héros, méprisant tout l'or de leurs buffets,
Contents d'un linge blanc et de verres bien nets,
Qui ne recevoient point la liqueur infidèle
Que Rousseau [1] fit chez lui d'une main criminelle,
Ont souffert un repas simple et non préparé,
Où l'art des cuisiniers, sainement ignoré,
N'étaloit point au goût la funeste élégance
De cent ragoûts divers que produit l'abondance,
Mais où le sel attique, à propos répandu,
Dédommageoit assez d'un entremets perdu.

[1] Marchand de vin.

C'est à de tels repas que je te sollicite;
C'est dans cette maison où ma lettre t'invite.
Ma servante déjà, dans ses nobles transports,
A fait à deux chapons passer les sombres bords.
Ami, viens donc demain; avant qu'il soit une heure.
Si le hasard te fait oublier ma demeure,
Ne va pas t'aviser, pour trouver ma maison,
Aux gens des environs d'aller nommer mon nom.
Depuis trois ans et plus, dans tout le voisinage,
On ne sait, grace au ciel, mon nom et mon visage:
Mais demande d'abord où loge dans ces lieux
Un homme qui, poussé d'un desir curieux,
Dès ses plus jeunes ans sut percer où l'aurore
Voit de ses premiers feux les peuples du Bosphore;
Qui, parcourant le sein des infidèles mers,
Par le fier Ottoman se vit chargé de fers;
Qui prit, rompant sa chaîne, une nouvelle course
Vers les tristes Lapons que gèle et transit l'Ourse,
Et s'ouvrit un chemin jusqu'aux bords retirés
Où les feux du soleil sont six mois ignorés.
Mes voisins ont appris l'histoire de ma vie,
Dont mon valet causeur souvent les désennuie.
Demande-leur encore où loge en ces marais
Un magistrat qu'on voit rarement au palais;
Qui, revenant chez lui lorsque chacun sommeille,

Du bruit de ses chevaux bien souvent les réveille ;
Chez qui l'on voit entrer, pour orner ses celliers,
Force quartauts de vin, et point de créanciers.
Si tu veux, cher ami, leur parler de la sorte,
Aucun ne manquera de te montrer ma porte.
C'est là qu'au premier coup tu verras accourir
Un valet diligent qui viendra pour t'ouvrir :
Tu seras aussitôt conduit dans une chambre
Où l'on brave à loisir les fureurs de décembre.
Déja le feu, dressé d'une prodigue main,
S'allume en pétillant. Adieu jusqu'à demain.

SUR LE MARIAGE.

STANCES.

En ce temps malheureux où tout le genre humain,
La flamme et le fer à la main,
Ne travaille qu'à se défaire,
On ne sauroit trop honorer
Ceux qui, d'humeur plus débonnaire,
Ne cherchent qu'à le réparer.

L'Hymen, pour repeupler la terre,
Au lieu d'un vain honneur que vous offre la guerre,
Vous donnera de vrais plaisirs.
On ne trouvera point votre nom dans l'histoire :
Mais vivre au gré de ses desirs
Vaut bien mieux qu'une mort avec un peu de gloire.

Ne divertissez point les fonds

Destinés pour la paix de votre mariage :
Encore aurez-vous peine, usant de ce ménage,
    A payer toutes les façons
    Que demande un si grand ouvrage.

Pour être heureux époux, soyez toujours amant ;
    Que, bien plus que le sacrement,
    L'amour à jamais vous unisse ;
Et pour faire durer le plaisir entre vous,
    Que ce soit l'amant qui jouisse
    De tout ce qu'on doit à l'époux.

Pour vivre sans débat dans votre domestique,
    Vous n'avez qu'un moyen unique ;
    Et je vais vous le découvrir.
Ne vous entêtez point d'être chez vous le maître ;
    Mais, si l'on veut bien le souffrir,
    Contentez-vous de le paroître.

    Quoi qu'on vous vienne débiter,
    Que rien ne vous fasse douter
    Que votre épouse est toujours sage ;
    Car, sans cet article de foi,
Qu'on doit croire toujours, et souvent malgré soi,
    Point de salut en mariage.

SONNET.

Jardin délicieux, que l'art et la nature
S'efforcent d'enrichir par un concours égal,
Où cent jets d'eau divers, élançant leur cristal,
Des couleurs de l'iris retracent la peinture :

Cabinets toujours verts, rustique architecture,
A qui jamais l'hiver ne put faire de mal,
Qui, bordant à l'envi les rives d'un canal,
Répètent dans les eaux leur charmante figure :

Parterres enchantés, lauriers, myrtes, jasmins,
Que Flore prit plaisir de planter de ses mains,
Et qui font l'ornement de la saison nouvelle :

Dans le charmant réduit de tant d'aimables lieux,
Moins faits pour les mortels qu'ils ne sont pour les
    dieux,
Qu'il est doux à loisir de pousser une selle !

DIVERTISSEMENT

A METTRE EN MUSIQUE.

Une troupe de Joueurs, dont douze habillés comme les figures des cartes, Rois, Dames, et Valets, conduits par la Fortune.

MARCHE POUR LES JOUEURS.

LA FORTUNE.

Je suis fille du Sort, inconstante et légère ;
Tout fléchit sous ma loi :
De tous les dieux que l'univers révère,
Aucun n'a plus d'autels ni plus de vœux que moi.

Je donne à mon gré les richesses ;
Tout mortel à me suivre employe tous ses soins ;
Je comble souvent de caresses
Ceux qui les attendent le moins.

Vous, qu'une ardeur fidèle

IV. 14

Attache à mes pas chaque jour,
Faites voir ici votre zèle;
Méritez les faveurs qu'on espère à ma cour.

AIR pour les Suivants de la Fortune, et pour les Cartes.

LE CHOEUR.

Nous tous, qu'un soin fidèle
Attache à ses pas chaque jour,
Faisons voir ici notre zèle;
Méritons les faveurs qu'on espère à sa cour.

AIRS pour les Suivants de la Fortune, et pour les Joueurs,
travestis en figures de cartes.

UN JOUEUR, UN AMANT.

LE JOUEUR.

Vous qui suivez l'Amour, votre joie est commune;
Le jeu seul peut nous rendre heureux.

L'AMANT.

Infortunés Joueurs, qui suivez la Fortune,
L'amour seul fait qu'un cœur n'est jamais malheureux.

LE JOUEUR.

Quel plaisir de languir auprès d'une cruelle
Qui vous vend bien cher ses rigueurs?

L'AMANT.

Quel plaisir de languir auprès d'une infidèle
    Dont on doit craindre les faveurs ?

LE JOUEUR.

La Fortune et ses biens flattent notre espérance,
    Et peuvent combler nos desirs.

L'AMANT.

L'Amour et ses douceurs auront la préférence ;
    Même dans ses chagrins on trouve des plaisirs.

LE JOUEUR.

    C'est la Fortune qu'il faut suivre ;
    Tôt ou tard elle rend contents.
    L'Amour à mille maux nous livre,
Et ses biens trop tardifs s'attendent trop long-temps.

L'AMANT.

    C'est l'Amour qu'il faut suivre ;
    Tôt ou tard il nous rend contents.

LA FORTUNE.

    Votre querelle m'importune ;
La Fortune et l'Amour sont unis dans ce jour :
    Rarement on est bien avec l'Amour,
    Quand on est mal avec la Fortune.

    (On recommence l'air des Joueurs déguisés.)

LA FORTUNE.

Vos jeux ont eu pour moi de sensibles appas :

14.

Je reconnoîtrai votre zèle.
Venez, suivez mes pas
Où la Fortune vous appelle.

LE CHOEUR.

Allons, suivons ses pas ;
La Fortune nous appelle [1].

~~~~~~

POUR Mlle L.

AIR.

Vainement je cherche quel crime
Rend votre courroux légitime ;
L'Amour contre vous me défend.
Qu'ai-je dit, ou qu'ai-je pu faire ?
Mais je ne puis être innocent,
Puisqu'enfin j'ai su vous déplaire.

En vain l'Amour me justifie ;

[1] Le surplus de ce divertissement ne s'est pas trouve parmi les papiers de M. Regnard après son décès.

Je traîne une odieuse vie :
Heureux si je perdois le jour !
Que me sert-il, dans ma tristesse,
D'être si bien avec l'Amour
Et si mal avec ma maîtresse ?

POUR LA MÊME,

SUR SA MALADIE.

Elle est en proie à mille peines ;
Un feu dévorant dans ses veines
Chaque jour vient s'y receler :
Une fièvre ardente consume
Celle qui ne devroit brûler
Que des feux que l'Amour allume.

CHANSON

POUR Mesdemoiselles LOYSON[1],

EN 1702.

Pour la Doguine
Qu'un autre se laisse enflammer :
Si je n'avois point vu Tontine,
Je pourrois me laisser charmer
Par la Doguine.

Ou brune ou blonde,
Tontine charme également ;
Et, pour contenter tout le monde,
Elle est alternativement
Ou brune ou blonde.

1 Dans leur société, l'aînée s'appeloit Doguine; la cadette, Tontine.

Sur son visage
Mille petits trous pleins d'appas
Des Amours sont le tendre ouvrage;
Sans compter ceux qu'on ne voit pas
Sur son visage.

Sa belle bouche
Est pleine de ris et d'attraits;
Elle ne dit rien qui ne touche:
L'Amour a choisi pour palais
Sa belle bouche.

Sa gorge ronde
Est de marbre, à ce que je croi;
Car mortel encor dans le monde
N'a vu que des yeux de la foi
Sa gorge ronde.

Quelle est charmante
Avec les accents de sa voix [1]!
Ou quand une corde touchante
Parle tendrement sous ses doigts,

[1] Mademoiselle Tontine étoit grande musicienne; elle chantoit bien, et jouoit du clavecin parfaitement.

Qu'elle est charmante !

De la Doguine
Je veux célébrer les attraits ;
Elle est digne sœur de Tontine :
Ami, verse-moi du vin frais
        Pour la Doguine.

Qu'elle est aimable,
Quand Bacchus la tient sous ses lois !
Mais bien qu'elle triomphe à table,
L'Amour ne perd rien de ses droits.
        Qu'elle est aimable !

Tous, à la ronde,
Vidons ce verre que voilà ;
C'est à cette charmante blonde [1] :
Peut-être elle nous aimera
        Tous, à la ronde.

[1] L'aînée étoit blonde, la cadette étoit brune.

AUTRE COUPLET

POUR LES DEUX SOEURS,

EN 1702.

Sur l'air *de Joconde*.

CHEZ vous, pour vous faire la cour,
   Prince et marquis se range;
N'y pourrai-je point quelque jour
   Voir le prince d'Orange ?
Le roi, pour finir nos malheurs,
   Met la taxe par tête :
Mais vous la mettez sur les cœurs;
   L'impôt est plus honnête.

~~~~~~

CHANSON

FAITE A GRILLON,

POUR Mesdemoiselles LOYSON,

EN 1703.

Pour passer doucement la vie
Avec mes petits revenus,
Ici je fonde une abbaye,
Et je la consacre à Bacchus.

Je veux qu'en ce lieu chaque moine,
Qui viendra pour prendre l'habit,
Apporte, pour tout patrimoine,
Grande soif et bon appétit.

Les vœux qu'en ce temple on doit faire
Ne peuvent point nous alarmer :

Long repas et courte prière,
Chanter, dormir, et bien aimer.

Renaud nous chantera matine,
Très courte, de peur d'ennuyer :
Je donne à Duché [1] la cuisine ;
D'Avaux prendra soin du cellier.

Pour empêcher que les richesses
Ne tentent le cœur de quelqu'un,
L'argent, le vin et les maîtresses,
Tous les biens seront en commun.

Chacun aura sa pénitente,
Conforme à ses pieux desseins ;
Et, telle qu'une jeune plante,
La cultivera de ses mains.

Si la belle a quelque scrupule,
Le sage directeur pourra
La mener seule en sa cellule,
Lui lever les doutes qu'elle a.

Afin qu'aucun frère n'en sorte,

[1] M. Duché, auteur d'*Absalon*, mort en 1704.

Et fasse sans peine ses vœux,
Il sera gravé sur la porte :
ICI L'ON FAIT CE QUE L'ON VEUT.

L'Amour, jaloux de la victoire
Que Bacchus remporte en ce jour,
Veut aussi partager sa gloire,
Et fonder un temple à son tour.

Pour abbesse il vous a choisie [1] ;
La lettre est écrite en vos yeux :
Pour être avec plaisir suivie,
Pouvoit-il jamais choisir mieux ?

Si nous recevons dans la troupe
D'aussi belles sœurs [2] désormais,
Je jure, en vidant cette coupe,
L'ordre ne finira jamais.

Vous, ma sœur [3], qui, pleine de zèle,

[1] Mademoiselle Loyson l'aînée, née à Paris en 1667, morte en novembre 1717, âgée de cinquante ans.

[2] Les deux demoiselles Loyson.

[3] Mademoiselle Loyson la cadette, née à Paris en 1668, morte en mars 1757, âgée de quatre-vingt-dix ans.

Parmi nous voulez bien venir,
L'Amour en ce lieu vous appelle :
L'Amour vous y doit retenir.

En regardant ce beau visage,
Qui comme une fleur doit passer,
N'en présumez pas davantage ;
Songez seulement d'en user.

On reçoit ici la licence
De donner tout à ses desirs ;
Et l'on n'y fait d'autre abstinence
Que de chagrins et de soupirs.

Aimer, boire, point de contraintes,
Chérir ses frères comme soi ;
Voilà nos maximes succinctes,
Nos prophètes et notre loi.

ÉPIGRAMME [1]

Sur un auteur dont quelques ouvrages posthumes étoient
fort piquants et fort satiriques.

Dans ces vers beaux à merveille,
Qui semblent venir du ciel,
On sent la douceur du miel
Et l'aiguillon de l'abeille;
Mais si l'abeille toujours
Trouve la fin de ses jours
Dans sa piqûre caustique,
Damon, dis-moi par quel sort
Ici ton aiguillon pique
Seulement après ta mort.

[1] Ces vers, attribués à Regnard, insérés sous son nom dans un recueil de poésies, en deux volumes in-12, imprimé à La Haye, chez Henri Van-Bulderen, en 1715, page 198, tome II, ne se trouvent pas dans la dernière édition de ses œuvres. (Note de l'éd. de M. Lequien.)

SATIRE

CONTRE LES MARIS.

PRÉFACE.

Quelque chose que je dise contre le mariage, mon dessein n'est pas d'en détourner ceux qui y sont portés par une inclination naturelle, mais seulement de faire voir que les dégoûts et les chagrins qui en sont presque inséparables viennent pour l'ordinaire plutôt du côté des maris que de celui des femmes, contre le sentiment de M. Despréaux. J'espère qu'en faveur de la cause que j'entreprends, on excusera les défauts qui se trouveront dans cette satire : je me flatte du moins que les dames seront pour moi; et, à l'abri d'une si illustre protection, je ne crains point les traits de la critique la plus envenimée.

SATIRE
CONTRE LES MARIS.

Non, chère Eudoxe, non, je ne puis plus me taire;
Je veux te détourner d'un hymen téméraire:
D'autres filles, sans toi, vendant leur liberté,
Se chargeront du soin de la postérité;
D'autres s'embarqueront sans crainte du naufrage:
Mais toi, voyant l'écueil, sans quitter le rivage,
Tu n'iras point, esclave asservie à l'amour,
Sous le joug d'un époux t'engager sans retour
Ni, d'un servile usage approuvant l'injustice,
De tes biens, de ton cœur lui faire un sacrifice;
Abandonner ton ame à mille soins divers,
Et toi-même à jamais forger tes propres fers.
  Ne t'imagine pas que l'ardeur de médire
Arme aujourd'hui ma main des traits de la satire,
Ni que par un censeur le beau sexe outragé
Ait besoin de mes vers pour en être vengé:

Ce sexe plein d'attraits, sans secours et sans armes,
Peut assez se défendre avec ses propres charmes;
Et les traits d'un critique affoibli par les ans
Sont tombés de ses mains sans force et languissants.
Mon esprit autrefois, enchanté de ses rimes,
Lui comptoit pour vertus ses satiriques crimes,
Et livroit avec joie à ses nobles fureurs
Un tas infortuné d'insipides auteurs;
Mais je n'ai pu souffrir qu'une indiscrète veine
Le forçât, vieux athlète, à rentrer dans l'arène;
Et que, laissant en paix tant de mauvais écrits,
Nouveau prédicateur, il vînt, en cheveux gris,
D'un esprit peu chrétien, blâmer de chastes flammes,
Et, par des vers malins, nous faire horreur des femmes.
Si l'hymen après soi traîne tant de dégoûts,
On n'en doit imputer la faute qu'aux époux;
Les femmes sont toujours d'innocentes victimes,
Que des lois d'intérêt, que de fausses maximes
Immolent lâchement à des maris trompeurs.
On ne s'informe plus ni du sang ni des mœurs.

    Crispin, roux et Manceau, vient d'épouser Julie;
Il est du genre humain et l'opprobre et la lie :
On trouveroit encore, à quelque vieux pilier,
Son dernier habit vert pendu chez le fripier.
Par ses concussions, fatales à la France,

Il a déja vingt fois affronté la potence :
Mais cent vases d'argent parent ses longs buffets ;
Avec peine un milan traverse ses guérets :
Que faut-il davantage ? aujourd'hui la richesse
Ne tient-elle pas lieu de vertu, de noblesse ?
Et, pour faire un époux, que voudroit-on de plus
Que dix terres en Beauce, avec cent mille écus ?

Regarde Dorilas, cet échappé d'Ésope,
Qu'on ne peut discerner qu'avec un microscope,
Dont le corps de travers et l'esprit plus mal fait,
D'un Thersite à nos yeux retrace le portrait :
Que t'en semble, dis-moi ? penses-tu qu'une fille,
Qui n'a vu cet amant qu'à travers une grille,
Et qui, depuis dix ans, nourrie à Port-Royal,
A passé du parloir dans le lit nuptial,
Puisse garder long-temps une forte tendresse
En faveur d'un mari d'une si rare espèce,
Quand la ville et la cour présentent à ses yeux
Des flots d'adorateurs qui la méritoient mieux ?

Mais je veux que du ciel une heureuse influence
Rassemble en ton époux et mérite et naissance :
Infortuné joueur, il perdra tous tes biens,
Qu'un contrat malheureux confond avec les siens.

Entrons dans ce brelan, où s'arrête à la porte
Des laquais mal payés la maligne cohorte.

15.

Vois les cornets en l'air jetés avec transport,
Qu'on veut rendre garants des caprices du sort;
Vois ces pâles joueurs, qui, pleins d'extravagance,
D'un destin insolent affrontent l'inconstance,
Et sur trois dés maudits lisent l'arrêt fatal
Qui les condamne enfin d'aller à l'hôpital.
Pénétrons plus avant. Vois cette table ronde,
Autel que l'avarice éleva dans le monde,
Où tous ces forcenés semblent avoir fait vœu
De se sacrifier au noir démon du jeu.
Vois-tu sur cette carte un contrat disparoître?
Sur cette autre un château prêt à changer de maître?
Quel soudain désespoir saisit ce malheureux,
Que vient d'assassiner un coupe-gorge affreux ?
Mais fuyons : sous ses pieds tous les parquets gémis-
     sent ;
De serments tout nouveaux les plafonds retentissent;
Et, par le sort cruel d'une fatale nuit,
Je vois enfin Galet à l'aumône réduit.
Sa femme cependant, de cent frayeurs atteinte,
Boit chez elle à longs traits et le fiel et l'absynthe;
Ou, traînant après soi d'infortunés enfants,
Va chercher un asile auprès de ses parents.
     Harpagon est atteint de toute autre folie.
Le ciel l'avantagea d'une femme accomplie :

Il reçut pour sa dot plus d'écus à-la-fois
Qu'un balancier n'en peut réformer en six mois.
Sa femme se flattoit de la douce espérance
De voir fleurir chez elle une heureuse abondance :
Elle croyoit au moins que deux ou trois amis
Pourroient, soir et matin, à sa table être admis;
Mais Harpagon, aride, et presque diaphane
Par les jeûnes cruels auxquels il se condamne,
Ne reçoit point d'amis aux dépens de son pain :
Tout se ressent chez lui des langueurs de la faim.
Si, pour fournir aux frais d'un habit nécessaire,
Sa femme lui demande une somme légère,
Son visage soudain prend une autre couleur;
Ses valets sont en butte à sa mauvaise humeur :
L'avarice bientôt au teint livide et blême
Sur son coffre de fer va s'asseoir elle-même.
Pour ne le point ouvrir, il abonde en raisons :
Ses hôtes, sans payer, ont vidé ses maisons;
D'un vent venu du Nord la maligne influence
A moissonné ses fruits avec son espérance;
Ou de fougueux torrents, inondant ses vallons,
Ont noyé, sans pitié, l'honneur de ses sillons.
Ainsi toujours rétif, rien ne fléchit son ame.
Pour avoir un habit, il faudra que sa femme
Attende que la mort, le mettant au cercueil,

Lui fasse enfin porter un salutaire deuil.

   Mais pourquoi, diras-tu, cette injuste querelle?
Les époux sont-ils faits sur le même modèle?
Alcipe n'est-il pas exempt de ces défauts
Que tu viens de tracer dans tes piquants tableaux?
D'accord. Il est bien fait, généreux, noble et sage;
Mais à se ruiner son propre honneur l'engage.

   Sitôt que la victoire, un laurier à la main,
Appellera Louis sur les rives du Rhin;
Que des zéphyrs nouveaux les fécondes haleines
Feront verdir nos bois, et refleurir nos plaines;
Ses mulets importuns, bizarrement ornés,
Et d'un airain bruyant par-tout environnés,
Sous des tapis brodés se suivant à la file,
A pas majestueux traverseront la ville.
Tout le peuple, attentif au bruit de ces mulets,
Verra passer au loin surtouts, fourgons, valets,
Chevaux de main fringants, insultant à la terre,
Pompe digne en effet des enfants de la guerre!
Mais, pour donner l'essor à ce noble embarras,
Combien chez le notaire a-t-il fait de contrats?
Les joyaux de sa femme ont été mis en gage;
D'un somptueux buffet le pompeux étalage,
Que du débris commun il n'a pu garantir,
Rentre chez le marchand d'où l'on l'a vu sortir.

Pour assembler un fonds de deux mille pistoles,
Combien, nouveau protée, a-t-il joué de rôles !
Combien a-t-il fait voir que le plus fier guerrier
Est bien humble aujourd'hui devant un usurier !
Il part enfin, et mène avec lui l'abondance ;
Tout le camp se ressent de sa noble dépense :
Des cuisiniers fameux, pour lui fournir des mets,
Épuisent chaque jour les mers et les forêts.

Que fait sa femme alors? Dans le fond d'un village
Elle va, sans argent, déplorer son veuvage,
Dans ses jardins déserts promener sa douleur,
Et des champs paresseux exciter la lenteur.
On voit, six mois après, tout ce train magnifique,
Réduit à la moitié, revenir foible, étique :
On voit sur les chemins l'équipage en lambeaux,
Des mulets décharnés, des ombres de chevaux,
Qui, dans ce triste état n'osant presque paroître,
S'en vont droit au marché chercher un nouveau
          maître.
Cependant au printemps il faut recommencer;
Il faut sur nouveaux frais emprunter, dépenser.
Mais nous verrons bientôt une liste cruelle
Du trépas de l'époux apporter la nouvelle :
Et, pour payer enfin de tristes créanciers,
Il ne laisse après lui qu'un tas de vains lauriers.

Il est d'autres maris volages, infidèles,
Fatigants damerets, tyrans nés des ruelles,
Qu'on voit malgré l'hymen et ses sacrés flambeaux,
S'enrôler chaque jour sous de nouveaux drapeaux;
Qui d'un cœur plein de feux à leur devoir contraires
Encensent follement des beautés étrangères:
Le soin toujours pressant de leurs galants exploits
En vingt lieux différents les appelle à-la-fois.

Agathon dans Paris court à bride abattue:
Malheur à qui pour lors est à pied dans la rue!
D'un et d'autre côté ses chevaux bondissants
D'un déluge de boue inondent les passants:
Tout fuit aux environs, chacun cherche un asile;
Avec plus de vitesse il traverse la ville
Que ces courriers poudreux que l'on vit les premiers
Du combat de Nerwinde apporter les lauriers,
Et qui de la victoire empruntèrent les ailes
Pour en donner au roi les premières nouvelles.
De cet empressement le sujet inconnu,
Quel est-il en effet? Hé quoi! l'ignores-tu?
Il va, fade amoureux, de théâtre en théâtre,
Exposer un habit dont il est idolâtre.
Dans le même moment on le retrouve au cours;
Hors la file, au grand trot, il y fait plusieurs tours.
Tout hors d'haleine enfin il entre aux Tuileries,

Cherchant par-tout matière à ses galanteries.
Il reçoit tous les jours mille tendres billets;
Ses bras sont jusqu'au coude entourés de portraits;
On voit briller dans l'or des blondes et des brunes,
Qu'il porte pour garants de ses bonnes fortunes :
Aux yeux de son épouse il en fait vanité.
Il prétend qu'en dépit des lois de l'équité,
Sa femme lui conserve une amour éternelle,
Tandis qu'il aime ailleurs, et court de belle en belle.
D'autres amours encor... Mais non, d'un tel discours
Il ne m'est pas permis de prolonger le cours :
Ma plume se refuse à ma timide veine.
Eût-on cru que le Tibre eût coulé dans la Seine,
Et qu'il eût corrompu les mœurs de nos François,
Pour consoler le Rhin de leurs fameux exploits?

Je voudrois bien, Eudoxe, abrégeant la matière,
Calmer ici ma bile, et finir ma carrière;
Mais puis-je supprimer le portrait d'un époux
Qui, sans cesse agité de mouvements jaloux,
Et paré des dehors d'une tendresse vaine,
Aime, mais d'un amour qui ressemble à la haine?

Alidor vient ici s'offrir à mon pinceau.
Il est de sa moitié l'amant et le bourreau;
Par-tout il la poursuit, sans cesse il la querelle;
Il ne peut la quitter ni demeurer près d'elle.

L'erreur au double front, le dévorant ennui,
Les funestes soupçons volent autour de lui;
Un geste indifférent, un regard sans étude,
Vá de son cœur jaloux aigrir l'inquiétude.
Sans cesse il se consume en projets superflus;
Il voit, il entend tout, il en croit encor plus;
Il est, malgré ses soins et ses constantes veilles,
Aveugle avec cent yeux, sourd avec cent oreilles.
Chaque objet de son cœur vient arracher la paix;
Marbres, bronzes, tableaux, portiers, cochers, laquais;
Ceux même qu'aux déserts de l'ardente Guinée
Le soleil a couverts d'une peau basanée,
Tout lui paroît amant fatal à son honneur;
Il craint des héritiers de plus d'une couleur.
Qu'un folâtre zéphyr, avec trop de licence,
Des cheveux de sa femme ait détruit l'ordonnance,
Sa main s'arme aussitôt du fer et du poison;
D'un prétendu rival il veut tirer raison.
Si la crainte des lois suspend sa frénésie,
Pour l'immoler cent fois il lui laisse la vie:
Dans quelque affreux château, retraite des hiboux,
Dont quelque jour peut-être il deviendra jaloux,
Il la traîne en exil comme une criminelle;
Et pour la tourmenter il s'enferme avec elle.
Dans ce sauvage lieu, des vivants ignoré,

D'un fossé large et creux doublement entouré,
Cette triste victime, affligée, éperdue,
Sur les funestes bords croit être descendue,
Lorsque la Parque enfin, répondant à ses vœux,
Vient terminer le cours de ses jours malheureux.

Nomme-moi, si tu peux, quelque mari sans vice,
Ma muse est toute prête à lui rendre justice.
Sera-ce Licidas, qui met, avec éclat,
Sa femme en un couvent, par arrêt du sénat;
Et qui, trois mois après devenu doux et sage,
Célèbre en un parloir un second mariage?
Sera-ce Lisimon, qui toujours entêté,
Convoque avec grand bruit toute la Faculté;
Et sur son sort douteux consultant Hippocrate,
Fait qu'aux yeux du public son déshonneur éclate?
Quel champ, si je parlois d'un époux furieux,
Qui, profanant sans cesse un chef-d'œuvre des dieux,
Ose, dans les transports de sa rage cruelle,
Porter sur son épouse une main criminelle!

Mais je te veux encore ébaucher un tableau.
Remontons sur la scène, et tirons ce rideau.
Dieux! que vois-je? En dépit d'une épaisse fumée,
Que répand dans les airs mainte pipe enflammée,
Parmi des flots de vin en tous lieux répandu,
J'aperçois Trasimon sur le ventre étendu,

Qui, tout pâle et défait, rejette sous la table
Les rebuts odieux d'un repas qui l'accable.
Il fait, pour se lever, des efforts violents;
La terre se dérobe à ses pas chancelants;
De mortelles vapeurs sa tête encore pleine
Sous de honteux débris de nouveau le rentraîne;
Il retombe, et bientôt l'aurore en ce réduit
Viendra nous découvrir les excès de la nuit:
Bientôt avec le jour nous allons voir paroître
Quatre insolents laquais, aussi soûls que leur maître,
Qui, charmés dans leur cœur de ce honteux fracas,
Près de sa femme, au lit, le portent sous les bras.
Quel charme, quel plaisir pour cette triste femme
De se voir le témoin de ce spectacle infame,
De sentir des vapeurs de vin et de tabac,
Qu'exhale à ses côtés un perfide estomac!
Tu frémis: toutefois dans le siècle où nous sommes,
Chère Eudoxe, voilà comme sont faits les hommes.

Quel mérite, après tout, quels titres souverains
Rendent donc les maris et si fiers et si vains?
Osent-ils se flatter qu'un contrat authentique
Leur donne sur les cœurs un pouvoir tyrannique?
Pensent-ils que, brutaux, peu complaisants, fâcheux,
Avares, négligés, débauchés, ombrageux,
Parés du nom d'époux ils seront sûrs de plaire;

Au mépris d'un amant soumis, tendre, sincère,
Complaisant, libéral, qui se fait nuit et jour
Un soin toujours nouveau de prouver son amour ?
Non, non; c'est se flatter d'une erreur condamnable :
Et, pour se faire aimer, il faut se rendre aimable.

Après tous ces portraits, bien ou mal ébauchés,
Et tant d'autres encor que je n'ai pas touchés,
Iras-tu, me traitant d'ennuyeux pédagogue,
Des martyrs de l'hymen grossir le catalogue ?
Non : dans un plein repos arrête ton destin ;
C'est le premier des biens de vivre sans chagrin.
Si, dans des vers piquants, Juvénal en furie
A fait passer pour fou celui qui se marie,
D'un esprit plus sensé concluons aujourd'hui
Que celle qui l'épouse est plus folle que lui.

LE TOMBEAU

DE M. B... D....[1]

SATIRE.

Quelle sombre tristesse attaque tes esprits?
Le chagrin sur ton front est gravé par replis.
Qu'as-tu fait de ce teint où la jeunesse brille?
Je te vois plus rêveur qu'un enfant de famille,
Qui, courant vainement, cherche depuis un mois
Quelque honnête usurier qui prête au denier trois;
Ou qu'un auteur tremblant qui voit lever les lustres,
Pour éclairer bientôt ses sottises illustres,
Quand le parterre en main tient le sifflet tout prêt
Et lui va, sans appel, prononcer son arrêt.
   Ma douleur, cher ami, paroît avec justice,

[1] Boileau Despréaux.

Et n'est point en ce jour un effet du caprice.
Le pompeux attirail d'un funeste convoi
Vient de saisir mon cœur de douleur et d'effroi.
Mes yeux ont vu passer dans la place prochaine
Des menins de la mort une bande inhumaine;
De pédants mal peignés un bataillon crotté
Descendoit à pas lents de l'Université :
Leurs longs manteaux de deuil traînoient jusques à
    terre;
A leurs crêpes flottants les vents faisoient la guerre;
Et chacun à la main avoit pris pour flambeau
Un laurier jadis vert pour orner un tombeau.
J'ai vu parmi les rangs, malgré la foule extrême,
De maint auteur dolent la face sèche et blême :
Deux Grecs et deux Latins escortoient le cercueil;
Et, le mouchoir en main, Barbin menoit le deuil.
Pour qui crois-tu que marche une telle ordonnance,
Ce lugubre appareil, cette noire affluence?
D'un poëte défunt plains le funeste sort :
L'Université pleure, et D... est mort.
Il est mort. C'en est fait; sa satire nouvelle,
Enfant infortuné d'une plume infidèle,
Dont la ville et la cour ont fait si peu de cas,
L'avoit déja conduit aux portes du trépas,
Quand les cruels effets d'une jalouse rage

L'ont fait enfin partir pour ce dernier voyage.
Il croyoit qu'Hippocrène et son plus pur cristal
Ne devoient que pour lui couler à plein canal ;
Mais apprenant qu'un autre, animé par la gloire,
Avoit heureusement dans sa source osé boire,
Il frémit, et, percé du plus cruel dépit,
Par l'ordre d'Apollon il va se mettre au lit.
Tu ris! de tous les maux déchaînés sur la terre
Pour livrer aux auteurs une cruelle guerre,
Sais-tu bien que l'envie est le plus dangereux ?
Ils n'ont point d'antidote à ce poison affreux.
Un poëte aisément, aidé par la nature,
Souffre la faim, la soif, le soleil, la froidure,
Porte sans murmurer dix ans le même habit,
N'a que les quatre murs, l'hiver, pour tour de lit ;
D'un grand qui le nourrit il souffre les saccades ;
Son dos même endurci se fait aux bastonnades :
Mais voit-il sur les rangs quelqu'un se présenter,
Et cueillir des lauriers qu'il croit seul mériter,
Au bon goût à venir soudain il en appelle ;
Au siècle perverti sa muse fait querelle ;
A chaque coin de rue il crie : O temps! ô mœurs !
Le poison cependant augmente ses ardeurs ;
Et les dépits cruels, le noires jalousies,
Font à la fin l'effet de vingt apoplexies.

Ainsi finit ses jours le classique héros
Dont un triste cercueil garde à présent les os.
Mais se sentant voisin de l'infernale rive,
Et tout près d'exhaler son ame fugitive,
Il demanda par grace, et d'une foible voix,
D'embrasser ses enfants pour la dernière fois.
Deux valets aussitôt, ses dignes secrétaires,
Apportent près de lui des milliers d'exemplaires.
Le lit par trop chargé gémit sous les paquets,
Et l'auteur moribond dit ces mots par hoquets :
« O vous, mes tristes vers, noble objet de l'envie ;
« Vous dont j'attends l'honneur d'une seconde vie,
« Puissiez-vous échapper au naufrage des ans,
« Et braver à jamais l'ignorance et le temps !
« Je ne vous verrai plus ; déja la mort hideuse
« Autour de mon chevet étend une aile affreuse :
« Mais je meurs sans regret dans un temps dépravé
« Où le mauvais goût règne et va le front levé ;
« Où le public, ingrat, infidèle, perfide,
« Trouve ma veine usée et mon style insipide.
« Moi, qui me crus jadis à Regnier préféré,
« Que diront nos neveux ? R...... m'est comparé !
« Lui qui, pendant dix ans, du couchant à l'aurore,
« Erra chez le Lapon, ou rama sous le Maure !
« Lui qui ne sut jamais ni le grec, ni l'hébreu,

IV.   16

« Qui joua jour et nuit, fit grand'chère et bon feu !

« Est-ce ainsi qu'autrefois dans ma noire soupente,

« A la sombre lueur d'une lampe puante,

« Feuilletant les replis de cent bouquins divers,

« J'appris, pour mes péchés, l'art de forger des vers ?

« N'est-ce donc qu'en buvant que l'on imite Horace ?

« Par des sentiers de fleurs monte-t-on au Parnasse ?

« Et R...... cependant voit éclater ses traits,

« Quand mes derniers écrits sont en proie aux laquais !

« O rage ! ô désespoir ! ô vieillesse ennemie !

« Après tant de travaux, sur la fin de ma vie,

« Par un nouvel athlète on me verra vaincu !

« Et je vis ! Non, je meurs ; j'ai déja trop vécu. »

A ces mots bégayés, que la fureur inspire,

B...... ferme les yeux, penche la tête, expire.

Le bruit de cette mort dans le pays latin

Se répand aussitôt, et vole chez Barbin.

Là, dans l'enfoncement d'une arrière-boutique,

Sa femme étale en vain un embonpoint antique,

Et, faisant le débit de cent livres mauvais,

Amuse un cercle entier des oisifs du palais :

Là, le vieux nouvelliste a toujours ses séances :

Là, le jeune avocat vient prendre ses licences ;

Et le blond sénateur, en quittant le barreau,

Vient peigner sa perruque et prendre son chapeau,

C'est là que le chanoine, au sortir du service,
Vient en aumusse encore achever son office,
Et qu'on voit à midi maint auteur demi-nu,
Sur le projet d'un livre, emprunter un écu.
Dans ce lycée enfin cette mort imprévue
Fut par les assistants diversement reçue.
Acaste en soupira, le libraire en frémit,
Crispe en eut l'œil humide, et Perrault en sourit.
Pendant qu'on doute encor de la triste nouvelle,
Ariste arrive en pleurs, et sur une escabelle,
Au milieu du perron se plaçant tristement,
Lut au cercle, en ces mots, l'extrait du testament :
« En l'honneur d'Apollon, à jamais je souhaite
« Aux yeux de l'univers vivre et mourir poëte ;
« J'en eus toute ma vie et l'air et le maintien :
« Mais desirant mourir en poëte chrétien,
« Je déclare en public que je veux que l'on rende
« Ce qu'à bon droit sur moi Juvénal redemande :
« Quand mon livre en seroit réduit à dix feuillets,
« Je veux restituer les larcins que j'ai faits ;
« Si de ces vols honteux l'audace étoit punie,
« Une rame à la main j'aurois fini ma vie.
« Las d'être un simple auteur entêté du latin,
« Pour imposer aux sots, je traduisis Longin ;
« Mais j'avoue, en mourant, que je l'ai mis en masque,

16.

« Et que j'entends le grec aussi peu que le basque.

« Sur-tout de noirs remords mon esprit agité

« Fait amende honorable au beau sexe irrité :

« Au milieu des pédants nourri toute ma vie,

« J'ignorois le beau monde et la galanterie ;

« Et le cœur d'une Iris pleine de mille attraits

« Est une terre australe où je n'allai jamais.

« Je laisse à mon valet de quoi lever boutique

« Des restes méprisés d'une ode pindarique

« Qu'on vit dans sa naissance expirer dans Paris ;

« On le verroit bientôt rouler en chevaux gris,

« Si le langage obscur employé dans cette ode

« Pouvoit un jour enfin devenir à la mode.

« *Item...* » Mais à ce mot, chez l'horloger Le Roux

La pendule se meut, sonne, et frappe dix coups.

Alidor aussitôt, rempli d'impatience,

D'un délai criminel accuse l'assistance ;

Fait voir que le temps presse, et qu'il faut, en grand
          deuil,

Dans une heure au plus tard escorter le cercueil.

Il dit ; et dans l'instant on vit la compagnie

Se lever brusquement pour la cérémonie.

L'un court chez un ami, l'autre chez un fripier,

Endosser l'attirail d'un nouvel héritier.

Perrin, d'un vieux bahut où pend une serrure

Tira son justaucorps, fait au deuil de Voiture,
Dont le coude entr'ouvert reçut plus d'un échec,
Et d'un crêpe reteint orna son caudebec.
Pradon, le seul Pradon, eut assez de courage
D'entrer chez un drapier, et d'un humble langage,
Pour quatre aunes de drap estimé vingt écus,
Proposer un billet signé *Germanicus*.
Enfin, midi sonnant, cette lugubre escorte
S'est saisie aujourd'hui du défunt sur sa porte ;
Et, promenant ses os de quartier en quartier,
Le conduit au Parnasse à son gîte dernier.
C'est là qu'on va porter ses funèbres reliques,
Dans la cave marquée aux auteurs satiriques.
Là, sur un marbre offert aux yeux de l'univers,
En caractères d'or on gravera ces vers :

Ci-gît maître B...... qui vécut de médire,
Et qui mourut aussi par un trait de satire :
Le coup dont il frappa lui fut enfin rendu.
Si par malheur un jour son livre étoit perdu,
A le chercher bien loin, passant, ne t'embarrasse ;
Tu le retrouveras tout entier dans Horace.

LA PROVENÇALE,

OEUVRE POSTHUME.

AVERTISSEMENT.

CETTE historiette est le récit des principales aventures que M. Regnard a eues dans le voyage sur mer où il fut pris par les corsaires, et fait esclave en Alger. Il s'y est donné le nom de Zelmis: mais il me paroît qu'il n'a pas achevé le roman dans les formes, puisqu'il est mort garçon, et que l'histoire dit qu'il alla retrouver sa Provençale après la mort de son mari, dans l'espérance de l'épouser. Il avoit sans doute dessein de commencer l'histoire de sa vie par cette aventure, puisqu'il dit à la fin qu'à la première occasion il racontera ses voyages dans la Laponie, et dont il est parlé légèrement dans cette historiette, à laquelle il n'a pas donné la dernière main.

LA PROVENÇALE.

Dᴀɴs la saison la plus agréable de l'année, Clorinde
et Céliane, charmées de la douceur du temps, se
proposèrent d'aller passer quelques jours à une
terre d'Eurilas qui n'est qu'à trois lieues de Paris :
elles y joignirent une amie communément appelée
Mélinde, de qui la moindre qualité étoit d'être parfaitement belle ; et, pour rendre la partie encore
plus parfaite, elles en avertirent Cléomède, qui
étoit depuis peu en affaire de cœur avec Mélinde.
Cléomède étoit trop intéressé à embrasser une si
favorable occasion, où l'amour et le plaisir l'invi-
toient, pour ne pas accepter avec joie le parti
qu'on lui proposoit : il le fit aussi ; et cette belle
troupe arriva le lendemain chez Eurilas, où elle
trouva Floride, Artemèse, Damon, et Lycandre,
qui ne contribuèrent pas peu à former l'assemblée du monde la plus charmante.

Les divertissements qu'on prend à la campagne,
la pêche, la chasse, le jeu, la promenade, étoient

les plaisirs qui partageoient agréablement leurs journées. Un jour que cette belle compagnie se trouva sous un berceau de chèvrefeuille, qui est au bout du canal, attendant en ce lieu que la chaleur du jour fût passée, on se mit à parler d'abord des agréments de la campagne, quand on sort tout d'un coup de l'embarras et du tumulte de la ville. Le discours ensuite tourna sur les voyages : chacun en parla selon son goût; les uns n'aimoient rien tant que la variété des villes et des pays, et les autres étoient pour les aventures qui arrivent presque toujours à ceux qui voyagent. Céliane, là-dessus, joignant à sa satisfaction particulière le plaisir qu'elle feroit à toute l'assemblée, pria Cléomède de faire le récit des dernières aventures de Zelmis, qu'elle n'avoit jamais sues qu'imparfaitement. Zelmis étoit connu de cette belle assemblée ; il étoit ou parent ou ami de tous ceux qui la composoient; ce qui fit que Cléomède, ne différant pas à les satisfaire, commença en ces termes :

Je suis assez ami de Zelmis, mesdames, pour me flatter qu'il ne m'a rien caché de tout ce qui lui est arrivé, et assez persuadé de sa bonne foi pour vous assurer qu'il n'entre rien de fabuleux dans ce que

je vais vous dire ; c'est ce qui me fait espérer que
les évènements singuliers que vous y trouverez
vous plairont infiniment davantage, puisque, s'ils
ne sont pas racontés avec toute la délicatesse possible, ils seront du moins soutenus de la vérité.

Zelmis, revenant d'Italie, s'embarqua un soir
assez tard sur un bâtiment anglois qui passoit de
Gênes à Marseille. Le vaisseau commençoit à faire
route, et Zelmis, triste et rêveur, la tête appuyée
de son bras, regardoit fixement la mer, qui ne lui
avoit jamais paru si agréable : elle n'étoit point dans
ce calme ennuyeux qui ne la distingue pas même
des étangs les plus tranquilles ; elle n'étoit pas aussi
dans cette fureur qui la fait redouter : mais on la
voyoit dans l'état que tout le monde la souhaite,
lorsqu'un vent modéré l'agite, et comme elle étoit
quand elle forma la mère des Amours. ·

Il s'abandonnoit aux rêveries qu'inspirent ces
vagues légères qui, venant à se briser contre le
vaisseau, y laissent, pour marque de leur fierté,
cette écume dont on le voit environné. Il songeoit
à l'aimable Elvire, qu'il aimoit infiniment, et qu'il
quittoit peut-être pour jamais. Ne pouvois-je, disoit-il en se plaignant, trouver dans ma patrie, si
pleine de belles personnes, un objet qui pût m'ar-

rêter ? Falloit-il passer les mers pour aimer, et me
faire si loin un engagement auquel il faut renoncer
sitôt ? Mais, reprenoit-il après quelques moments
de silence, je n'y renoncerai jamais ; je vous aimerai toujours, belle Elvire ; et quand vous m'auriez
oublié, je me souviendrai toute ma vie que vous
êtes la plus adorable personne du monde.

　　Il fut interrompu dans ces rêveries par une voix
qui lui vint frapper les oreilles ; la personne dont
elle partoit étoit à la fenêtre de la chambre du capitaine, et chantoit tendrement un air provençal.
Zelmis fut attentif à ce chant ; et quoique le bruit
du vaisseau l'empêchât de distinguer une voix qui
lui paroissoit si douce : Voilà, dit-il néanmoins en
lui-même, l'accent de ma chère Elvire ; mais, hélas !
ce n'est pas elle : elle est bien loin d'ici, et je ne la
reverrai peut-être de ma vie. Zelmis, qui n'étoit
point encore entré dans la chambre du capitaine,
eut envie de connoître la personne qui avoit tant
de rapport à Elvire dans la voix. Il aperçut en y
entrant une jeune dame d'une beauté extraordinaire : son esprit éclairoit dans ses yeux, et ses yeux
vifs et pleins d'amour portoient dans le fond des
ames tous les feux dont ils brilloient ; les graces et
les ris voloient autour de sa bouche, et toute sa
personne n'étoit que charmes.

Je ne puis exprimer la surprise de Zelmis, quand il se trouva si inopinément dans le même lieu où étoit la personne qu'il adoroit. Quel étonnement de se voir si près d'Elvire, quand il s'en croyoit si éloigné! A peine en crut-il à ses yeux; mais ils avoient remarqué trop de charmes dans cette jeune personne pour s'y tromper. Zelmis n'avoit des yeux que pour elle, et il ne connoissoit dans le monde d'autres appas que les siens; mais, en la reconnoissant, que de désordre! que de trouble! que d'agitation! Quelle violence ne se fit-il point pour cacher en leur naissance tous les mouvements que cette rencontre imprévue lui causa, et que la présence d'un mari l'obligeoit à étouffer! Quelle joie pour Elvire de retrouver Zelmis dans le temps qu'elle espéroit moins de le revoir! et quelle contrainte d'en cacher les transports à son mari! Quel trouble pour ce mari qui reconnut Zelmis, que la jalousie lui avoit trop bien fait remarquer, et qui se souvint alors de tout ce qui s'étoit passé à Boulogne, quand la passion de Zelmis pour Elvire commença!

Ce fut en effet ce lieu qui la vit naître, et ce fut là que Zelmis commença à goûter les charmes d'un amour naissant. On y fait pendant le carnaval des

courses de chevaux et des tournois qui sont re-
nommés par toute l'Italie, où la noblesse des environs ne manque point de se trouver. Rien n'est
plus galant que ces fêtes; tous les cavaliers s'efforcent de s'y faire distinguer par leur magnificence
et leur adresse; et la présence des dames n'y excite pas une médiocre émulation. Le tournoi ne fut
jamais plus superbe que le jour que Zelmis le vit,
et les hommes y empruntèrent la figure des dieux
pour le rendre encore plus célèbre. Neptune y
parut suivi de ses Tritons; on y remarqua le dieu
de la guerre au milieu d'une troupe de combattants, qui s'étoit défait ce jour-là de sa fierté ordinaire pour plaire davantage aux dames. Pluton
même s'y situoit avec un équipage tout infernal,
mais qui n'avoit rien d'effrayant.

Zelmis s'arrêta davantage à considérer une jeune
personne qu'il reconnut Provençale à sa parole, et
qui se trouva sur le même amphithéâtre où il étoit,
qu'à regarder ce qui se passoit dans la carrière.
C'étoit la charmante Elvire : la voir et l'aimer fut
pour lui une même chose; et la fortune, qui le
favorisa dans ce moment, lui fournit l'occasion favorable de se faire connoître alors de cette jeune
Provençale. Il y avoit sur le même amphithéâtre

quelques personnes, qui, en s'avançant pour voir
avec trop de curiosité, empêchoient qu'Elvire ne
vît commodément les cavaliers du tournoi. Zelmis
s'approcha de ces gens-là, et, leur ayant fait remarquer qu'ils incommodoient une dame qui étoit derrière eux, il les pria honnêtement de s'écarter et
de laisser la place libre.

Zelmis, comme vous savez, mesdames, est un
cavalier qui plaît d'abord; c'est assez de le voir une
fois pour le remarquer, et sa bonne mine est si
avantageuse qu'il ne faut pas chercher avec soin
des endroits dans sa personne pour le trouver aimable; il faut seulement se défendre de le trop
aimer. Elvire le vit, elle le trouva bien fait, elle
conçut de l'estime pour lui, et le remercia en des
termes les plus obligeants du monde. Elle disoit les
choses avec un accent si tendre, et un air si aisé,
qu'il sembloit toujours qu'elle demandât le cœur,
quelque indifférente chose qu'elle pût dire; cela
acheva de perdre le cavalier. Quand la beauté de
cette Provençale ne l'auroit pas charmé, ses paroles
l'auroient rendu amoureux, et le je ne sais quoi,
plus touchant mille fois encore que la beauté, le
surprit; de sorte que sa passion naissante fut en
ce moment-là au point où les plus fortes peuvent

à peine ariver après beaucoup de temps. Elvire ne
fut guère moins troublée de cette nouvelle vue;
elle étoit inquiète d'avoir vu Zelmis, parcequ'il
ne lui avoit pas déplu; et elle le trouva aimable
avant qu'elle sût qu'il l'aimoit.

Zelmis ne fut pas long-temps à ressentir les effets
de l'amour; il s'abandonna d'abord à cette rêverie
si naturelle aux amants, qu'il trouvoit agréable, en
songeant qu'elle ne déplairoit peut-être pas à sa
nouvelle maîtresse, si elle la voyoit, et si elle en
savoit la cause. Il apprit qu'elle étoit arrivée depuis
peu à Boulogne avec son mari, et qu'elle alloit
fort souvent chez la marquise Angelini, chez qui
l'on faisoit tous les jours des parties de jeu et de
plaisir. Zelmis connoissoit la marquise; tous les
étrangers étoient fort bien venus chez elle; elle
étoit de ces femmes qui font, pour ainsi dire, les
honneurs de toute une ville. Il ne manqua pas de
se trouver le lendemain chez elle : Elvire y vint
aussi; mais elle y vint d'une beauté si achevée,
que, quand Zelmis n'auroit pas commencé à l'aimer dès le jour précédent, il n'auroit retardé sa
passion que de quelques heures : il se mit auprès
d'elle pour jouer, et il lui dit cent choses agréables, sur lesquelles elle eut occasion de faire pa-
roitre son esprit.

Il ne fut pas difficile à Elvire de s'apercevoir de la passion de Zelmis ; elle s'en aperçut même avec plaisir. Ses yeux qu'elle rencontroit toujours, ses absences pour le jeu, ses paroles qui ne s'adressoient qu'à elle, lui disoient assez ce qu'elle eût été fâchée de ne pas apprendre.

On quitta le jeu, et l'on remit la partie au lendemain. Zelmis s'y rendit de bonne heure; mais comme il y vint dans une heure où il n'y avoit encore que fort peu de personnes, il s'entretint quelque temps dans l'antichambre avec un cavalier qu'il ne connoissoit point, et qu'il croyoit Italien. Il étoit dans cette conversation quand la belle Provençale entra. Elle arrêta les yeux de tous ceux qui étoient présents, par son air et par sa bonne grace : elle étoit d'un air qui faisoit qu'on ne regardoit qu'elle dans les lieux où elle se trouvoit. Zelmis la salua; et la personne avec qui il étoit s'approchant de cette aimable dame lui dit en souriant quelques paroles à l'oreille, auxquelles elle ne répondit que par un souris, et passa, sans s'arrêter, dans la chambre où étoient les dames.

Tout étoit faveur de la part d'Elvire; Zelmis souffrit impatiemment qu'un autre que lui en reçût; et s'approchant de ce prétendu rival : Que

IV.   17

vous êtes heureux, monsieur, lui dit-il, de connoître particulièrement la personne qui vient de
passer! qu'elle a de charmes! Vous l'aimez, monsieur, poursuivit-il; car il suffit de la voir pour
en être charmé, et elle vous a reçu d'une manière
à faire croire que vous ne lui êtes pas indifférent.
Vous ne vous trompez pas, répondit l'inconnu;
je l'aime, et je suis même assez heureux pour pouvoir me flatter d'en être aimé. Quel poison pour
Zelmis que les paroles de cet inconnu! elles le jetèrent tout d'un coup dans un désordre qu'il n'est
pas aisé de se figurer. Il se sentit jaloux presque
aussitôt qu'amant, mais d'une jalousie si forte,
qu'on ne pouvoit bien la comparer qu'à son amour.
Il entra dans la chambre où on se disposoit à
jouer; mais il y entra avec un air si préoccupé,
qu'on ne vit plus sur son visage et dans ses actions
cet enjouement et cette liberté qui lui étoient si
naturels. Il joua pourtant auprès d'Elvire, mais
avec si peu d'attention, qu'on s'aperçut aisément
qu'il songeoit à tout autre chose. Ses yeux étoient
presque toujours attachés sur la belle Provençale;
et la peur qu'il avoit qu'on s'en aperçût lui vendoit
si cher le plaisir qu'il en recevoit, qu'il ne le goû-
toit qu'en tremblant. Elvire craignoit aussi de ren-

contrer les regards de Zelmis, parcequ'ils ne lui
plaisoient que trop, et que son mari, qui l'observoit continuellement, étudioit ses actions même
les plus indifférentes.

Après que Zelmis eut été long-temps tourmenté
des différents mouvements que causent la vue d'une
maîtresse et la présence d'un rival, il connut enfin
par le discours de toute la compagnie, et par les
paroles et les manières d'Elvire même, que cet inconnu étoit son mari. Lorsqu'il en fut persuadé, ce
fut un nouvel embarras qui acheva de le troubler.
Il est vrai qu'il ne sentit plus dans ce moment une
si cruelle jalousie; mais aussi la honte d'avoir fait
l'aveu de son amour à la personne à qui il devoit le
plus le cacher, quoiqu'il ne lui en eût pas beaucoup dit, le jeta dans une telle confusion, que,
ne pouvant plus soutenir les regards d'Élvire et
de son mari, il sortit dans le temps qu'elle se disposoit à s'en aller, pour leur faire connoître que,
puisque c'étoit elle seule qui l'attiroit dans ce
lieu, il n'y avoit plus que faire quand elle n'y
étoit pas.

Zelmis revint le lendemain chez la marquise;
mais il ne trouva pas ce qu'il y cherchoit. Elvire
n'y vint point; son mari, qui ne pouvoit souffrir

que d'autres que lui trouvassent sa femme belle, ne lui voulut pas permettre de s'y rencontrer. Cet homme étoit extrêmement défiant ; les moindres apparences de galanterie lui donnoient d'étranges soupçons. Zelmis lui en avoit trop appris ; et quand il ne lui auroit rien dit, la défiance de lui-même, et la connoissance du mérite de sa femme le portoit assez à ne l'exposer dans le monde que lorsqu'il ne pouvoit absolument l'éviter.

Zelmis connut bientôt la cause de ce désordre ; il en fut dans une douleur inconcevable, et il quitta la compagnie pour aller rêver en secret à l'aimable Elvire, puisqu'il n'avoit pas eu le plaisir de la voir. Il ne sortit le lendemain que pour aller regarder la maison où elle étoit renfermée, espérant que le hasard lui feroit peut-être trouver l'occasion de jouir de sa vue ; mais ses espérances furent vaines. Il y vint le jour suivant avec aussi peu de succès : il apprit enfin quelques jours après qu'elle étoit partie pour Rome avec son mari, où elle alloit solliciter un grand procès qu'elle avoit pour une terre qui lui appartenoit dans le comtat d'Avignon. Il se mit aussitôt en chemin pour le même lieu, et il se fit un plaisir en y allant de suivre Elvire, et de passer sur les mêmes routes qu'ils avoient vues quelque temps auparavant.

Zelmis ne fut pas plus tôt à Rome, qu'il s'informa avec soin d'Elvire : il se trouva à toutes les fêtes, et la chercha dans toutes les assemblées ; mais de Prade (c'est ainsi que s'appeloit le mari de cette belle) avoit pris un logis dans un quartier de Rome si peu fréquenté, que Zelmis n'en put apprendre aucune nouvelle.

Un jour que Zelmis se trouva sans être masqué à un bal que le marquis de Lienes, ambassadeur d'Espagne, donnoit à la princesse de Radzville, sœur du roi de Pologne, il y fut abordé d'un masque magnifique, qui, contrefaisant sa voix, lui fit quelques questions en italien, et lui demanda si, depuis qu'il étoit à Rome, il n'avoit point fait quelque inclination. Zelmis répondit assez indifféremment, comme il faisoit à tous ceux qui ne lui parloient point d'Elvire. Mais cette personne masquée le pressant davantage : Les beautés romaines, continua-t-elle, n'ont-elles pas assez de charmes pour vous engager ? et n'en peut-on point trouver une qui égale celle que vous rencontrâtes à Boulogne ? Hé ! où est-elle ? s'écria Zelmis plein du trouble que ces dernières paroles lui causèrent.

Est-elle à Rome? est-elle ici? la connoissez-vous?
apprenez-m'en des nouvelles. Vous aimez donc?
reprit le masque assez froidement; et ces transports amoureux font bien voir qu'une autre passion trouveroit difficilement place dans votre cœur.
Une autre passion! reprit Zelmis. Qu'il est aisé
de voir que vous me connoissez mal! et que vous
faites d'injure au mérite de la personne que j'aime!
Tous les cœurs du monde ensemble pourroient-ils
l'aimer autant qu'elle est aimable? et vous me de-
mandez s'il y a encore place dans le mien pour un
autre amour! Cependant son embarras croissoit,
et il examinoit la personne qui lui parloit, avec
des yeux si curieux, qu'il l'auroit à la fin reconnue, si l'approche d'un autre masque qui l'em-
mena n'eût fait cesser cette conversation. Zelmis
la suivit encore autant qu'il put; mais, l'ayant
perdue dans la presse, il lui fut impossible de la
retrouver. Il sortit du bal avec l'inquiétude mortelle de n'avoir pu reconnoître la personne qu'il
y avoit vue. Il ne savoit si ce n'étoit point la marquise Angelini, qui étoit depuis peu à Rome, ou
quelque autre dame de sa connoissance. Il crut
aussi avec plaisir que c'étoit Elvire, que son
cœur, par mille secrets mouvements, avoit recon-

nue plutôt que ses yeux ; et, dans cette créance,
tantôt il se louoit d'avoir fait connoître son amour
à la personne qu'il aimoit, sans qu'il lui en eût
coûté la peine qu'on souffre ordinairement à faire
de pareilles déclarations ; tantôt il craignoit d'avoir
été trop indiscret, et d'avoir peut-être dit à une
autre ce qu'il n'eût voulu dire qu'à Elvire. Il étoit
enfin dans le cruel désespoir de n'en avoir aucunes
nouvelles certaines, lorsque revenant quelques jours
après de faire cortège au duc d'Estrées, ambassadeur de France, qui avoit eu audience du Pape ce
jour-là, et se promenant avec quelques François
dans la belle salle du Carache, en attendant le dîner, il vit entrer la personne qu'il cherchoit depuis si
long-temps, et que ses affaires particulières avoient
appelée ce jour-là chez l'ambassadeur. Elvire reconnut d'abord Zelmis avec un désordre qu'elle
eut de la peine à cacher ; et Zelmis aperçut Elvire
avec un trouble que répandoient sur son visage
les sentiments de son cœur. Ils furent quelque
temps à choisir un moment favorable pour se
parler, parceque tous ceux qui étoient dans la
galerie étoient venus faire compliment à Elvire
sur sa beauté. Mais Zelmis, prenant le temps
qu'elle étoit un peu écartée de la compagnie :

Quelle agréable aventure vous conduit ici, madame? lui dit-il en l'abordant. Qu'il y a long-temps que je vous cherche! et que je serois heureux, si l'empressement que j'ai eu pour vous trouver avoit fait ce que le hasard fait aujourd'hui! Je ne crois pas, repartit Elvire, que personne se soit jamais beaucoup mis en peine de me chercher; et si quelqu'un l'avoit pu faire, je vous soupçonnerois moins que tout autre, puisque vous n'avez pas dû chercher ce que vous aviez trouvé. Hé! où vous ai-je donc trouvée? reprit Zelmis. Je ne vous ai jamais vue qu'à Boulogne, et je me veux du mal d'avoir vécu si long-temps, et de vous avoir connue si tard. Il est vrai que depuis ce moment-là vous m'avez toujours été présente dans le cœur: mais enfin je ne me souviens pas d'avoir été assez heureux pour vous revoir. Et moi, repartit Elvire, je me souviens fort bien de vous avoir vu depuis ce temps-là. Seroit-il possible, madame, interrompit Zelmis, que n'ayant des yeux que pour vous, ils m'eussent trompé dans l'occasion où j'en avois le plus de besoin? N'étiez-vous pas au bal chez l'ambassadeur d'Espagne? reprit la Provençale en souriant. N'y fûtes-vous pas abordé d'un masque? Ne vous dit-il rien, ce masque?

Que vous semble-t-il de cette personne? la recon-
nûtes-vous? la prîtes-vous pour Elvire? Ah! madame, que me dites-vous? répliqua Zelmis plein
de trouble et de confusion. Que je veux de mal à
mes yeux de m'avoir trahi, et de ne vous avoir pas
reconnue! Il parloit encore quand monsieur l'ambassadeur parut, lequel, ayant fait compliment à
cette belle dame, passa dans une salle voisine pour
se mettre à table. Zelmis bientôt après fut obligé
de le suivre. Mais avant que de quitter l'aimable
Provençale: J'ai donc été bien malheureux, madame, lui dit-il, de vous avoir rencontrée sans
vous connoître; mais je le suis encore plus, aujourd'hui que je vous connois, de vous perdre sitôt,
après vous avoir cherchée si long-temps. Il la conduisit ensuite à son carrosse, et apprit de Mélite,
sa femme-de-chambre, qui étoit pour lors avec
elle, la demeure de sa belle maîtresse.

Il y avoit trop long-temps que Zelmis aspiroit à
voir Elvire, pour ne pas chercher toutes les occasions de se rencontrer avec elle. Il la vit le plus
souvent qu'il lui fut possible; et toutes les fois que
ces deux personnes se trouvoient ensemble, c'étoit
toujours avec ces émotions que fait naître l'amour
à la vue de ce qu'on aime. Elvire commença dès-

lors à s'apercevoir que ce qu'elle croyoit estimé
pour Zelmis étoit quelque chose de plus. Elle eût
bien voulu que le mot de *bonté* eût été assez fort
pour exprimer ce qu'elle sentoit pour lui ; mais
elle ne pouvoit avec justice appeler cela d'un autre nom que d'*amour.* Elle eut de la confusion de
s'être sitôt rendue ; elle en frémit : mais voulant
s'excuser à elle-même, elle en attribua plutôt la
faute au mérite de Zelmis qu'à sa foiblesse. Elle
employa pourtant tous ses soins à cacher sa défaite
aux yeux de Zelmis ; elle ne lui parla plus qu'a-
vec froideur pour l'empêcher de concevoir aucune espérance, et mêla dans toutes ses actions
un air de sévérité. Mais Zelmis, qui a peut-être
été aimé plus d'une fois, connut les véritables sentiments d'Elvire, malgré toutes ses feintes et ses
déguisements : et pour peu qu'on eût eu de péné-
tration, il n'eût pas été difficile de s'en apercevoir. Il faut plus d'art à cacher l'amour où il est,
qu'à le feindre où il n'est pas, et l'on remarquoit
toujours dans les fausses rigueurs d'Elvire plus de
contrainte que de naturel : quelque étude qu'elle
apportât à détourner ses regards de l'endroit où
il étoit, quand elle sortoit de cette continuelle
application, ses yeux, qui n'étoient pas toujours

d'intelligence avec son cœur, cherchoient Zelmis
de tous côtés, et étoient sans cesse inquiets jusqu'à ce qu'ils se fussent arrêtés sur lui.

Zelmis étoit au comble de sa joie, lorsqu'il reçut
des lettres de France qui lui apprirent que des affaires de la dernière importance l'y appeloient. Ces
nouvelles le jetèrent dans un chagrin qu'il n'est pas
aisé de se figurer. Il ne put se résoudre à quitter
Elvire dans le temps qu'il avoit le plus de raison
à demeurer près d'elle, et il crut que ses affaires
les plus importantes étoient celles de ses amours. Il
étoit dans cette résolution quand de nouvelles lettres, beaucoup plus pressantes que les premières,
l'avertirent de se rendre au plus tôt à Paris, s'il ne
vouloit pas ruiner entièrement sa fortune. Eh!
quelle fortune, s'écria-t-il en les lisant, puis-je
attendre autre part qu'auprès d'Elvire? Avec elle
ai-je rien à desirer? et sans elle me reste-t-il
quelque chose à espérer? Eh bien! je partirai,
continuoit-il, puisque tu le veux, cruel destin!
mais au moins auparavant que de partir je veux
découvrir tout mon cœur à Elvire; elle connoîtra
l'excès de mon amour, elle verra la violence du
sort qui m'arrache d'auprès d'elle et qui me force
à la quitter: mais, que dis-je? je ne la quitterai
jamais.

Zelmis ne songea plus dès ce moment-là qu'à trouver l'occasion de voir sa belle Provençale. Il avertit Mélite de son départ et du desir extrême qu'il avoit de parler à sa maîtresse. Mélite lui promit toutes sortes de secours; elle le flatta quelques jours après de l'espérance de parler le lendemain à Elvire en l'absence de son mari, et ajouta même, soit que cela vînt d'elle ou de la connoissance qu'elle eût des sentiments de sa maîtresse, qu'elle n'en seroit pas fâchée. Il n'en fallut pas davantage pour élever Zelmis au comble de la joie; mais comme il ne faut rien pour flatter ou désespérer un amant, et que, suivant ses différents caprices, il s'afflige et se réjouit souvent de la même chose, il craignit aussi que cette facilité d'Elvire à le voir ne fût une marque de son indifférence et du peu de risque qu'elle couroit en le voyant.

Il se trouva néanmoins le lendemain au lieu et à l'heure marquée par Mélite, qui ne manqua pas aussi à sa parole; elle le conduisit, par un degré dérobé, à la chambre de sa maîtresse; mais on ne peut dire les craintes et les irrésolutions de Zelmis quand il fut sur le point d'y entrer, résolu à aimer toujours Elvire en secret sans oser rien entreprendre qui lui pût déplaire. Il parut enfin, plein de cette timidité que donne l'amour, dans le lieu où étoit Elvire; et en l'abordant d'un air plein de respect: Pardonnez, madame, lui dit-il en se jetant à ses genoux, pardonnez à un emportement dont vous êtes seule la cause, et à un crime que l'amour me fait commettre. Quand je ne vous dirois pas présentement que je vous aime, mes yeux et mes actions vous l'auroient pu faire connoître il y a déja long-temps; mais, quelque connoissance que vous ayez de cet amour, vous ne pouvez savoir jusqu'à quel point je vous aime : vous ne sauriez, madame, inspirer de médiocres passions; et connoissant bien que je vous aime infiniment plus qu'on n'a coutume d'aimer, je suis au désespoir de ne pouvoir vous le dire que comme tout le monde le dit. Elvire feignant que cette visite imprévue et ce discours de Zelmis la surprenoient étrangement: Il n'est pas malaisé, monsieur, répondit-elle avec une feinte rigueur, de juger de la violence de votre amour par l'action hardie que vous venez d'entreprendre. Ah! madame, repartit Zelmis, n'achevez point, je vous prie, de m'accabler : j'avoue que vous avez sujet de vous armer contre moi de tout votre courroux; mais, quelle que puisse être votre indignation, je ne sais, madame, s'il est quelque chose de plus funeste pour moi que le mortel déplaisir de vous taire que je vous adore. Peut-être néanmoins que le respect qui m'a fait balancer si long-temps à vous faire une pareille déclaration m'auroit encore retenu aujourd'hui, si la nécessité ne m'y contraignoit. Je vous aime, et je pars. Ces paroles firent oublier à Elvire toute la rigueur avec laquelle elle avoit commencé à lui parler. Vous partez, reprit-elle: eh! que vous sert-il donc de m'aimer? et que vous serviroit-il qu'on eût quelque bonté pour vous, et peut-être quelque penchant à ne vous pas haïr? Non, belle Elvire, répliqua Zelmis un peu rassuré par ces paroles, je ne demande point que vous m'aimiez; je n'aspire point à un état si heureux : accordez-moi seulement la grace de revenir dans peu auprès de vous sans vous déplaire; et, si vous voulez me permettre quelque chose de plus, souffrez que je vous aime tout le reste de ma vie. Aimez-moi, j'y consens, reprit Elvire, et croyez que je ne suis pas insensible à votre passion, et que je ressens quelque chagrin de votre absence. Ah! madame, s'écria Zelmis les larmes aux yeux, connoissez-vous les peines d'une absence, vous qui ne savez pas ce que c'est qu'une passion; vous, madame, qui ne devez aimer que vous-même, et qui portez toujours où vous êtes tout ce qu'il y a d'aimable au monde ? Mais quelque bruit qui se fit à la porte obligea Zelmis à se retirer promptement, par le même degré qui l avoit conduit, où Mélite l'attendoit. Il sortit tout charmé de ce qu'il venoit d'entendre : il repassoit dans son esprit toutes les paroles d'Elvire, il les examinoit dans tous les sens avantageux qu'on leur pouvoit donner : il craignoit quelquefois de n'avoir pas dit de sa passion tout ce qu'il auroit dû dire ; quelquefois il appréhendoit d'avoir paru trop hardi : enfin il demeuroit toujours aussi mécontent de lui qu'il étoit satisfait de l'aimable Provençale. Elvire, de son côté, s'abandonna aux larmes et aux regrets quand elle ne vit plus Zelmis ; elle fit des plaintes à Mélite de l'avoir exposée à une vue si chère et si dangereuse. Car enfin, que veux-je faire ? lui disoit-elle. Veux-je aimer Zelmis ? veux-je oublier mon devoir ? Je sens que je ne puis le voir sans l'aimer, et je ne puis l'aimer sans crime. Je dois ma tendresse à mon époux, et j'appréhende que Zelmis ne me fasse oublier ce que je lui dois. Que je me veux de mal, continuoit-elle, d'avoir paru si foible, et de ne l'avoir pas reçu avec les froideurs que je devois! Mais il est parti, poursuivoit-elle; je ne le verrai plus, et je ne serai plus exposée aux dangereux combats que me livrent l'amour et le devoir.

Zelmis partit avec tout l'ennui que cause une cruelle séparation; mais il n'alla pas loin: le chagrin et la fatigue du voyage l'arrêtèrent à Florence, où il fut attaqué d'une fièvre si violente, que ceux qui connoissoient la cause de son mal crurent que cette maladie en seroit la fin. Il fut en peu de jours dans un extrême péril; mais la nature, aidée des remèdes, eut en lui tant de force, que, contre l'opinion de tout le monde, il recouvra la santé au bout de quelques mois; et cette maladie ne servit qu'à augmenter sa première vigueur. Tandis que Zelmis reprenoit ses forces, Elvire, ayant terminé heureusement ses affaires à Rome, revenoit en France; et la fortune la conduisit à Gênes dans le même temps que Zelmis y arriva. Ils s'embarquèrent, comme j'ai dit, sur ce vaisseau anglois; et ce fut là que Zelmis reconnut l'aimable Provençale dont il se croyoit bien éloigné.

On ne peut exprimer quels furent les sentiments de ces personnes, lorsqu'elles se trouvèrent ensemble. Que la vue de Zelmis ralluma de feux dans le

cœur d'Elvire ! qu'elle y fît revivre d'ardeur !
Quand on aime, on doute souvent de ce qu'on
croit le plus. Cette jeune personne ne pouvoit se
persuader que Zelmis, qu'elle croyoit en France,
se trouvât si près d'elle. Zelmis ne pouvoit comprendre quel bonheur lui faisoit retrouver Elvire.
Ils eurent cent fois la bouche ouverte l'un et l'autre pour se témoigner leurs transports de joie ; et
la présence d'un mari leur faisoit toujours dire
tout autre chose qu'ils ne vouloient. Mais ils eurent beau se contraindre, de Prade, que la jalousie
rendoit pénétrant, s'en figuroit toujours plus qu'il
n'en voyoit, et en voyoit encore davantage qu'il
n'en paroissoit ; les actions les plus ordinaires, les
paroles les plus indifférentes d'Elvire et de Zelmis,
qui n'auroient rien dit à tout autre, étoient pour
le mari des preuves convaincantes de leur intelligence. Quand Zelmis jetoit les yeux sur Elvire,
de Prade entroit aussitôt dans des emportements
terribles, dont à peine étoit-il le maître. Quand
Zelmis les en retiroit, il savoit si bien qu'on étoit
accoutumé à regarder sa femme quand on se trouvoit avec elle, que qui ne la regardoit pas y en-
tendoit du mystère.

La conversation ayant néanmoins duré jusque

bien avant dans la nuit, le capitaine céda son lit à
Elvire et à son mari, et il en donna un autre à Zelmis dans la même chambre. Je ne vous assurerai
point, mesdames, si la joie qu'eut Zelmis de se sentir auprès de sa maîtresse fut plus grande que le
dépit qu'il eut de la savoir si proche de son mari. Ce
qu'il y a de certain est qu'il passa la nuit dans des
agitations terribles. La joie d'avoir rencontré Elvire, la crainte de la perdre bientôt, le plaisir
imaginaire de se trouver couché près d'elle, la
jalousie qu'il sentit en la voyant entre les bras d'un
autre ; tout cela le mit dans des inquiétudes qui
ne lui permirent pas de reposer un moment. La
belle Provençale, de son côté, ne passa guère
plus tranquillement la nuit ; elle rouloit dans son
esprit cent pensées différentes. Quelle bizarrerie
du sort ! disoit-elle. Je commence à jouir du repos
que l'éloignement de Zelmis me fait goûter, je ne
songe plus tant à lui, je tâche à l'oublier, je
quitte Rome, où je crains qu'il ne revienne ; et cependant je le retrouve, en le fuyant, plus aimable
que jamais. Mais qui peut l'avoir retenu si long-
temps en Italie, quand des affaires de la dernière
importance l'appellent en France ? Une passion
nouvelle ne l'a-t-elle point arrêté ? Ah ! je suis

trahie, se disoit-elle en ce moment: Zelmis ne
m'aime plus; l'ingrat m'a oubliée. Mais que me
soucié-je de sa constance ou de sa légèreté? veux-
je l'aimer? Non, il faut l'oublier pour jamais, et
que son infidélité serve à mieux rompre des engagements que la raison et le devoir devroient déja
avoir brisés.

De Prade étant un homme tel que je vous l'ai
dépeint, vous vous imaginerez aisément qu'il passa
une aussi mauvaise nuit auprès de sa femme,
qu'un autre y en auroit passé une agréable. Et
quoique ces trois personnes eussent des intérêts
bien différents, ils étoient tous néanmoins tour-
mentés de la même passion. De Prade étoit jaloux
par tempérament, Elvire par amour, et Zelmis
par occasion. Zelmis ne pouvoit sans jalousie être
témoin du bonheur d'un autre; Elvire ne pouvoit
penser, sans être agitée de cette même passion,
qu'une autre qu'elle eût pu engager Zelmis; et de
Prade, travaillé de pareils sentiments, souffroit
avec dépit que Zelmis fût si proche de sa femme.
Mais ce lui fut le jour suivant un mortel chagrin
d'avoir sans cesse devant les yeux un objet aussi
insupportable que lui paroissoit Zelmis. Qu'il eût
bien souhaité pour son repos être encore dans le

18.

port de Gênes! mais il en étoit bien éloigné; et le vaisseau avoit déja passé les îles de Corse et de Sardaigne, quand celui qui faisoit le quart aperçut deux voiles qui portoient le cap sur le bâtiment anglois.

Il n'y a point de lieu où l'on vive avec plus de défiance que sur la mer: la rencontre d'un vaisseau n'est guère moins à craindre qu'un écueil. Zelmis, qui étoit auprès de la belle Provençale quand il apprit cette nouvelle, ne fit aucune réflexion au péril qui le menaçoit; et, comme il ne connoissoit d'autre malheur que celui de ne la pas voir, il crut qu'il n'avoit rien à craindre tant qu'il seroit avec elle. Le capitaine, qui n'étoit point amoureux comme lui, s'inquiétoit davantage; il appréhendoit avec raison que les vaisseaux qu'on découvroit ne fussent les mêmes Turcs qui lui avoient donné la chasse tout le jour en revenant depuis peu d'Alep, et qui l'avoient obligé à relâcher à Malte. Il vouloit, dans cette crainte, prendre terre à Nice ou à Ville-Franche, d'où il n'étoit pas beaucoup éloigné : mais le pilote, homme fier et ignorant, fut d'un avis contraire, et persista dans son dessein avec tant d'opiniâtreté, qu'on continua la route de Marseille. Cependant la nuit vint,

et les vaisseaux qu'on avoit aperçus suivirent si
heureusement l'anglois à la faveur de la lune,
qu'ils se trouvèrent le lendemain à la pointe du jour
à la portée du canon. Tout le monde fut extrêmement surpris à cette vue, et d'autant plus qu'il ne
fut pas malaisé de reconnoître que ces vaisseaux
étoient véritablement turcs, armés l'un et l'autre
de quarante pièces de canon. Les plus timides alors
se laissèrent saisir de crainte, les plus résolus cou-
rurent aux armes, et les plus expérimentés jugèrent
que tout cela seroit inutile. Zelmis fut de ceux qui
connurent mieux la grandeur du péril : il ne s'en
étonna point, il se proposa au contraire d'en sortir,
ou de mourir les armes à la main pour défendre
la liberté d'Elvire et la sienne ; et prenant le temps
qu'elle étoit seule dans la chambre du capitaine :
Dans le malheur qui nous menace, madame, lui
dit-il avec assez de précipitation, je dois encore
rendre graces à la fortune de m'avoir si long-temps
arrêté par une dangereuse maladie, pour me faire
trouver dans ce moment auprès de vous, et y défendre votre liberté. Il n'est plus temps de vous
dire que je vous aime : si je ne l'avois pas déja fait
voir par mes paroles, vous le connoîtriez aujour-
d'hui par mes actions. Mais enfin, madame, sur

le point de vous perdre pour jamais, permettez-
moi de vous dire, peut-être pour la dernière fois,
qu'en quelque endroit du monde où la fortune ait
destiné de me conduire, je n'y vivrai jamais que
pour vous.

L'état des choses ne demandoit pas un plus long
discours ; et Zelmis, sans attendre de réponse, sortit aussitôt de la chambre pour faire tout disposer
pour le combat. Tandis que tout le monde s'y em-
ployoit, ces corsaires se divertissoient par le changement de leur pavillon : ils le firent d'abord de
France, qu'ils relevèrent ensuite de celui d'Espagne ; ils ôtèrent celui - ci pour y mettre en sa
place un hollandois, qui fut suivi d'un vénitien et
d'un maltois ; ils arborèrent enfin , après tous ces
jeux, l'étendard de Barbarie, coupé en flammes au
croissant descendant, et accompagnèrent cette dernière cérémonie de la décharge de toute leur bor-
dée. L'anglois leur répondit de même, et ces premiers coups furent suivis d'un bruit épouvantable
d'artillerie. On ne distinguoit plus la mer d'avec
le ciel, tant l'épaisseur de la fumée les avoit confondus ; et cette première attaque fut si rude, que
les Turcs, s'apercevant qu'en présentant le flanc ils
étoient extrêmement incommodés du canon des

Anglois, changèrent de bord, remontèrent assez
haut pour les venir charger en poupe. Ils revin-
rent avec plus de chaleur. Ce fut pendant ce combat que la belle Provençale, ne pouvant plus retenir l'impétuosité de son courage, sortit de la
chambre du capitaine, où l'on avoit eu toutes les
peines imaginables à l'arrêter, pour venir sur le
tillac partager la gloire et le péril. Sa présence
donna une nouvelle vigueur à tout le monde, et
particulièrement à Zelmis, qui se signala par-dessus tous les autres. On n'attaqua jamais avec plus
d'ardeur, et jamais on ne se défendit avec plus de
courage. Le capitaine anglois, faisant le devoir
d'un brave homme, fut coupé en deux par un
boulet à deux têtes, qui blessa encore plusieurs
personnes. Ce spectacle effrayant ne diminua rien
de l'ardeur des combattants : au contraire, la résistance des chrétiens, qui voyoient couler leur
sang, alloit jusqu'à la fureur. Lorsque tous les officiers du vaisseau et la plupart des Anglois furent
tués ou mis hors de combat, le peu de monde qui
restoit ne laissoit pas de faire tout ce qu'on peut
attendre de gens de cœur : mais le combat étoit
trop inégal pour pouvoir empêcher les Turcs de
venir à l'abordage. Zelmis courut aussitôt à l'en-

droit où étoit Elvire, et, secondé de quelques ma-
telots, il soutint encore long-temps sur le pont
l'effort de ces infidèles : mais enfin, accablé d'un
nombre d'ennemis, il céda sans se rendre, et laissa
les Turcs maîtres du vaisseau.

Mustapha, l'un des capitaines de ce vaisseau,
vint le premier considérer ses captifs et son butin.
Elvire lui paroissant charmante, il s'informa d'elle-
même, en italien, qui elle étoit. Elvire lui répondit, sans s'étonner, qu'elle étoit Françoise, et
que tout son regret étoit de n'avoir pu suivre ceux
qui étoient morts dans le combat; qu'elle les estimoit bien heureux d'avoir perdu la vie plutôt que
la liberté. Elle dit cela d'un air qui n'étoit point
de captive, sans larmes, sans soumission, sans
prières; quoique, malgré sa fierté, sa grace et sa
douceur priassent assez pour elle. Mustapha estima
son orgueil, il admira sa constance, et voulut
qu'elle fût traitée tout le reste du voyage dans sa
chambre, avec des manières très honnêtes et qui
n'avoient rien de turc.

Dispensez-moi, mesdames, je vous prie, de
vous dire ici les sentiments de ces personnes in-
fortunées, quand elles se virent dans un état aussi
déplorable que celui où elles étoient tombées : il

faudroit qu'eux-mêmes vous en fissent le récit; car
qui n'a point senti de pareilles afflictions ne peut
jamais bien les exprimer. Je ne m'étendrai point
là-dessus pour vous apprendre plutôt que les
Turcs, après avoir erré plus de deux mois en faisant le métier de pirates, résolurent enfin de prendre le chemin d'Alger, pour s'y rendre, s'ils pouvoient, au temps du *Bahiram*, qui est la Pâque
de ces infidèles. Le vent fut si favorable, que, huit
jours après qu'ils eurent formé ce dessein, ils y
rendirent le bord à l'entrée de la nuit, dans le
temps qu'on allumoit sur les mosquées les lampes
qui brûlent pendant toutes les nuits du ramazan.

Je ne suspendrois pas ici, mesdames, les sentiments de pitié que nous inspire l'état malheureux
d'Elvire et de Zelmis, par une légère description
d'Alger, si le démêlé que nous avons depuis peu
avec ces pirates ne me faisoit croire que vous ne
serez pas fâchées d'apprendre quelque chose de
particulier de cette ville.

Alger est la capitale d'un royaume de même
nom, qui en a trois autres sous lui; celui de Tré-
missen ou Telesin, celui de Bugie, et celui de
Constantine. C'est presque la dernière place de la
côte de Barbarie, qui relève du grand-seigneur;

les royaumes de Fez et de Maroc faisant l'empire des chérifs, qui s'en sont emparés sous le prétexte de la religion, et qui, se disant de la race de Mahomet, ont pris comme tels le nom de chérifs, qui veut dire illustres, ou sacrés.

Les géographes ne sont pas bien d'accord du nom ancien de cette ville; mais ils avouent tous que les Sarrasins et les Arabes s'étant débordés en Afrique, et ne pouvant souffrir qu'il restât aucun monument qui publiât la grandeur de l'empire romain, lui ôtèrent son nom pour lui donner celui d'Algezair, qui signifie île en arabe, à cause qu'elle est voisine d'une petite île, sur laquelle on a bâti depuis une forteresse qui défend le port.

Alger est situé sur le penchant d'une colline que la mer mouille de ses flots du côté du nord. Ses maisons, bâties en amphithéâtre et terminées en terrasse, forment une vue très agréable à ceux qui y abordent par mer. Si je ne craignois, mesdames, de retarder votre curiosité, je vous parlerois du gouvernement de cette ville; je vous dirois qu'Ariden Barberousse, fameux corsaire, y régna autrefois avec souveraineté, conjointement avec son frère Cheridim; que, bien qu'elle soit tombée depuis sous la domination des Turcs, le grand-sei-

gneur n'en est pas si absolument demeuré le maître, que la milice ne se soit réservé une espèce
d'autorité souveraine : ce qu'on peut voir dans les
traités et les déclarations, qui sont toujours con-
çus en ces termes : *Nous, grands et petits de la
puissante et invincible milice d'Alger, avons résolu
et arrêté que,* etc. Mais il vaut mieux vous apprendre le sort de nos captifs, et vous dire que,
la prière du matin étant finie, on conduisit les
nouveaux esclaves devant le roi, qui a droit de
prendre la huitième partie de tout le butin qui se
fait. Ce prince, appelé Baba-Hassan, étoit doux,
civil et généreux au-delà de tous ceux de sa nation. Il n'avoit rien de barbare que le nom ; et la
nature avoit pris plaisir à former en Afrique un
naturel aussi riche qu'elle eût pu faire en Europe.
Il trouva Elvire, au moment qu'il la vit, telle que
tout le monde la trouvoit, c'est-à-dire pleine de
charmes ; il remarqua sur son visage les restes
d'une beauté touchante, que les fatigues de la mer
et les approches de la captivité n'avoient pu tout-
à-fait effacer ; et ses beaux yeux, au travers de
quelques larmes, jetèrent des feux qui passèrent
jusqu'à son cœur. Baba-Hassan s'approcha d'elle ;
il la pria en des termes obligeants de ne se pas

affliger : il lui dit que la servitude où elle étoit tombée seroit si douce, que la liberté l'étoit moins. Il la fit conduire à l'instant par un officier à l'appartement de ses femmes, qui ne purent voir sans une jalousie extrême les charmes de cette jeune odalisque. Le malheureux Zelmis fut présent à ce triste spectacle; il crut voir Elvire pour la dernière fois, en la voyant entrer dans un lieu d'où l'on sort difficilement : mais quelle que fût sa douleur, je ne sais s'il n'aima pas autant la voir entre les mains de Baba-Hassan qu'au pouvoir de son mari, qui fut acheté presque aussitôt d'un nommé Omar. Zelmis fut vendu comme les autres. Il tomba entre les mains d'Achmet Thalem, de la race de ces Maures appelés Tagarims, qui se répandirent sur la côte d'Afrique lorsqu'ils furent chassés d'Espagne. Cet Achmet étoit connu pour l'homme le plus cruel qui fût dans toute la Barbarie; mais Zelmis sut vaincre sa cruauté, en lui promettant pour sa rançon tout ce qu'il souhaita de lui. Cette prompte composition lui donna bientôt la liberté d'aller par toute la ville et d'y exercer la profession de peintre, ayant passé pour tel sur le batistan, lieu où se vendent les esclaves.

Zelmis n'eut pas plus tôt cette liberté, qu'il em-

ploya tous ses soins à savoir des nouvelles de la
belle esclave. Avant qu'il en pût avoir de certaines,
il apprit confusément que le roi avoit beaucoup de
bonne volonté pour sa nouvelle maîtresse, et qu'il
faisoit tout ce qui lui étoit possible pour gagner son
cœur. Ce bruit paroissoit encore plus vraisem-
blable à Zelmis qu'à tout autre ; il savoit trop bien
qu'on ne pouvoit voir Elvire sans l'aimer ; ainsi
il n'eut pas de peine à y ajouter foi : mais il en fut
entièrement persuadé par un eunuque, nommé
Méhémet, qui avoit soin du dehors du palais, et
que Zelmis avoit gagné avec quelques ducats que
les Turcs avoient oublié de lui prendre. Cet homme
lui apprit tout ce qui se passoit dans le palais, et
l'instruisit de la passion du roi pour Elvire, et de
ses complaisances pour elle. Il l'avertit même
qu'elle devoit sortir dans quelques jours pour aller
au bain ; qui étoit vers la porte de la Casserie, et
qu'il ne lui seroit pas difficile de la voir.

Ces nouvelles donnèrent beaucoup à songer à
Zelmis ; la passion du roi lui fit désespérer de revoir Elvire en liberté, et lui fit envisager le dernier des malheurs, qui étoit de la perdre pour jamais. Il crut que le soin que Baba-Hassan prenoit
d'envoyer sa captive au bain étoit une marque

certaine qu'étant las et rebuté des froideurs de son
esclave, il vouloit se servir de toute la puissance
qu'il avoit sur elle ; les Turcs prenant presque toujours la précaution d'envoyer leurs femmes au bain
lorsqu'ils veulent les honorer de leurs caresses.
Cette pensée le fit presque mourir de douleur : il
ne laissa pas pourtant de se trouver tous les jours
à la porte du bain pour y rencontrer Elvire. Elle
en sortit un jour, et l'apercevant la première: Ah!
monsieur, s'écria-t-elle, je suis perdue, secourez‑
moi. Qu'êtes-vous devenu ? et que deviendrai-je ?
Hélas ! nos puissances sont limitées, un grand
bruit nous rend sourds, une grande lumière nous
éblouit, une grande douleur nous rend insensibles.
Zelmis en fut si fort accablé qu'il ne put répondre:
il lui serra seulement les mains entre les siennes ;
mais il ne jouit pas long-temps de ce plaisir, car
elle lui fut bientôt arrachée par les femmes qui
l'accompagnoient. Il la suivit des yeux autant qu'il
put; mais, hélas ! qu'il acheta cher cette vue !
quels mouvements confus ne produisit-elle point
en lui ! De l'amour il passa à la jalousie, de la jalousie à la crainte, de la crainte à la joie, de la joie
à la tristesse; ou, pour mieux dire, il sentit toutes
ces passions en un même temps. Elvire sortoit du

bain, son visage n'étoit que charmes, ses beaux
yeux noyés de pleurs brilloient encore davantage.
Qui ne l'eût aimée en cet état? mais qui n'eût
été jaloux en la voyant au pouvoir d'un homme
qui étoit en droit de tout entreprendre? Quelle
joie pour Zelmis de la voir si belle! quel déplaisir
de la voir si affligée! Que mon malheur est grand!
disoit-il. Elvire, la belle Elvire me demande du
secours, et je ne puis que la plaindre. Je m'abandonne à la douleur, quand je devrois me livrer
pour elle aux plus grands périls. Tantôt il plai-
gnoit son sort, tantôt il envioit celui de Baba-
Hassan. Faut-il, reprenoit-il, que tu tiennes en
ton pouvoir la personne du monde la plus aimable? Faut-il que tu sois en droit de tout prétendre d'elle? Arracheras-tu par la violence ce que
tu ne peux obtenir par la douceur? Arrête, barbare, arrête; respecte du moins la vertu et l'innocence de ta captive, si tu n'as pas de compassion pour son malheur.

Je m'aperçois, mesdames, que vous tremblez
pour Elvire. Ce mot de Turc vous effraie, cette
disposition de bain vous alarme : mais ne craignez
rien, cette belle est en sûreté ; et Baba-Hassan,
qui possède toutes les qualités d'un parfait hou-

nête homme, n'a pas moins de respect que de tendresse pour elle ; et, laissant à part le pouvoir de souverain, il essaie à se faire aimer par toutes les voies dont un amant se sert pour y arriver.

Zelmis fut pourtant en proie aux plus funestes chagrins dont un cœur soit capable : la beauté d'Elvire, qui n'avoit jamais été si éclatante, l'appréhension de cette jeune personne, conforme à la sienne, cette précaution de bain, tout le faisoit trembler. Mais Méhémet le jeta encore quelque temps après dans un nouvel embarras ; il le vint trouver un jour qu'il étoit employé à peindre la poupe d'un vaisseau qu'Achmet, son patron, faisoit faire ; et, sans l'instruire du sujet de sa venue, il lui dit que le roi le demandoit. Cet ordre surprit extrêmement Zelmis ; il n'en pouvoit deviner la cause ; et Méhémet ne lui en dit point la raison, quoiqu'il la sût. Zelmis le suivit au palais ; mais Méhémet, ne le voulant pas laisser plus long-temps dans la crainte et dans l'erreur où il le voyoit, le rassura en lui disant que, le roi ayant appris qu'il étoit peintre, lui commandoit de dessiner des fleurs sur des voiles qu'il lui donna. Zelmis apprit en les recevant que ce qu'il alloit faire n'étoit pour d'autres personnes que pour Elvire, qui, voulant charmer ses ennuis et se divertir à broder, avoit prié le roi que ce fût lui qui donnât les dessins de sa broderie.

La joie n'est jamais plus grande que lorsqu'elle est imprévue. Zelmis en sentit pour lors une si forte, qu'il ne songea plus aux malheurs de sa captivité. Il se flattoit avec raison qu'Elvire songeoit encore à lui, et il se faisoit un si grand plaisir à faire quelque chose pour elle, qu'il s'estima même heureux d'être esclave en ce moment, puisque cet état lui donnoit occasion de travailler pour la personne qu'il aimoit le mieux. Il fit ce que le roi, ou plutôt ce qu'Elvire lui avoit commandé, il ordonna les dessins, il les remplit de fleurs dont la couleur pâle avoit quelque rapport à son amour; ce n'étoit par-tout que pensées, que soucis, que violettes; si l'on y voyoit quelques boutons de roses, ils étoient presque étouffés sous les épines qui formoient une chaîne, dont deux cœurs, placés au milieu du mouchoir, étoient étroitement unis. Sitôt que Zelmis eut achevé son travail, il le porta chez le roi. Ce prince le trouva fort à son gré, et parfaitement bien entendu; et Zelmis lui fit entendre que n'ayant pu marquer avec la plume les différentes couleurs dont les fleurs devoient être nuées, il étoit nécessaire qu'il parlât à la personne qui les devoit broder, pour lui faire concevoir la manière dont elle les devoit traiter. Baba-Hassan, qui ne savoit rien de l'inclination de Zelmis pour la belle Provençale, et qui cherchoit toutes les occasions de marquer sa complaisance à sa jeune esclave, ne fit aucune difficulté d'accorder à Zelmis ce qu'il lui demandoit, et donna ordre à Méhémet de le conduire à l'heure même à l'appartement des femmes. Vous remarquerez, s'il vous plaît ici, mesdames, que, bien que l'on voie difficilement les femmes en Turquie, cette sévérité n'est pas si grande pour les esclaves que pour les Turcs; et vous verrez, par la suite de ce discours, qu'il est fort ordinaire que les chrétiens demeurent même dans la maison de leurs patronnes.

Zelmis entra en tremblant dans un lieu où il n'y avoit que des femmes; il y trouva Elvire dans un état capable d'embraser les plus insensibles, et quoiqu'elle fût mêlée avec quantité d'autres personnes parfaitement belles, ses yeux la reconnurent aussi aisément parmi cette belle troupe, que son cœur la distinguoit du reste des créatures. Elle étoit vêtue ce jour-là comme les femmes du pays, c'est-à-dire qu'elle étoit presque nue; sa gorge toute

découverte inspiroit mille feux, et ses beaux cheveux noirs, renoués d'une écharpe couleur de feu,
tomboient sans ordre sur des épaules qui éblouis-
soient par leur blancheur. Zelmis n'en put soutenir
l'éclat, et cette vue le mit tellement hors de lui,
qu'il demeura quelque temps immobile, oubliant
le sujet qui l'amenoit auprès d'elle. Cette belle personne l'aperçut, et ne croyant pas voir ce qu'elle
voyoit : Est-ce vous, monsieur ? s'écria-t-elle en se
levant toute transportée de joie. Hé ! que venez-vous
m'apprendre ? Peut-il y avoir encore au monde
quelque disgrace à m'arriver ? Oui, madame, c'est
moi, répliqua Zelmis ; c'est une personne qui vous
adore, et qui a ressenti si vivement votre disgrace,
qu'il n'y a eu que la consolation de respirer le
même air auprès de vous, et de se trouver dans
le même état que vous, qui l'ait empêché d'en
mourir de douleur. Oui, madame, je ne vis que
parceque je vous aime ; et, si vous ne voulez pas
que je cesse de vivre, permettez-moi de continuer
à vous aimer. Zelmis, en disant ces paroles, lui
fit voir les voiles qu'il portoit, et faisant semblant
de lui montrer avec la main la manière dont elle
devoit nuer les fleurs qui y étoient dessinées :
C'est le roi, madame, continua-t-il, qui m'envoie

ici, et c'est l'amour, comme vous voyez, qui m'y
a ouvert un chemin de fleurs : mais, madame,
rien ne m'a-t-il fermé celui que je me flattois d'a-
voir fait à votre cœur ? Hé ! dit Elvire, songez-vous
à moi au milieu de vos fers ? N'avez-vous pas assez
de vos malheurs ? Pourquoi tâchez-vous à vous
en faire encore de nouveaux ? Non, madame, répliqua Zelmis, il n'y a d'autre malheur dans la
vie que d'être éloigné de vous, et d'autre bonheur que de vous aimer, s'il se peut, autant que
vous êtes aimable ; hors cela je ne connois dans
le monde ni bien, ni mal, ni joie, ni tristesse ; et
tout le reste m'est indifférent. Mais, madame, qui
ne plaindra votre sort ? Vous êtes dans les fers,
vous qui êtes née pour régner. Vous êtes captive,
vous qui devez être toujours victorieuse. Toute ma
mauvaise fortune ne vous est pas encore connue,
reprit Elvire : ma captivité seroit moins à plaindre
si elle étoit moins heureuse, et si mon cruel sort
ne m'avoit pas mise entre les mains d'un homme qui
m'aime éperdument, et qui fait tout pour se faire
aimer. Je ne puis, par toutes sortes de raisons,
répondre à ses tendresses ; je l'évite, je le fuis,
il s'en plaint ; mais qui me répondra qu'enfin cet
amour outragé ne se changera point en fureur ?

Non, madame, interrompit Zelmis, ne craignez
rien ; vous portez sur votre visage des caractères
qui inspirent en même temps et l'amour et le respect ; et Baba-Hassan est trop bien payé de son
amour du seul plaisir de vous aimer. Quelle plus
grande faveur peuvent espérer ceux qui vous aiment ? Pour moi, le ciel m'est témoin si je... Hé !
de grace, interrompit Elvire, changez ces sentiments d'amour en des mouvements de compassion
et pour vous et pour moi. Moi, changer, madame !
moi, que je ne vous aime plus ! Hé ! voulez-vous
m'arracher tout ce qui me reste au monde ? Je
n'ai plus rien, je ne suis plus à moi-même, et ce
n'est qu'en vous aimant que je peux me mettre
au-dessus des coups de la fortune. Elle peut me
rendre malheureux, mais elle ne pourra jamais
faire que je ne vous aime pas. Il parloit encore
quand Baba-Hassan entra ; mais comme ils parloient françois, sa présence ne les empêcha pas
de dire encore tout ce qu'un amour malheureux
peut inspirer de tendre. Elvire demanda des nouvelles de son mari, et Zelmis, lui en ayant appris,
se retira plus passionné que jamais.

Il sortit d'auprès de la belle Provençale pour
être encore plus avec elle qu'il n'avoit été. Il ne

se crut pas tout-à-fait abandonné, puisqu'au milieu de ses disgraces, le ciel avoit fait pour lui ce
qu'il n'eût osé même espérer. Ce petit rayon de
fortune lui en fit entrevoir une plus grande, et il
s'imagina que rien ne lui seroit impossible, quand
il seroit secondé par l'amour. Il avoit remarqué,
étant chez le roi, que la mer mouilloit le pied des
murs du palais, et que même le vaisseau où j'ai
dit qu'il travailloit n'en étoit éloigné que de quelques pas. Cette disposition lui fit croire qu'il ne
lui seroit pas impossible de voir quelquefois Elvire.
Dans cette pensée, il la fit avertir par Méhémet
qu'il étoit tous les jours au pied de son appartement, et que, sous prétexte de vouloir prendre
le frais sur la terrasse du palais, elle pourroit le
voir, si sa vue ne lui déplaisoit point. Elvire,
avertie du voisinage de Zelmis, monta le lendemain sur cette terrasse, qui avançoit sur la mer.
Elle n'y fut pas long-temps sans y être aperçue de
Zelmis, qui n'avoit d'autre plaisir que de regarder
tout le jour le lieu où étoit sa belle maîtresse. Il
jouit quelque temps de son bonheur, il la vit avec
joie; mais cette joie étoit mêlée du déplaisir que
lui causoit l'état où il la voyoit; et un autre que
lui se fût peut-être contenté de la vue d'un objet

qu'il aimoit si tendrement, sans espérer rien davantage : mais ce n'étoit pas assez pour lui. Il savoit que la fortune favorise les grandes entrepri-
ses ; et il voulut que cette même fortune, qui avoit
eu pour lui des revers si funestes, eût aussi en
échange des retours extraordinaires. Ce petit succès enfla si fort ses espérances, qu'il ne se proposa rien moins que d'enlever Elvire d'entre les
mains des Barbares, et de la remettre en France.
Il ne jugea rien de plus proportionné à son amour
que cette entreprise hardie ; et dès ce moment il
disposa tout pour cette action. La difficulté étoit
de faire savoir son dessein à la belle Provençale.
Il ne vouloit pas déclarer à Méhémet une affaire
de cette importance, ni la confier au hasard d'une
lettre. Cet obstacle l'arrêtoit ; mais comme l'amour
est ingénieux, il ne fut pas long-temps à trouver
le moyen d'attacher un billet à une flèche qu'il
jeta sur la terrasse du palais, dans le temps qu'Elvire s'y promenoit. Il étoit conçu en ces termes :

« On seroit coupable, madame, de vous voir
« dans les fers sans essayer à vous en retirer. Quel-
« que difficile qu'en soit l'entreprise, elle ne l'est
« pas tant qu'elle paroit ; et je ne trouve rien d'im-
« possible au monde que de ne vous aimer pas.

« Nous vous attendrons jeudi au soir à l'entrée de
« la nuit, au pied de vos murailles : une pareille
« flèche que celle qui vous a porté ce billet vous
« portera un fil au bout duquel sera attachée une
« corde à la faveur de laquelle vous descendrez.
« Les choses sont assez bien disposées pour faire
« espérer que l'entreprise réussira. Il y auroit trop
« d'injustice si vous étiez plus long-temps esclave :
« ce désordre et cette violence ne peuvent durer
« plus long-temps dans la nature ; et on peut se
« flatter d'un heureux succès quand l'Amour est
« de la partie, et qu'on travaille de concert avec
« lui pour la plus aimable personne du monde. »

Ce billet fut le lendemain suivi d'une réponse
attachée à une pierre qu'Elvire jeta de sa terrasse
dans le vaisseau où Zelmis travailloit. Elle ne put
avoir ni encre ni plume dans le palais ; mais la
vivacité de son esprit répara ce défaut : elle passa
une partie de la nuit à piquer avec la pointe d'une
aiguille, sur du papier, tous les caractères qui
composoient cette lettre. Zelmis, l'ayant mise sur
un fond noir, lut fort distinctement. Elle étoit
conçue en ces termes :

« Je ne sais si c'est l'espérance de la liberté, ou
« le désir de vous revoir, et mon époux, qui me

« fait trouver votre entreprise si agréable ; mais
« j'avoue que l'idée flatteuse que je m'en fais par
« avance me fait oublier les peines de ma capti-
« vité. Il est vrai que de mes maux l'esclavage
« n'est peut-être pas le pire ; j'aime, et c'est tout
« mon mal. Je ne sais qui m'arrache cette pa-
« role : mais n'en profitez point, Zelmis ; c'est de
« mon mari dont je veux parler. Qu'il soit avec
« vous, je vous en prie ; ou bien, si cela ne se
« peut, et que vous y veniez sans lui, n'y venez
« point avec tous vos charmes. Adieu. Je vous
« attends à l'heure que vous m'avez marquée. »

Cette lettre porta autant d'amoureux traits dans
le cœur de Zelmis, qu'il y avoit de piqûres qui la
composoient. Qu'il eut de plaisir à la baiser et à
la tremper de ses larmes ! Qu'il sentit de joie à
la relire cent fois, cette aimable lettre, où il trouvoit tant de douceurs, tant de charmes, tant de
rapport à son amour ! Il interprétoit en sa faveur
les feintes d'Elvire, ses déguisements, ses peines
d'avouer une chose qu'elle ne pouvoit dissimuler ;
et il ne songea plus dès-lors qu'à la grande affaire
qu'il alloit entreprendre. Il s'assura encore mieux
des gens qui devoient être de la partie : il les
trouva tous dans les mêmes sentiments avec les-

quels il les avoit laissés, et il leur donna ordre de
se rendre le jour marqué, deux heures avant qu'on
fermât les portes de la ville, dans le vaisseau où ils
savoient qu'il travailloit.

L'affaire fut si bien conduite que le jeudi au
soir il ne manqua personne de tous ceux qui devoient s'y rendre. La première chose qu'on fit
fut de se saisir du nègre qui gardoit le vaisseau,
de lui mettre un baillon dans la bouche, et de le
descendre à fond de cale. L'on n'eut pas de peine
ensuite à rompre la chaîne qui tenoit la chaloupe
attachée; et ayant pris les morceaux de bois et les
voiles qui étoient les plus nécessaires, on fit approcher la barque des murailles avec le moins de
bruit qu'il fut possible. Zelmis fit connoître son
approche à la belle Provençale par quelques étin-
celles qu'il fit sortir d'un caillou, à quoi elle répondit avec une pierre qu'elle jeta dans la mer,
et qui apprit à Zelmis qu'elle l'avoit prévenu au
rendez-vous. Il fut si heureux que la flèche à laquelle le fil dont je vous ai parlé étoit attaché,
tomba du premier coup sur la terrasse où étoit Elvire; et il étoit impossible qu'étant animé par ce
dieu qui les sait si bien lancer, il n'adressât pas
d'abord où ses yeux, ses pensées, et son cœur, vi-
soient continuellement.

On ne peut exprimer quels furent les sentiments de Zelmis pendant le peu de temps qu'Elvire fut à se disposer pour descendre. On ne peut représenter ses transports, ses appréhensions, ses alarmes, ses frémissements : tout le fait espérer, tout le fait craindre : le péril le rend presque immobile ; les horreurs de la nuit l'épouvantent ; il frémit, il tremble, il espère, il craint.

Cependant Elvire descend, son approche dissipe les ténèbres ; elle chasse les craintes de Zelmis, elle relève ses espérances. Mais la joie en ce moment le transporte à un tel excès que ce n'est plus lui, ce n'est plus ce même Zelmis qui un peu auparavant animoit l'un, et exhortoit l'autre, disposoit la voile, prenoit le gouvernail. On ne sait plus ce que sont devenues ses ardeurs ; et sans le secours de ceux qui étoient avec lui dans la chaloupe, il auroit oublié ce qu'il y venoit faire. Il se crut déja trop bien payé de ses peines par la seule joie de posséder Elvire : quoique l'obscurité de la nuit lui ôtât le plaisir de la voir aussi-bien qu'il l'eût souhaité, il ne cessoit néanmoins de la regarder avec tant d'opiniâtreté et d'application, qu'il ne s'aperçut pas que deux de ses gens s'étant mis sur la chaîne qui fermoit le port, avoient déja fait passer la barque par-dessus; mais sitôt qu'il fut un peu revenu du profond assoupissement où cette joie inespérée l'avoit mis: Est-ce vous, madame? s'écria-t-il. N'est-ce point une illusion? et la fortune, que nous trouvons présentement si propice, ne feint-elle point un visage riant pour se démentir bientôt? Mais n'importe, qu'elle se déchaîne maintenant contre nous autant qu'elle le voudra, il n'est plus en son pouvoir de me causer une affliction pareille à la joie que je ressens. Vous êtes libre présentement, madame; et quand vous n'auriez que peu de temps à l'être, le ciel m'a choisi pour être l'auteur de cette courte liberté. Je ne suis pas si libre que vous pensez, repartit Elvire en soupirant; je laisse encore la moitié de moi-même dans les fers, et mon mari n'est pas avec moi. Hé! de grace, madame, reprit Zelmis, n'empoisonnez point une joie aussi pure que celle que nous pouvons goûter en ce moment. Ne soyez point ingénieuse à vous former de nouveaux sujets de peine. Laissez, madame, laissez au ciel le soin de votre mari; il a fait naître des personnes pour vous arracher des mains de Baba-Hassan, il en suscitera d'autres pour tirer votre époux de la puissance des Barbares.

Cependant la barque vole vers les îles Majorque et Minorque. Les vagues, quoique assez tranquilles, semblent s'abaisser encore pour la laisser passer avec plus de vitesse; et les zéphyrs, secondés des Amours, enflent les voiles avec tant de prospérité, que tout faisoit espérer un heureux succès. La joie éclate sur le visage de tous ces illustres fugitifs, et ils avoient déja fait plus de vingt milles quand le jour commença à paroître. Le brouillard, qui s'élève ordinairement le matin sur la mer, fut par malheur si épais ce jour-là, qu'ils ne purent apercevoir un petit brigantin, sous la proue duquel ils se trouvèrent inopinément. Ils le virent quand ils ne purent plus l'éviter : ils tâchèrent en vain de changer de route pour s'échapper à la faveur des ténèbres; mais le brigantin, en les apercevant, fit force de rames sur eux; et, comme il n'en étoit pas beaucoup éloigné, il ne fut pas long-temps à les joindre. Je ne veux point, mesdames, vous exprimer le désespoir de ces infortunés, quand ils reconnurent que ce brigantin étoit d'Alger, lequel y retournoit après deux mois de course. On ne peut se représenter un si grand changement, sans ressentir une partie des douleurs de ces malheureux. Combien de fois Zelmis fut-il sur le point

de se jeter dans la mer pour finir ses malheurs
avec sa vie! De quels yeux regarda-t-il Elvire! Que
ne lui dirent-ils point dans ce moment, ces yeux,
ces mêmes yeux où la joie venoit d'éclater, et dans
lesquels alors la douleur étoit peinte! Il n'exprima
son affliction que par son silence et par quelques
soupirs entrecoupés. Elvire parut la moins émue;
elle entra la première dans le brigantin; Zelmis la
suivit avec les autres : et le vent s'étant aussitôt
mis au frais, ils se trouvèrent quelques heures ensuite à la vue d'Alger, et peu de temps après dans
le port.

La nouvelle du retour de la belle esclave, dont
l'évasion avoit été déja sue de tout le monde, ne
fut pas long-temps à se répandre dans toute la ville;
l'on accourut de toutes parts pour la voir rentrer,
et le capitaine du brigantin, appelé Turquille, la
reconduisit au palais, comme en triomphe. Baba-
Hassan ne s'emporta point à la vue de cette belle
fugitive; il la reçut au contraire avec des sentiments
dont l'ame la mieux née puisse être capable. Si
j'eusse cru, madame, lui dit-il, que votre condi-
tion vous eût paru si rude, je vous aurois évité, en
vous rendant la liberté, les risques que vous avez
courus pour la recouvrer; mais je m'étois imaginé

que l'amour que j'ai tâché de vous faire paroître
en adouciroit les peines. Vous fuyez cependant,
madame; mon amour n'a pu vous arrêter; et je
veux un mal mortel à Turquille de vous avoir remise entre mes mains, puisque vous y revenez ap-
paremment avec les mêmes sentiments que vous
aviez quand vous en êtes sortie. Bien loin de
faire aller sur vos pas, je m'estimois heureux de
n'avoir plus devant les yeux une personne si belle
et si sévère; et je suis au désespoir que votre vue,
si contraire à mon repos, renoue des liens que
votre éloignement auroit rompus. Je n'attendois
pas moins de générosité de votre part, seigneur,
répondit Elvire, et je suis confuse des bontés que
vous avez pour votre captive; mais permettez-
moi de vous dire que plus ma captivité paroît
douce, plus elle m'est insupportable. Vous m'aimez, seigneur, et ma loi, ma raison, mon devoir,
tout me défend de vous aimer. Heureuse si le ciel,
en m'ôtant la liberté, m'eût ôté en même temps
les appas qui vous ont charmé! Vous m'aimez,
répéta-t-elle encore, et n'ai-je pas lieu d'appré-
hender que vous vous lassiez de mon indifférence,
et que cette bonté insultée ne change enfin en
un juste dépit dont vous ne serez peut-être plus

le maître? Non, madame, interrompit Baba-Hassan, ne craignez rien des emportements de ma passion; ce n'est point en amour qu'on se sert de son pouvoir; et je serois de tous les hommes le plus malheureux, si, ne pouvant mériter votre estime, je m'attirois votre haine. Baba-Hassan se retira après ces paroles: Elvire rentra dans le palais; et Zelmis retourna chez son patron, qui ne le reçut pas avec la même civilité que Baba-Hassan avoit eue pour la belle Provençale; il essuya au contraire tout ce que la colère, mêlée de vengeance et d'intérêt, peut faire ressentir d'emportements, et il fut depuis resserré dans son logis avec beaucoup de rigueur. Il est vrai qu'il eut dans cette solitude la compagnie de quatre belles femmes, qui parloient toutes fort bien espagnol; mais il fut insensible à leurs appas. Il ne voyoit rien quand il ne voyoit point Elvire; et cette compagnie, qui auroit été pour un autre un sujet de consolation, lui en fut un de mille occasions périlleuses.

L'amour, chez les Turcs, n'est point armé de traits; il est couvert de fleurs: on ne sait ce que c'est que d'y mourir des cruautés d'une belle; et les dames ont le même scrupule en ce pays-là de

faire languir un amant, que quelques-unes ont en ce
lui-ci de le favoriser. Elles font toutes les avances :
la loi de la nature est la première qu'elles suivent, préférablement à celle de Mahomet, parcequ'elles sont femmes avant que d'être turques; et
elles donnent de la tendresse et des faveurs en retour des services que les hommes leur rendent :
enfin, on y est heureux avant qu'on y soit amant.
Les quatre belles personnes avec qui Zelmis demeuroit avoient naturellement un grand penchant à
l'amour; et la nature, en leur donnant ce cœur
tendre, ne leur avoit pas refusé les avantages qui
font aimer. Elles étoient toutes charmantes, et
elles retenoient dans leur air quelque chose de
cette fierté que nous remarquons dans ces statues
grecques ou romaines. Leurs habillements et
leurs manières inspiroient assez de tendresse :
elles n'y étoient que trop portées, et Zelmis étoit
le seul qui ne brûloit point au milieu de tant de
feux. Il ne fut pas long-temps néanmoins à s'apercevoir de la disposition du cœur de ses belles
maîtresses; et il connut sans peine qu'elles souhaitoient de lui quelque chose de plus que les
services ordinaires que rendent les domestiques.

Immona, la plus belle et la plus jeune de tou-

IV.   20

tes, fut celle qui lui fit paroître le plus d'amour.
Elle avoit tout ce qui peut former une charmante
personne, le front élevé, l'œil brillant, la bouche
pleine de ces agréments qu'on ne peut exprimer :
des cheveux noirs accompagnoient ce beau visage
avec tant d'avantage, qu'il sembloit qu'elle ne les
eût reçus de la nature que pour cet effet seulement : ses manières étoient les plus engageantes
du monde. Zelmis auroit sans doute mieux ré-
pondu à son amour, s'il y eût eu place dans son
cœur pour une autre passion. Cette belle Africaine
fut charmée des qualités de son esclave ; elle fit
tout ce qu'elle put pour s'en faire aimer : mille
gestes amoureux, cent regards passionnés, une
infinité de souris capables d'enflammer les plus
glacés, étoient les armes ordinaires dont elle se
servoit pour abattre sa fierté ; mais il payoit les
emportements d'Immona de tant de froideurs,
qu'on voyoit aisément qu'il s'estimoit malheureux
de recevoir des douceurs d'une autre que d'Elvire, de qui les rigueurs lui auroient été cent fois
plus agréables que toutes les faveurs des plus belles
personnes du monde.

Immona ne fut pas la seule qui eut de la bonne
volonté pour Zelmis : Fatma, qui ne lui cédoit

point en beauté, prétendit quelque part à son
cœur; et elle n'avoit jusqu'alors dissimulé sa passion, que pour mieux connoître les sentiments de
sa rivale, qui lui avoit fait confidence de son
amour. En les connoissant, elle apprit aussi ceux
de Zelmis; et sachant qu'il rendoit à sa passion
une indifférence cruelle, elle s'imagina que le peu
d'appas de sa rivale étoit cause de cette froideur;
et, dans cette vue, elle crut que le mépris que
Zelmis faisoit de son cœur étoit une marque certaine qu'il soupiroit pour une autre; et comme
nous sommes naturellement portés à croire ce
que nous souhaitons, elle se flatta avec plaisir
d'avoir allumé cette passion. Elle ne songea plus,
dans cette pensée, qu'à employer tous ses charmes, pour lui donner, si elle pouvoit, autant
d'ardeur qu'elle en avoit pris. Ses paroles, ses manières, ses regards, tout étoit plein d'amour et
d'artifice; et elle en montra bientôt plus que Zelmis et Immona n'en vouloient savoir. Immona vit
naître avec horreur l'amour de cette rivale; elle
ne l'étudia pas long-temps pour connoître les sentiments de son cœur. Ses soins, ses inquiétudes, l'indifférence de Zelmis pour elle, tout lui disoit ce
qu'elle eût bien voulu ne pas apprendre. Le dépit

20.

s'empare aussitôt de son ame : elle se déchaîne,
elle s'abandonne à la rage ; et avant que de faire
éclater sa vengeance, elle exhala son dépit par ces
paroles qu'elle adressa un jour à Zelmis : C'est
donc une autre que moi qui t'a su charmer, ingrat ? Ce n'étoit pas assez pour moi du mortel
chagrin de ne l'avoir pu faire ; il falloit encore,
pour accroître mes ennuis, que je visse une rivale en venir à bout : cette indifférence que je
te croyois naturelle ne s'étend pas sur tout le
monde, et ce n'est que pour moi que tu gardes tes
froideurs ! Ces paroles, dites d'un ton plein d'ai-
greur, épouvantèrent Zelmis ; et croyant la fléchir
en lui faisant l'aveu de son amour : Ah ! madame,
lui dit-il avec un profond respect, il est vrai que
j'aime, et que je suis épris de la plus belle passion
dont un cœur soit capable ; je porte des fers si
doux, que j'en mourrois s'ils étoient rompus. Vous
avez plus de charmes qu'il n'en faut pour engager
les plus insensibles ; mais vous n'en avez pas assez
pour me faire commettre des infidélités les plus
criminelles. J'aurois pour vous, madame, des
sentiments d'amour réciproques, si j'étois maître
de mon cœur, et si l'amour ne s'y étoit pas rendu si
absolu, qu'il est présentement impossible de l'en

chasser. Va, ingrat, interrompit Immona avec des yeux enflammés de colère, tu m'en apprends trop, et tu cherches en vain à t'excuser; tu ne m'aimes pas, et cela me suffit pour te trouver criminel. Va, et souviens-toi que, si je n'ai pu te plaire, je pourrai te persécuter.

Elle se retira en disant ces paroles, pleine de dépit et de rage; et, persuadée de l'amour de Zelmis pour Fatma, elle ne songea plus qu'à le perdre. Elle étoit dans cette funeste résolution, quand son amour combattit encore quelque temps les sentiments de sa vengeance. Rien ne détermine plus une femme à favoriser un amant, que la concurrence d'une rivale; et comme il arrive souvent que ce qui devroit éteindre le feu le rend plus âpre, les froideurs de Zelmis ne servirent qu'à irriter davantage les ardeurs d'Immona. Cette femme, voyant qu'elle ne pouvoit fondre les glaces de cet insensible, se résolut de faire un dernier effort, et d'arracher par force des faveurs de cet indifférent. Elle ne demandoit pas tant le cœur de Zelmis, que Zelmis même; et un jour qu'Achmet étoit allé à la mosquée, et que toutes les autres femmes étoient sorties, à la réserve d'une nègre, elle appela Zelmis dans sa chambre.

Zelmis y monta sans savoir ce qu'elle souhaitoit de lui. Il la trouva couchée demi-nue sur un magnifique tapis de Turquie : un de ses bras lui servoit d'oreiller ; et l'autre nonchalamment étendu, relevant l'extrémité d'une gaze noire qui lui servoit de caffetan, laissoit voir une partie du plus beau corps que la nature ait jamais pris plaisir de former. Qui n'eût été sensible à cette vue ? A peine aussi Zelmis fut-il maître des transports qu'elle lui causa. Il étoit tellement hors de lui en voyant tant de beautés, qu'il demeura long-temps immobile à regarder cette belle personne, sans songer qu'elle ne l'appeloit pas pour regarder seulement. Elle s'aperçut aisément de son trouble. Que te faut-il donc, ingrat ? s'écria-t-elle d'un ton le plus passionné du monde. N'ai-je donc point assez de charmes, et ne comprends-tu pas encore l'excès de mon amour ? Qu'attends-tu ? que souhaites-tu ? que crains-tu ? Parle. Mais tu es immobile ; ton silence te condamne ; tu ne m'aimes point ! Va, cruel, que le ciel, pour me venger, puisse un jour t'inspirer autant d'amour qu'il m'en a donné, pour te faire souffrir autant que je fais en ce moment ! Que je suis malheureuse ! continuoit-elle après quelques moments de silence, pendant lesquels elle avoit laissé couler quelques larmes ; que je suis malheureuse d'avoir prodigué des faveurs à un ingrat qui en sait si mal user ! Ces paroles étoient prononcées d'un ton de voix si touchant, que Zelmis en fut presque ébranlé ; et peut-être que sa fidélité, qui n'avoit jamais été exposée à une si rude épreuve, n'auroit pas tenu encore long-temps contre tant de charmes, si Achmet, qui revenoit de la mosquée, et qui se fit entendre par sa voix, n'eût bien fait changer de sentiments à l'un et l'autre. Le trouble que Zelmis sentit pour lors ne se peut bien comparer qu'à celui d'Immona. Elle se désespéroit, Zelmis ne savoit quel parti prendre, quand, pour comble de malheur, Achmet, de qui l'on pouvoit facilement entendre toutes les paroles, demanda où étoit Immona.

Ce coup de foudre acheva de les terrasser. Que faire dans cette extrémité? où se mettre? où se cacher? Le temps presse, les délibérations sont hors de saison; et déja Achmet monte, quand Immona, conservant encore quelques restes de présence d'esprit, fit mettre Zelmis avec précipitation dans un de ces matelas qui servent de lit aux Turcs, et qui sont roulés pendant le jour à

un coin de la chambre. Zelmis étoit dans cette
violente situation, quand Achmet entra. Il remarqua le trouble d'Immona, sans en pouvoir deviner la cause. Il lui en demanda plusieurs fois le
sujet, et elle se sauva toujours le mieux qu'elle
put. Je ne vous dirai point, mesdames, si l'émo-
tion que sentit Immona ajouta quelques nouveaux
charmes à sa beauté; mais il est certain qu'Achmet n'eut jamais plus de tendresse pour elle qu'en
ce moment-là. Elle ne fut jamais à ses yeux ni plus
belle, ni plus animée; et il ne se sentit jamais ni
plus amoureux, ni plus enflammé : il la caressa
plus qu'à l'ordinaire. Le doux bruit des baisers
dont il accabloit Immona venoit même jusqu'aux
oreilles de Zelmis, qui avoit des frayeurs mortelles
que son maître ne le découvrît, quand Cid-Haly,
père d'Achmet, entra tout d'un coup avec grand
bruit dans le logis. Il appela son fils avec tant de
précipitation, pour aller acheter des chrétiens nou-
vellement arrivés au port, qu'il fut obligé de le
venir joindre dans le moment. Il est impossible de
vous exprimer la joie que ce libérateur causa à
Zelmis et à Immona, quelles graces ils lui rendirent secrètement, pour être venu si à propos les
tirer de l'abyme où ils étoient, et quels serments

fit Zelmis de ne se trouver de ses jours dans une bonne fortune où il y avoit tant à risquer.

L'amour si violent est voisin de la haine; et, quand on a aimé avec emportement, il faut qu'on haïsse avec fureur. Immona outragée, et persuadée de l'amour de Zelmis pour Fatma, ne respire plus que rage et que fureur, et ne songe qu'à perdre Zelmis. Les moyens ne lui manquoient pas : elle avoit sur son esclave un plein droit de vie et de mort, et elle en eût été quitte pour rendre à Achmet ce que Zelmis lui avoit coûté; mais comme cette violence auroit fait beaucoup d'éclat, elle s'abandonna à une vengeance plus cachée et plus conforme à sa haine. Elle voulut, par un plus illustre emportement, immoler deux victimes à l'amour, et sacrifier en même temps et Zelmis et sa rivale. Elle n'a pas plus tôt formé ce dessein, qu'elle instruit Achmet des secrètes intelligences qui étoient entre Zelmis et Fatma; et pour mieux assurer ce qu'elle avance, elle lui promet de l'en convaincre le lendemain de ses propres yeux. Elle donna tant de couleur de vérité à cette trahison, qu'Achmet donna dedans, et entra aussitôt dans une rage et dans un desir de vengeance si furieux, qu'il eut de la peine à en retenir les transports jusqu'au lendemain. Le jour venu, il ordonna secrètement à Kalisia et à Kamer, ses autres femmes, d'aller au lieu de la sépulture des Turcs, et d'emmener les nègres avec elles, en sorte qu'il ne restât dans le logis que les personnes nécessaires à cette tragédie, Fatma, Achmet, Zelmis, et Immona. Achmet fit semblant de sortir à l'heure ordinaire pour aller à la mosquée, et demeura dans une galerie qui étoit à côté de la porte. Immona resta en bas, et Fatma monta dans sa chambre, comme elle avoit accoutumé. Toutes ces choses ainsi disposées, Immona commande à Zelmis de porter quelque chose sur la terrasse; et, dans le temps qu'il est sur l'escalier, elle avertit Achmet de rentrer et de monter en haut, s'il vouloit être témoin de tout ce qui se passoit entre Zelmis et Fatma. On ne peut dire avec quels transports de colère Achmet monta pour surprendre Zelmis, qui, ne songeant à rien moins qu'au piége qu'on lui tendoit, revenoit tranquillement d'où Immona l'avoit envoyé. Achmet le rencontra près de l'appartement de Fatma, devant lequel il falloit de nécessité passer pour aller à la terrasse; et il lui sembla même, tant il étoit préoccupé, les entendre parler ensemble. Il n'en falloit pas da-

vantage, et c'en étoit même trop, pour convaincre un homme qui étoit déja disposé à tout croire;
et, sans examiner davantage les choses, il se jeta
sur Zelmis, les yeux étincelants de colère, et
l'auroit percé de mille coups, s'il ne l'eût réservé
à une plus célèbre vengeance. Fatma ne fut pas
mieux traitée que Zelmis, et elle porta sur le visage des marques de l'emportement d'Achmet.
Immona monte à ce bruit, faisant l'ignorante de
tout ce qui se passoit, et qui triomphoit dans l'ame
de l'heureux succès de sa fourberie. Elle interpose
son crédit; elle feint de vouloir calmer le courroux
d'Achmet; mais rien ne le peut apaiser. Il court
dans le moment chercher des officiers pour conduire ces criminels en lieu de sûreté. Zelmis connut bientôt l'auteur de cette trahison. Il avoit remarqué que, depuis ce qui s'étoit passé avec
Immona, elle ne le regardoit plus qu'avec des
dédains mêlés de fureur, et qu'elle ne voyoit plus
Fatma sans faire éclater son ressentiment. Il vit
bien que tout ce qui étoit arrivé n'étoit conduit
que par ses artifices; et la regardant avec des yeux
d'indignation : Tu triomphes, cruelle, lui dit-il;
tu triomphes; tu immoles deux innocentes victimes à ta vengeance : mais tu ne profiteras point

de ton crime : je te haïrai par-tout; et je suis assez vengé, puisque tu m'aimes, et que tu ne me
reverras jamais. Il ne lui en put dire davantage.
On le conduisit aussitôt au château de l'empereur,
qui est hors de la ville, et Fatma fut menée aux
prisons des femmes publiques. Zelmis vit avec
horreur le péril où il étoit. Il savoit les lois des
Turcs, qui veulent qu'un chrétien trouvé avec
une mahométane expie son crime par le feu, **ou**
se fasse musulman. Il avoit beau protester de son
innocence; Achmet, qui avoit juré la perte de
son esclave, vouloit l'immoler à son ressentiment.
Il y étoit animé par Immona; en sorte que les affaires de Zelmis étoient pour lors en un très fâcheux état.

Cependant le consul [1] de la nation françoise apprend tout ce qui se passe : il interpose son autorité; il va trouver Achmet, qui se rend d'abord
implacable. Le consul ne se rebute point : il lui
représente que rien n'est quelquefois plus faux que
les apparences; que, quand la chose seroit vraie,
il auroit peu de gloire à faire paroître sa puissance
contre son esclave, et lui fit connoître enfin qu'en

[1] M. Dussault.

le perdant, il perdoit en même temps une somme
considérable qui étoit venue depuis peu pour son
rachat. Cette raison fut beaucoup plus forte que
toutes les autres; et, comme il n'y a rien que les
Turcs ne sacrifient à leur intérêt, Achmet se laissa
un peu abattre. Quand les premières fougues de
sa colère furent passées, il retira Zelmis des mains
du divan; et il avoua devant les juges que ce n'é-
toit que sur un simple soupçon qu'il avoit agi, et
que le crime de son esclave n'étoit confirmé d'aucune preuve.

Il ne faut qu'un moment pour changer la face
des affaires les plus désespérées, et la fortune ne
se plaît que dans ces grands et soudains change-
ments. Dans le temps que Zelmis est le plus accablé d'infortunes, c'est dans ce même temps-là
qu'il est élevé au comble du bonheur, et qu'Achmet lui rend la liberté, après avoir reçu chez le
consul le prix de sa rançon.

Il n'y avoit pas deux heures que Zelmis étoit
libre, et il se promenoit dans une galerie avec le
consul, tout plein de la joie que lui causoit le nouvel état où il se trouvoit. Il songeoit à l'aimable
Elvire dont il n'osoit demander des nouvelles : il
le voulut faire plusieurs fois; la crainte qu'il avoit

d'apprendre quelque chose de fâcheux lui faisoit toujours dire autre chose qu'il ne souhaitoit. Il étoit dans cette inquiétude, quand il vit tout d'un coup entrer une dame qu'il reconnut chrétienne par le voile dont elle avoit la tête couverte. Le consul la voyant approcher : Voilà, dit-il à Zelmis, une dame qui ne vous est pas inconnue : elle n'a pas moins souffert que vous ; mais enfin les maux de sa captivité sont finis aussi-bien que les vôtres ; je vous laisse avec elle, pour aller finir quelques affaires pressées. Zelmis ne reconnut point d'abord cette dame ; mais quelle surprise fut la sienne quand il vit l'aimable Provençale ! Les grandes passions ne se marquent point par des mouvements ordinaires : Zelmis ne s'emporta point aussi à des signes d'une joie commune ; mais ayant regardé quelque temps Elvire avec des yeux interdits : Pardonnez, madame, s'écria-t-il en se jetant à ses pieds, pardonnez à des transports dont je ne suis plus le maître. Ils ne purent alors retenir quelques larmes ; mais ces larmes n'étoient pas de celles que la joie seule d'avoir recouvré leur liberté leur faisoit répandre ; elles étoient mêlées de cette douceur et de ce charme qui ne se trouve que dans l'amour. Zelmis cependant ne pouvoit se rassasier de regarder Elvire : elle ne lui avoit jamais paru si charmante ; et les larmes dont son beau visage étoit trempé lui causoient une certaine langueur, qui, se confondant avec cette vivacité que répand ordinairement la joie, formoient la beauté du monde la plus touchante. Zelmis, rompant enfin le silence : C'est donc vous, madame, que je vois ! lui dit-il ; c'est vous ! Vous êtes libre ; et je n'ai en rien contribué à votre liberté ! Faut-il que je vous voie hors des fers avec quelque chagrin, puisque je n'ai pas eu la gloire de vous en tirer ! Ah ! monsieur, reprit la belle Provençale, je ne me souviens qu'en frémissant de ce que vous avez hasardé pour moi ; mon mari n'est plus, et la cause de sa mort ne vient sans doute que de ma fuite avec vous. Ces paroles, qui furent suivies d'un débordement de larmes, surprirent extrêmement Zelmis : il ne savoit rien de la mort de de Prade ; et quoique la douleur d'Elvire l'affligeât au dernier point, il eut néanmoins de la peine à dissimuler la joie que cette nouvelle lui causoit, puisque de Prade étoit le plus dangereux rival qu'il eût.

La perte d'un mari est quelque chose de si sensible, continua Elvire, après avoir donné quelques moments de trève à sa douleur, qu'il est impossible de l'exprimer. S'il y a pourtant quelque chose qui puisse tempérer ce chagrin, c'est une joie pareille à celle que je ressens aujourd'hui : je vous vois, je suis libre, vous n'êtes plus dans les fers; et vous pouvez juger de la joie que j'ai de votre liberté, puisque après celle de mon mari, pendant qu'il vivoit, c'étoit ce que je souhaitois avec le plus d'ardeur. Vos intérêts et les siens m'étoient presque communs; je les confondois même souvent ensemble; et je ne sais si je ne suis point criminelle d'en avoir fait si peu de distinction. Cette vertueuse personne rougit à ces paroles, et elle voulut, en cachant son beau visage, dérober à Zelmis le plaisir que lui causoit cette aimable confusion; mais Zelmis relevant doucement le coin du voile dont elle se cachoit : Ne m'empêchez pas, madame, lui dit-il, de vous admirer dans un état si charmant. Que vous devez me paroître divine avec cette rougeur! Et comment peut-on entendre ces paroles engageantes de votre belle bouche, et ne pas expirer de plaisir à ces yeux? C'est trop de joie pour un seul jour, madame, et mon cœur ne la peut contenir. Ils passèrent le reste de la journée dans un épanchement de cœur qu'on ne peut exprimer; ils se dirent tout ce qu'un violent amour peut inspirer de plus tendre. Elvire apprit à Zelmis que son mari avoit été emporté depuis trois mois de la peste, qui avoit fait d'étranges ravages dans la ville. Elle lui dit ensuite que le roi, ne pouvant être heureux dans ses amours, avoit fait connoître la pureté et la délicatesse de sa passion, en lui rendant la liberté par une générosité vraiment royale. Zelmis de son côté informa sa maîtresse de tout ce qui s'étoit passé depuis leur retour, des différents risques qu'il avoit courus, de l'impossibilité de lui faire savoir de ses nouvelles et de recevoir des siennes, et de la manière enfin dont il avoit recouvré la liberté.

Ce fut pendant ce temps-là que la permission qu'avoit Zelmis de voir la belle Provençale autant qu'il le souhaitoit rendit son ardeur plus vive : il reconnut encore plus de charmes dans son esprit qu'il n'avoit remarqué de perfections dans sa personne; et quand quelquefois cette belle veuve, s'échappant à la joie, oublioit pour quelque temps l'idée de son mari, elle faisoit éclater un enjouement si spirituel, que Zelmis n'auroit pu lui re-

IV.   21

fuser son cœur, s'il n'en eût pas déja été amoureux.

Enfin ce jour, cet heureux jour souhaité par
tant de vœux, demandé avec tant de larmes, ce
jour auquel Elvire et Zelmis devoient sortir d'Alger, arriva. Ils s'embarquèrent après avoir pris
congé du consul; et, sitôt qu'ils furent dans le
bord, on mit à la voile. Le vaisseau n'étoit pas
encore sorti du port, que Zelmis, qui étoit resté
sur le tillac pour voir appareiller, entra dans la
chambre du capitaine, où étoit Elvire : il la
trouva couchée sur un de ces petits lits qui sont
sur les vaisseaux, désolée, et capable de percer
de douleur les plus insensibles. Eh bien! madame,
lui dit-il en s'approchant de son lit, vous voulez
donc toujours vous affliger? n'est-il pas temps enfin que ces larmes tarissent? et ne pouvez-vous
jouir du repos, après de si longues traverses?
Vous sortez des fers, vous rentrez dans votre patrie, les vents les plus favorables vous y portent;
et tout ce qui devroit vous élever au comble de
la joie ne sert qu'à vous jeter dans un abyme de
tristesse. Vous ne dites rien, madame, poursuivit
Zelmis en levant le coin du mouchoir dont elle
essuyoit ses beaux yeux; regardez-moi du moins,

je vous prie, et n'achevez pas de me désespérer
par le mortel chagrin que me cause votre tristesse.
Elvire ne répondit que par un soupir; et Zelmis,
ne pouvant plus soutenir la présence de cette belle
désolée, sortit de la chambre pour n'y pas rentrer sitôt : mais il ne fut pas long-temps à revenir
près d'elle. Ses larmes étoient un peu essuyées,
et comme elle avoit passé, dans un moment, de
la tristesse que lui causoit le souvenir de la mort
de son mari, à la joie que lui donnoit la vue de
Zelmis, elle le regarda avec des yeux tout brillants
de bonté, et qui lui portèrent encore mille nouveaux feux dans l'ame. Non, mon cher Zelmis,
lui dit-elle en le voyant; non, je ne veux plus
m'affliger. Le ciel, en m'ôtant mon mari, vous a
conservé : cela suffit pour me consoler, et vous
me tenez lieu de tout. Zelmis ne put répondre à
de si tendres paroles; mais se jetant à ses genoux,
et prenant une de ses mains, il y attacha sa bouche toute de feu avec un si grand transport qu'il
en demeura hors de lui. Il n'eut pas la force de
se lever; mais regardant Elvire avec les yeux les
plus passionnés du monde : J'ai eu assez de résolution, madame, lui dit-il, pour souffrir ma disgrace, et je n'ai pas assez de force pour soutenir

21.

ma bonne fortune. Pardonnez-moi, belle Elvire; les joies immodérées agitent d'abord avec trop de violence, et ma joie suffiroit à faire plusieurs heureux.

Pendant le temps que ces amants furent à repasser en France, ils ne se quittèrent presque pas d'un seul moment; ils ne rencontrèrent, en faisant leur route, qu'un vaisseau de Marseille, qui portoit en Alger quelques religieux, lesquels y alloient racheter des captifs, y ayant été surpris d'un gros temps, qui ne servit qu'à les porter plus vite où ils vouloient aller. Ils arrivèrent enfin à la Cioutat, où on leur donna le lendemain des gardes de santé pour les conduire à Marseille, et y faire quarantaine au Lazaret.

Ce fut dans ce lieu-là qu'ils eurent tout le temps de se dire ce qu'ils sentoient l'un pour l'autre. Quel plaisir pour Zelmis de se voir avec Elvire! Plus de mari, plus de jaloux, plus de témoins. Quelle satisfaction pour Elvire de se voir continuellement avec Zelmis, après de si cruelles séparations! On ne se formera jamais qu'une imparfaite idée du bonheur de deux personnes que la fortune a conduites au comble du contentement par des ressorts si cachés et si extraordinaires.

Non, madame, lui dit un jour Zelmis qu'il se trouva le plus passionné de sa vie, et qu'il devoit le
lendemain sortir du Lazaret, quand vous ne seriez
pas la plus aimable personne du monde, et que
je serois assez malheureux pour ne vous pas aimer
plus que toutes choses, j'y serois forcé malgré moi.
Il y a quelque chose de si nouveau et de si enga-
geant dans notre destinée, qu'il est impossible que
nous ne soyons pas nés l'un pour l'autre. Nous
nous sommes rencontrés en tant d'endroits, nous
nous sommes vus ensemble en des états si différents, qu'il sembloit que le hasard ne nous unis-
soit que pour nous séparer, et ne nous éloignoit
que pour nous rejoindre. La première fois que je
vous vis, je vous aimai; en vous revoyant, je fus
charmé : j'ai été dans les fers avec vous; je vous
y ai adorée. Nous sommes libres présentement ensemble. Hé! que dois-je espérer, madame? s'é-
crioit-il en embrassant ses genoux. Zelmis animoit
ces paroles d'un ton de voix si passionné qu'Elvire en fut émue; le feu sortoit de ses beaux yeux,
et tout son visage se couvrit d'une aimable rougeur. Elle n'eut pas la force de répondre, et Zelmis
ne lui put rien dire davantage. Mais tout leur entretien, qui n'étoit alors qu'un langage muet, étoit

plus éloquent mille fois que les plus tendres paroles : c'étoient les yeux, les larmes et les soupirs
qui parloient, et qui ne se faisoient que trop bien
entendre; quand Zelmis prenant la parole : Vous
ne dites rien, madame, lui dit-il. Hé! que dois-
je juger de votre silence? Avez-vous de la confusion à avouer que vous m'aimez? ou appréhen-
dez-vous de me désespérer en me disant que vous
ne m'aimez pas? Parlez, madame, et ne me laissez
pas plus long-temps en proie à tant de différentes
pensées qui me tourmentent : ne souffrez pas qu'il
y ait tant de désordre en un cœur où vous régnez
si absolument. Que voulez-vous que je vous dise?
reprit foiblement Elvire. Ce que je veux que vous
me disiez! interrompit Zelmis: ce qu'on dit quand
on aime; que rien ne pourra troubler mon amour;
qu'un prompt engagement unira votre sort au
mien avec des nœuds qui dureront toujours : car
enfin, madame, tant que votre mari a vécu, je vous
ai aimée, sans intéresser votre austère vertu dans
cet amour; présentement qu'il n'y a plus de devoir à écouter, il n'y a que l'amour à suivre. Vous
ne vous souvenez donc plus, reprit Elvire, de ce
que vous m'avez dit tant de fois, que vous ne demandiez pour prix de votre amour que la seule

gloire de m'aimer? et vous me parlez présentement
d'hymen! Cette pensée me fait frémir; le souvenir
encore récent de mon mari n'en est pas toute la
cause; je craindrois en possédant votre cœur de
ne pas posséder votre estime. Vous vous êtes flatté,
peut-être, que j'ai été susceptible de quelque tendresse pour vous dans le temps que je la devois
toute à mon mari; ne craindriez-vous point, avec
une espèce de raison, qu'ayant pu succomber à
une première foiblesse, je ne fusse encore capable
d'une seconde lorsque je serois votre femme? Ne
trouveriez-vous pas dans cette vue trop de facilité
à dégager avec plaisir un cœur à qui la possession
auroit déja ôté tout le goût de l'amour? Je tremble
quand je pense à cela: je ne connois que trop de
quel prix il est, ce cœur; je mourrois de douleur,
si je ne le possédois pas présentement tout entier:
que deviendrois-je, hélas! si je le perdois étant
votre épouse? Ah! madame, que vous avez de
tendresse! s'écria Zelmis, et qu'une personne qui
peut aimer aussi délicatement que vous est peu capable de foiblesse! Non, madame, je serois toute
ma vie si fort persuadé de votre fidélité, que si
j'étois un jour assez heureux pour devenir votre
époux, je crois que je vous verrois sans jalousie

entre les bras d'un autre. Je croirois, madame,
ou que vous l'auriez pris pour moi, ou que je vous
aurois prise pour une autre, et je me défierois plus
de la fidélité de mes yeux que de la vôtre. Mais,
madame, ne vous faites point de ces vaines terreurs, que mon amour ne peut prendre que pour
d'honnêtes refus. Ne me pressez point tant, je vous
prie, repartit Elvire, je sens que je ne vous pourrois rien refuser. Je vous dois tout par reconnoissance, et mon cœur même n'est pas exempt de
cette obligation. Ah! madame, que me dites-vous?
Ne m'aimez point plutôt, si vous ne m'aimez que
par reconnoissance et parceque je vous aime : je
veux tout devoir à votre inclination; il faut que
ce soit un penchant insurmontable qui vous entraîne à m'aimer même malgré vous. Que vous êtes
pressant, Zelmis! reprit Elvire. On ne peut trouver
d'accommodement avec vous, et vous n'êtes point
content si on ne vous accorde tout ce que vous
voulez. Dois-je songer à de nouveaux engagements
sitôt après la mort de mon mari ? et puis je... Ah!
madame, interrompit Zelmis, puisque vous n'êtes
plus que sur le temps, je suis heureux. Il viendra,
madame, cet heureux jour; ou je mourrai de joie
par avance en l'attendant. Mais promettez-moi ce

que vous me dites, et que cette belle main soit le
gage précieux du bien que vous me faites espérer.
Elvire, à ces paroles, laissa doucement tomber sa
main, que Zelmis reçut dans les siennes, et qu'il
essuya de ses baisers, après l'avoir trempée de ses
larmes.

Ils étoient l'un et l'autre dans un contentement
qu'on ne peut exprimer quand ils sortirent du
Lazaret. Cette joie s'accrut le jour qu'Elvire arriva à Arles, où elle fut reçue de tous ses parents,
qui étoient les premiers de la ville, avec des signes
d'une joie extrême. On oublia aisément la mort
de de Prade, pour ne songer qu'au plaisir que
causoit le retour d'Elvire : on ne parla que de
divertissements et de parties de plaisir, où Zelmis
étoit toujours invité. Il ne fut pas difficile de s'a-
percevoir bientôt de l'inclination qui étoit entre
ces deux personnes : on la vit même avec joie ;
leur passion fut celle de tout le monde ; leurs dé-
sirs furent suivis de ceux de tous les autres, et
chacun approuva une union qu'il sembloit que le
ciel eût pris plaisir de former. Zelmis fut obligé
d'aller à Paris pour mettre ordre à ses affaires ; il
n'y demeura que le moins qu'il put ; mais il y fut
assez pour trouver à son retour plusieurs rivaux,

qui tâchèrent à profiter de son absence. Il n'y avoit presque personne à qui les manières honnêtes et engageantes de cette belle veuve ne fissent concevoir beaucoup d'espérance ; mais ceux qui la connoissoient le mieux espéroient le moins, et jugeoient aisément que cet air libre étoit plutôt un effet de son tempérament que de l'inclination de son cœur.

Zelmis revint plus amoureux qu'il n'avoit jamais été; il trouva aussi sa belle Provençale encore plus aimable qu'il ne l'avoit laissée. Il ne s'aperçut d'aucun changement dans le cœur de sa belle maîtresse; il lui sembloit au contraire que l'absence avoit rendu son ardeur plus vive, et il ne lui fut pas difficile d'écarter par sa seule présence tous ceux qui auroient pu lui nuire.

Il attendoit avec impatience le temps qui devoit bientôt le rendre heureux; il vivoit cependant content de son sort, quand il fut accablé du plus cruel revers de fortune qu'on puisse éprouver. Zelmis étoit un jour chez sa belle veuve avec quelques-uns de ses amis, quand un laquais d'Elvire vint avertir sa maîtresse que deux religieux, qui venoient d'Alger, souhaitoient lui parler. On les fit monter, et ils entrèrent dans la salle où étoit

la compagnie, suivis d'un homme qui étoit en fort
misérable équipage. La surprise de tous ceux qui
étoient présents fut grande à l'abord de ces gens
qu'on ne connoissoit point; elle fut extrême quand
on vit que cet homme si mal vêtu vint se jeter au
cou d'Elvire; mais elle fut telle qu'on ne la peut
exprimer, lorsqu'on remarqua que cet inconnu,
après s'être détaché de ses violents embrassements,
étoit de Prade, qu'on croyoit mort depuis plus de
huit mois. Jamais on ne vit un moment pareil:
tout le monde devint immobile. Elvire regardoit
de Prade sans rien dire. Zelmis considéroit Elvire
sans parler; et de Prade jetoit ses yeux tantôt sur
sa femme, et tantôt sur Zelmis. Il regardoit l'une
avec joie et l'autre avec jalousie, et étudioit toujours dans leurs yeux les sentiments de leurs
cœurs. Zelmis et Elvire, comme les deux plus in-
téressés dans cette aventure, en examinèrent plus
soigneusement les apparences; mais cette recher-
che ne servit qu'à leur persuader ce qu'ils voyoient,
et le témoignage des religieux acheva de les convaincre. Ils apprirent à la compagnie ce qui s'étoit
passé dans le rachat de de Prade. Ils dirent que
Baba-Hassan avoit acheté de Prade d'Omar son
patron, pour l'éloigner d'Alger, dans le temps

qu'Elvire étoit encore sa captive, et pour faire
courir plus facilement le bruit de sa mort, afin
que la nouvelle en venant à Elvire, elle ne fît
plus difficulté de se rendre à ses ardentes prières ;
qu'enfin n'ayant pu rien gagner sur le cœur de
cette vertueuse esclave, et désespérant d'en jamais
rien obtenir, il lui avoit généreusement donné la
liberté, et qu'elle n'avoit pas plus tôt été partie,
qu'il avoit rappelé de Prade des montagnes où il
l'avoit envoyé avec l'armée qui étoit allée faire
payer tribut aux Maures. Les religieux ajoutèrent
encore que, s'étant trouvés au retour de de Prade
dans Alger, où ils avoient racheté plusieurs captifs, Baba-Hassan avoit absolument voulu qu'ils le
rachetassent, s'imaginant bien que cet esclave
qu'on croyoit mort à son pays ne seroit jamais
racheté autrement.

Croyez-vous, mesdames, qu'il soit possible de
représenter les différents effets que produisit cette
aventure, et de vous en donner une idée assez
forte ? Les cœurs de tous ceux qui étoient présents se partagèrent alors, et tous les mouvements
dont ils sont capables se firent sentir, et furent
peints alors sur le visage de ceux qui composoient
cette assemblée. La joie, la tristesse, l'étonnement,

la crainte, le dépit, la jalousie, le désespoir, tout
parut en ce moment; et il n'y eut presque personne qui ne fût agité de plus d'une passion. De
Prade, appréhendant qu'il ne fût venu trop tard,
étoit combattu de crainte, et ressentoit de la joie
et de la jalousie. Elvire étoit partagée entre la joie
et la tristesse. La vue de son mari, réveillant dans
son cœur un amour qui étoit déja dans le cercueil,
lui donnoit quelque plaisir; et cette même vue,
qui devoit étouffer ou du moins partager les sentiments d'amour qu'elle avoit pour Zelmis, mê-
loit cette joie d'amertume. Zelmis demeura interdit, désespéré, confus, accablé; et voulant s'en
imposer à lui-même, il cherchoit des raisons pour
ne pas croire ce qu'il voyoit. Mais il fallut enfin
céder à la vérité; et, quand il en fut entièrement
persuadé, il s'approcha d'Elvire, après avoir été
long-temps immobile; et, n'ayant plus de ménage-
ment à garder, il ne se soucia pas de dissimuler plus
long-temps. Vous ne serez donc point à moi, lui
dit-il d'une voix qui marquoit assez le serrement
de son cœur : vous ne serez point à moi; et, pour
comble de malheurs, mon désespoir va m'entraîner en des lieux où je ne vous reverrai jamais, et
où je vais finir les restes d'une vie pleine de dis-

graces. Pour vous, madame, vivez heureuse : le
ciel n'a pu voir vos larmes sans pitié, ni mon
bonheur sans envie; il vous a rendu cet époux
que vous pleuriez tant, et me prive du bien qui
devoit me rendre parfaitement heureux. Ce m'est
encore assez de joie pour tout le reste de ma vie,
de me souvenir que vous avez pu m'aimer un moment, pour me faire souffrir avec joie toute sorte
de malheurs. Zelmis ne put rien dire davantage, et
Elvire ne répondit que par des larmes. De Prade
se figura avec plaisir que c'étoit la joie qui les
lui faisoit répandre; mais ceux qui connoissoient
mieux la disposition de son cœur crurent qu'un
sentiment contraire en pouvoit bien être la cause.
Zelmis enfin ne pouvant plus soutenir la présence
de toutes ces personnes, dont chacune lui faisoit
sentir un supplice particulier, sortit d'auprès de
sa belle Provençale, résolu de ne la plus voir.

Elvire, de son côté, étoit dans un étonnement
qu'il n'est pas aisé de se figurer. Quelque joie
qu'elle affectât de faire paroître, on voyoit toujours
au travers de cette feinte quelque altération qu'elle
ne pouvoit dissimuler; et quand elle fut un peu
revenue de cette grande surprise, et qu'elle put
faire réflexion au bizarre état où elle se trouvoit :

Tu crois donc, cruelle fortune, disoit-elle en elle-même, qu'on puisse changer aussi souvent que toi, et suivant tes différents caprices prendre différentes passions? et toi, sévère devoir, penses-tu pouvoir rentrer dans un cœur toutes les fois qu'il te plaira? Ne sais-tu pas quelle violence je me suis faite pour ne pas aimer Zelmis plus tôt que je l'ai dû? Puis-je ne le plus aimer quand j'ai pu une fois le faire sans crime? Non, je l'aimerai toujours : il n'est que trop aimable, et je ne suis que trop disposée à l'aimer. Je dois, il est vrai, toute ma tendresse à mon époux : si je la partage, je lui fais un larcin dont le devoir s'offense; le ciel me l'a rendu, je dois lui rendre mon cœur. Mais Zelmis n'est-il pas, pour ainsi dire, aussi mon époux? et après lui avoir donné la foi, quand je le pouvois, puis-je la lui ôter sans injustice? Il a droit de prétendre à ce que je lui ai promis, et je ne lui ai rien promis que je n'aie été en droit de lui accorder. A quels malheurs ne suis-je point exposée! Faut-il oublier mon mari? Dois-je ne plus aimer Zelmis? Mais aimons-les tous deux, puisque je l'ai pu : aimons de Prade par devoir, et Zelmis par inclination. Donnons la personne à l'un, et le cœur à l'autre; que le premier rentre dans ses droits, que

le second n'en sorte point ; et concilions enfin dans
un même cœur deux amours que personne ne peut
condamner.

Le retour de de Prade auprès d'Elvire fut célé-
bré par de nouvelles noces. Zelmis ne voulut point
être présent à cette cruelle cérémonie, dont il auroit dû être le sujet : il ne trouvoit d'autre consolation dans ses malheurs que de croire qu'il ne
pouvoit plus lui en arriver. Il partit, et, sans
prendre de route certaine, il se trouva en Hol-
lande : ce pays, qui est l'asile de tant de gens, n'en
fut pas un pour lui ; il y porta son amour et son
désespoir. Il demeura quelques mois à Amsterdam ;
et y ayant appris que le roi de Danemarck étoit à
Oldembourg, il entreprit ce voyage autant par
chagrin que par curiosité : il y arriva un jour après
le départ du roi, qui en étoit parti pour retour-
ner en sa ville capitale : il le suivit, se laissant
toujours entraîner à son chagrin, il passa par
Hambourg, et ne le joignit qu'à Copenhague, où
il eut l'honneur de le saluer et de lui baiser la
main. Zelmis ne fut qu'un mois à la cour de Danemarck. Son inquiétude ne lui permettoit pas de
demeurer plus long-temps en un même lieu ; et,
semblable à ces gens qui sont travaillés d'une lon-

gue insomnie, il cherchoit son repos dans son
agitation. Il passa le Sund et se rendit à Stockholm, dans le temps que toute la cour étoit en
joie des premières couches de la reine. Zelmis
reçut du roi de Suède le même honneur que lui
avoit fait le roi de Danemarck : il baisa la main à
ce prince, qu'il eut l'honneur d'entretenir plus
d'une heure sur ses voyages, et particulièrement
sur son esclavage, que le roi écoutoit avec beaucoup de plaisir, et que Zelmis ne pouvoit réciter
sans renouveler des maux qui s'aigrissoient encore par le souvenir. Le roi ayant ensuite pro-
posé à Zelmis de faire un voyage de Laponie,
qu'il disoit avoir voulu faire autrefois, et qu'il
trouvoit fort digne de la curiosité d'un homme
qui vouloit voir quelque chose d'extraordinaire,
et voyant qu'il ne s'en éloignoit pas beaucoup, il
ordonna à M. Stein-Bielke, grand trésorier du
royaume, seigneur d'un grand mérite, et qui lui
servoit de truchement auprès du roi, de lui donner des lettres nécessaires pour faciliter son voyage.
Zelmis ne fut pas long-temps à se déterminer. Il
lui importoit peu où il allât, pourvu qu'il s'éloi-
gnât. Il se flattoit même avec plaisir que les froids
du nord pourroient un peu ralentir ses ardeurs;

et dans cette espérance il partit pour cette grande
entreprise. Ce voyage, mesdames, est si curieux
et si plein de nouveautés, que, si je n'appréhen-
dois de vous ennuyer, je vous en ferois au moins
une légère description; mais il vaut mieux réser-
ver cela pour une autre fois, et vous dire seulement ce qui suffit pour savoir la suite de toute
l'aventure. Zelmis s'embarqua à Stockholm avec
deux gentils-hommes françois, poussés du même
desir que lui. Il passa jusqu'à Torno, qui est la
dernière ville du monde du côté du nord, située
à l'extrémité du golfe de Bothnie. Il remonta le
fleuve qui porte le même nom que cette ville, et
dont la source n'est pas éloignée du cap du Nord;
il pénétra enfin jusqu'à la mer Glaciale, et l'on
peut dire qu'il ne s'arrêta qu'où l'univers lui manqua. Il revint à Stockholm, et rendit un compte
exact au roi de ce pays et des manières de vivre
extraordinaires de ses habitants. Il ne demeura
que fort peu de temps à Stockholm à son retour
de la Laponie; et, cherchant ensuite une nouvelle
matière à ses travaux, il passa toute la mer Bal-
tique, et vint débarquer à Dantzick, d'où il passa
en Pologne. Le roi, qui étoit un des princes du
monde les plus savants et les plus curieux, et qui

sait si bien joindre à ces qualités une vertu héroïque, prit un plaisir extrême à faire réciter à
Zelmis la manière dont les Lapons vivoient, et ce
qu'il y avoit de rare dans le pays. Il ne se passa pas
un jour pendant tout le temps qu'il demeura à
Javarow, où étoit alors la cour de Pologne, que
le roi ne l'envoyât querir pour apprendre de lui
ce qu'il souhaitoit. Il lui fit même l'honneur de
le faire manger avec lui à sa table, à côté de M. le
marquis de Vitry, qui étoit alors ambassadeur de
France en cette cour. Tous ces honneurs ne con-
soloient point Zelmis; et, étant toujours entraîné
de son inquiétude, il passa en Turquie, en Hon-
grie, en Allemagne. Mais que lui servoit de fuir
loin, s'il ne pouvoit se fuir lui-même, et s'il étoit
inséparable de son chagrin ? Il trouvoit bien d'autres lieux, mais il ne rencontroit point l'indifférence; et il n'auroit pas même voulu la trouver. Il
revint enfin en France, après deux ans d'absence,
pour chercher du soulagement au lieu même où
il avoit pris le mal. Vous l'avez vu, mesdames,
depuis peu à Paris, et il n'y a pas été long-temps
que la fortune a commencé à se déclarer pour lui.
Il a appris la nouvelle de la mort de de Prade. Il
est parti à l'instant; il s'est rendu auprès d'Elvire,

22.

qui pleuroit encore la perte de son mari. Elle n'a
pas été fâchée de le voir ; et il me mande dans une
lettre que j'ai reçue de lui depuis peu de temps,
que, quoique cette belle veuve dise par-tout qu'elle
veut passer le reste de sa vie dans un cloître , pour
ne plus être exposée à tant de revers, il espère
néanmoins être un jour heureux, pourvu que de
Prade ne ressuscite pas une seconde fois.

VOYAGE

DE NORMANDIE.

—

LETTRE A ARTÉMISE.

Vous m'aviez ordonné, mademoiselle, en vous
quittant, de vous faire un récit exact du voyage
de Normandie, duquel vous ne pouviez être. Je
satisfais à vos ordres si fidèlement, que je suis sûr
qu'en le lisant vous croirez l'avoir fait, sans être
sortie de Paris.

Les desseins médités long-temps avant l'exécu-
tion sont d'ordinaire sans effet; c'est ce qui a fait
que proposer et assurer ce voyage a presque été
pour nous la même chose. Nous partîmes un
lundi, 26 septembre 1689. Admirez notre bonheur. Il y avoit trois mois qu'il n'étoit tombé une
goutte d'eau; le ciel en versa ce jour-là suffisam-
ment pour toute une année: mais, pour nous
consoler, nous séchâmes ces humides influences

par un fonds de bonne humeur qui ne nous a jamais abandonnés. Vous le verrez par le couplet suivant et par les autres, sur l'air du branle de Metz.

> Pour quinze jours de campagne,
> Enfin nous voilà partis
> De la ville de Paris.
> Le bon Dieu nous accompagne !
> Sur-tout bon gîte, bon lit,
> Avec du vin de Champagne ;
> Sur-tout bon gîte, bon lit,
> Belle hôtess', bon appétit.

Pour l'appétit, il faut dire la vérité, il nous manquoit pendant cinq ou six heures de la nuit ; mais il faut bien prendre son mal en patience, on ne peut pas manger et dormir tout à-la-fois : tant que nos yeux étoient ouverts, nos dents faisoient également leur fonction, et c'étoit un charme d'entendre crier miséricorde à toutes les basses-cours où nous arrivions.

> A Triel, si j'ai mémoire,
> Autour d'un gigot assis,
> Comme moines bien appris,

Las de manger, non de boire,
Nous ne fîmes rien tous dix,
En sortant du réfectoire,
Nous ne fîmes rien tous dix
Qu'un saut de la table au lit.

Les dames furent presque aussitôt levées que couchées. Vous vous imaginez peut-être que cette diligence à quitter le chevet fut une ardeur de novice, qui ne dura que peu de temps : vous vous trompez, et elles ont toujours été les premières en carrosse et à la table. Vous jugez bien que, comme on se levoit matin, l'appétit se levoit de même, et saluoit toujours l'aurore par deux ou trois petits repas anticipés; car il est à remarquer que nous faisions autant de provisions dans notre carrosse pour faire quatre lieues, que d'autres auroient fait en s'embarquant pour les Indes. Aussi auroit-il été difficile de ne nous pas trouver consommant nos provisions. Nous fîmes tant ce jour-là par nos déjeûnés, qu'enfin

A Mantes fut la dînée,
Où croît cet excellent vin.
Que sur le clos célestin.

Tombe à jamais la rosée !
Puissions-nous dans cinquante ans
Boire pareille vinée !
Puissions-nous dans cinquante ans
Tous ensemble en faire autant !

Avant de quitter ce pays, vous voulez bien
que je vous fasse part du déplorable état où sont
ces pauvres Célestins : ils font vœu présentement
de boire le vin qui croît dans leur clos; je n'en
sais pas la raison : mais enfin, par obéissance et
par mortification, ils avalent ce calice du mieux
qu'ils peuvent; Dieu leur donne la patience nécessaire pour supporter de pareilles adversités!

Si j'étois bien sûr de votre discrétion, mademoiselle, je vous dirois des choses que vous n'avez
pas encore entendues : mais les filles sont comme
les femmes; elles ne vont jamais sans leurs langues,
et je me suis étonné cent fois comment de si grandes langues pouvoient tenir dans de si petites bouches : c'est pourquoi,

De Vernon je me veux taire
Pour le mauvais vin qu'on but;
Chacun s'y coucha, mais chut;

Car j'aime en tout le mystère.
Je sais trop comme tout va,
Le monde est fait de manière;
Je sais trop comme tout va,
L'envie jamais ne mourra.

Vous qui vous escrimez de la rime, vous allez dire qu'il y a un *e* de trop à ce dernier vers : je le sais aussi-bien que vous ; mais si on ne me donne cette licence et de pareilles, je quitte dès à présent le métier de poëte de la troupe, que je fais à mon grand regret, et aux dépens de mes ongles, qui sont déja assez courts. Je ne suis que trop rebuté de la profession ; et, sans les petits profits que nous autres rimailleurs attrapons auprès des filles, qui aiment ce genre d'écrire, il y auroit long-temps que j'aurois vendu ma charge à bon marché. Mais, puisque nous voilà sur le chapitre des filles, vous saurez que nous en trouvâmes une charmante proche la chartreuse de Gaillon. Vous me direz que ce n'est pas là un meuble de chartreuse; mais ces jolis animaux-là se trouvent par-tout.

Au Pont-de-l'Arche et au Roule
Le ciel exauça nos vœux,

Et fit paroître à nos yeux
Jeune hôtesse faite au moule :
Elle portoit devant soi
Deux petits monts faits en boule ;
Elle portoit devant soi
Un morceau digne d'un roi.

La Normandie, comme vous savez, est une
terre fertile en pommes. Le voisinage de la mer
leur donne un orgueil et une dureté qu'elles n'ont
point ailleurs. Nos dames de Paris voudroient bien
que leur terrain fût aussi bon ; mais on ne peut
pas tout avoir : à cela près, les femmes de Rouen
sont, à ce que je crois, faites comme à Paris ; ce
qui nous fit dire :

A Rouen laides et belles,
Comme par-tout, l'on trouva.
Les filles de l'opéra
Sont, comme à Paris, cruelles.
Enfin, rien n'est différent,
Dans les jeux, dans les ruelles ;
Enfin, rien n'est différent,
Hors qu'on parle mieux normand.

Il faut dire la vérité, cette langue-là est en grande

vénération dans ce pays-ci; les habitants reçoivent
tous en naissant des talents merveilleux pour l'apprendre : à quatre ans les enfants y parlent déja
normand comme de petits anges; on diroit qu'ils
n'auroient fait autre chose toute leur vie. Les mer-
les même et les perroquets n'y parlent point autrement. On m'a dit que cette langue-là étoit merveil-
leuse pour plaider; c'est ce qui fait qu'il n'y a
guère de Normand qui n'ait vaillant sur pied plus
de vingt procès, sans les espérances de ceux qu'il
a déja perdus.

Nous trouvâmes ici notre bon ami Fatouville.
Vous ne sauriez croire les instances qu'il nous fit
pour nous mener à sa terre de la Bataille, et le
plaisir que sa conversation donna aux dames: elles
voulurent à toute force qu'il en fût fait mention par
les vers suivants :

> Le seigneur de la Bataille,
> Qui charme dès qu'on l'entend,
> Malgré nous, malgré nos dents,
> Voulut nous faire ripaille;
> Mais le diable s'en mêla,
> On fit grace à sa volaille;
> Mais le diable s'en mêla,
> A Caudebec on alla.

Vous croyez qu'en ce lieu-là on se couche pour dormir, comme à Paris: vous vous trompez; toute la nuit l'hôtellerie fut en rumeur pour fournir aux dames des rôties au vin. On en fait prendre aux perroquets qui ont perdu la parole; mais d'en donner à des dames usantes et jouissantes de leurs langues, c'est avoir envie de se lever comme on se couche: aussi cela ne manqua pas d'arriver.

> A cette maigre couchée
> On oublia de dormir:
> Que sert de s'en souvenir,
> Quand une femme éveillée,
> Pour aiguiser son caquet,
> Tout le long de la nuitée,
> Pour aiguiser son caquet,
> Mange soupe à perroquet?

Il ne falloit pas se lever de si bon matin pour aller dans la plus maudite hôtellerie qui soit, je crois, de Paris au Japon, et pour avaler un brouillard épais, que le soleil ne put percer que sur les deux heures. Un autre plus galant vous diroit que les yeux des dames, plus puissants que cet astre, dissipèrent d'abord cette noire vapeur;

mais pour moi, qui suis plus sincère, je vous dirai franchement que les brouillards d'octobre sont fort difficiles à gouverner proche la mer, et, de plus, que nos dames dormirent dans le carrosse *cahin*, *caha*, toute la matinée, et n'ouvrirent les yeux qu'à la Botte. A propos de Botte, vous voulez bien que je vous donne un petit avis :

> Passant, fuyez de la Botte
> Le séjour trop ennuyeux;
> Il est vrai que dans ces lieux
> La maîtresse n'est pas sotte;
> Mais sans pain, sans vin, sans feu,
> Dans un pays plein de crotte,
> Mais sans pain, sans vin, sans feu,
> L'amour n'a pas trop beau jeu.

Nous trouvions assez plaisant d'aller, comme bonnes personnes, toujours devant nous; et je crois que nous aurions été dix lieues par-delà le bout du monde, sans le malheur que vous allez apprendre.

> Après six jours de voyage
> Où tout alloit à gogo,
> Nous allions jusqu'à Congo,

Valets, chevaux et bagage ;
Mais au Havre on s'arrêta :
Malgré ce vaste courage ;
Mais au Havre on s'arrêta ,
Car la terre nous manqua.

Voilà une plaisante excuse! m'allez-vous dire.
Quand on a bien envie d'aller, au défaut de la
terre, on prend la mer. Nous n'y manquâmes pas
aussi; et les dames, dès le lendemain,

D'une valeur plus qu'humaine
Affrontèrent l'Océan.
Mon dieu! que le monde est grand
Sur cette liquide plaine ,
Où l'on touche en un moment,
Sur une vague incertaine ,
Où l'on touche en un moment,
L'enfer et le firmament !

N'auroit-ce pas été un coup de bonne fortune
pour les maris, si quelque honnête homme de
corsaire eût mis la main sur la chaloupe? J'en
connois quelques-uns qui n'auroient point regretté
d'avoir donné de l'argent à leurs femmes pour
aller voir la mer, si pareil cas leur arrivoit. Pour

moi, qui ai déja tâté de ces messieurs les Turcs, gens fort incivils, j'en voulus courir le risque sur le rivage; et, considérant ces gros vaisseaux, et faisant réflexion qu'il n'y avoit qu'une planche épaisse de deux doigts qui séparoit de la mort ceux qui étoient dedans, je me mis à chanter :

> Qu'un autre avec des boussoles,
> Sur ces grands palais flottants,
> Bravant Neptune et les vents,
> Cherche l'or sous les deux poles ;
> Mais pour moi je ne veux pas
> Servir de pâture aux soles ;
> Mais pour moi je ne veux pas
> Leur faire un si bon repas.

Je vous avoue que je ne me consolerois jamais, si je me noyois ainsi pour mon plaisir; et j'aurois été encore plus fâché ce jour-là, car M. de Louvigni, intendant de la marine, nous envoya le soir six bouteilles d'un vin de Canarie si exquis, que, quand il l'auroit fait lui-même, je doute qu'il l'eût fait meilleur.

> Sus, ma muse, je te prie,

Brûlons quatre grains d'encens
A cet illustre intendant,
Pour son vin de Canarie.
Avec ce nectar, je croi
La province bien munie ;
Avec ce nectar, je croi
Qu'on sert dignement son roi.

Vous voyez qu'il fait bon nous faire du bien :
pour cinq ou six bouteilles de vin, voilà un homme
immortalisé. Après tout, je ne sais si les six meilleurs vers du monde valent seulement une pinte
d'une pareille liqueur. Quoi qu'il en soit, il s'en
contenta, et nous eussions bien souhaité que tous
les hôtes de la route eussent été aussi raison-
nables.

Le lendemain le gouverneur, pour nous recevoir, fit mettre la citadelle en armes. Nous visi-
tâmes l'arsenal, ce terrible palais de Mars. Mon
dieu ! que d'instruments pour abréger nos pauvres
jours ! Ce qui nous fit dire à tous :

Il faudroit être bien ivre,
D'aimer ces lieux de fracas,
Où, pour cent mille trépas,

On fond le fer et le cuivre.
Que de moyens pour mourir,
Lorsqu'il n'en est qu'un pour vivre !
Que de moyens pour mourir !
Je ne le saurois souffrir.

Voilà des sentiments bien héroïques ! me direz-vous. D'accord ; mais si vous saviez comme moi, mademoiselle, ce qu'il en coûte pour mettre un enfant au monde, vous auriez, plus que personne, horreur de ces lieux de destruction ; et en vérité, si vous étiez une personne bien raisonnable, vous vous marieriez au plus vite, afin de travailler comme il faut à la réparation du genre humain, lequel, pendant que toute l'Europe est en guerre, court le grand chemin de sa ruine totale. C'est à vous d'y penser, et de faire réflexion que vous passeriez mal votre temps, s'il n'y avoit plus d'hommes au monde.

Vous croyez peut-être, mademoiselle, que, parce que l'on vous a menée en vers au Havre, on vous ramènera par la même voiture ; c'est ce qui vous trompe : Pégase n'a pas accoutumé de faire avec moi de si longues traites. Je vous dirai donc en prose que nous revînmes à Rouen en très peu de temps, ayant toujours vent derrière : cela n'est pas trop nécessaire en carrosse; mais c'est pour vous dire que tout conspiroit à seconder l'envie que j'ai d'être auprès de la plus aimable personne du monde.

VOYAGE

DE CHAUMONT.

———

Sur l'air : *Vive le Roi et Béchamel.*

(Parti de Paris, le 3 mai.)

DE Paris la grande ville,
  Il est parti,
Avec toute sa famille,
  Et ses amis,
Un lundi d'assez bon matin.
Vive du Vaulx et le bon vin,
  Et le bon vin !

Comme le but du voyage
  Autre n'étoit
Que mettre linotte en cage,
  Ainsi fut fait.

23.

Y manquer n'eût pas été fin.
Vive, etc.

(A Brie , vin du pays.)

La première hôtellerie ,
         Quittant Paris ,
Ce fut aux Trois Rois , à Brie ,
         Où l'on y fit
Mauvais repas , s'il m'en souvient.
Vive, etc.

(Guigne , on sait son nom.)

En quittant cette demeure ,
         Chemin faisant ,
Nous vînmes de fort bonne heure ,
         Toujours chantant ,
A Guigne , dite la Catin.
Vive, etc.

(La Bretoche.)

En passant à la Bretoche
         D'un mûr esprit ,
D'un bon déjeûner de poche ,
         L'on se munit ,

Pour mieux de là gaguer Provins.
Vive, etc.

(A Provins on ne savoit que faire.)

D'un vin meilleur que rhubarbe,
        L'on s'y remplit:
Notre comte y fit sa barbe,
        Il s'embellit :
Il sembloit un vrai chérubin.
Vive, etc.

(A Nogent, logé à Jérusalem.)

Entrant dans la bonne ville,
        Dite Nogent,
Jérusalem fut l'asile,
        Soleil couchant:
Bon séjour pour un pélerin.
Vive, etc.

(M. Perrin nous envoya de bon vin.)

Plein d'esprit de pénitence,
        Dans ces saints lieux,
On mit sur sa conscience
        Du bon vin vieux,

Grace au ciel et monsieur Perrin.
Vive, etc.

(Aux Pavillons, bon cuisinier.)

Sus, ma muse, je t'appelle,
 Debout, allons,
Chantons la gloire immortelle
 Des Pavillons,
Où repose ce jus si fin.
Vive, etc.

Le salé, de bonne mine,
 Tout aussitôt
Fut mangé dans la cuisine;
 Et le grand broc
Ne duroit ni vide, ni plein.
Vive, etc.

(Troyes.)

Chez les Troyens, nuit venue,
 On s'arrêta:
J'eus grand'peur que dans la rue
 On ne gîtât:
Car nous marchions à trop grand train.
Vive, etc.

(Chanoine , au lieu de nous donner la collation , nous
mena voir un moulin.)

Chanoine ici nous fit boire ,
    Comme canard :
Son vin , comme l'on peut croire ,
    N'étoit bon ; car
Il nous mena boire au moulin.
Vive , etc.

(On envoya chercher des matelas chez tous les tapissiers
de la ville.)

Dieu ! pour coucher femme ou fille ,
    Que peine on a !
Un tapissier de la ville
    Y renonça ,
Avec vingt matelas de crin.
Vive , etc.

    (A Troyes , bal donné.)

Maint rebec à l'ancienne ,
    A peu de frais
Fit sauter la gent troyenne
    Le jour d'après :

On dansa jusqu'au lendemain.
Vive, etc.

(Les dames logèrent chez le curé.)

Chez le curé de Vandœuvre
On descendit;
Il fit une très bonne œuvre,
Nous donnant lit :
Dieu le guérisse du farcin!
Vive, etc.

(Il avoit cent gros muids de vin, et n'avoit qu'un petit
bréviaire.)

Vingt rubis ont hypothèque
Dessus son nez;
Il fait sa bibliothèque
De ses celliers :
Cent tonneaux font tout son latin.
Vive, etc.

(On logea à l'abbaye.)

A Clervaux quatre grands drilles,
Bien découplés,
Pour bien recevoir nos filles,

Furent lâchés :
L'abbé même en personne y vint.
Vive, etc.

Dès qu'on eut mangé la soupe ,
          De fort bon goût,
L'abbé prit sa large coupe ,
          Et dit à tous :
Ainsi doit boire un bernardin.
Vive, etc.

          (On ne pouvoit écarter la populace.)

Dedans Chaumont notre entrée
          Fit du fracas :
Les enfants de la contrée
          Suivoient nos pas :
On vouloit sonner le tocsin.
Vive, etc.

          (Petit-Jean, traiteur à Chaumont.)

Que l'on vante la Galère,
          Rousseau, Lamy,
Petit-Jean fait autre chère;
          Et , près de lui,

Bergerac n'est qu'un assassin.
Vive, etc.

(On traita un officier de la ville, qui devoit traiter.)

Lieutenant fort magnifique,
        Et criminel,
Venu d'un cœur héroïque
        A notre hôtel,
Reçut repas, et n'en fit brin.
Vive, etc.

(Repas de religieuses, c'est tout dire.)

Pour nous régaler, les nonnes
        Levèrent plats :
Dieu garde honnêtes personnes
        D'un tel repas !
Plutôt mourir de male-faim.
Vive, etc.

Quatre corbeaux diaboliques,
        En tourte mis,
D'autant de poulets étiques
        Furent suivis :
En deux mots voilà le festin.
Vive, etc.

Mais, ma muse si gentille,
    Tu causes trop;
Sus, de Chaumont faisons Gille,
    Et, au grand trot,
Passons vite notre chemin.
Vive, etc.

(Il y a des forges en cet endroit.)

On vit, arrivant à Fronde,
    Forges de fer;
Lieu le plus propre du monde
    Pour Lucifer,
Et pour tout son peuple lutin.
Vive, etc.

(L'hôtesse a six filles.)

A l'Étoile, dans Joinville,
    Près du château,
Six grands brins de belle fille,
    Friand morceau,
Y tenteroient un capucin.
Vive, etc.

(Hôtesse aigre et douce.)

De toi, Saint-Dizier-sur-Marne.

Parlons un peu ;
Ton hôtesse charlatane
Me met en feu :
Pluton gratte son parchemin.
Vive, etc.

A Vitry, mal logé à l'enseigne du Nouveau-Monde.

Viens, Vitry, que je te fronde :
Quel maudit lieu !
De loger en l'autre monde,
Sans dire adieu,
Me donneroit moins de chagrin.
Vive, etc.

(Il gela le matin et fit chaud le soir.)

D'une inconstante maîtresse
Ne suis surpris,
Ayant eu, plein de détresse,
Près de Pongni,
Si chaud soir, et si froid matin.
Vive, etc.

(Châlons.)

Sus, ranimons notre zèle,
Chantons Châlons ;

C'est ici que je t'appelle,
  Grand Apollon :
Souffle-moi ton esprit divin.
Vive, etc.

(M. le grand prévôt de Champagne, filleul du roi.)

Grand prévôt, nul ne t'égale :
  Le grand Bourbon
Te donna l'ame royale,
  Te donnant nom ;
Digne filleul d'un tel parrain.
Vive, etc.

   (Repas magnifique chez lui.)

Fin rôt, ragoût, nappe blanche,
  Bonne liqueur,
Tu donnas pour un dimanche :
  Mais le grand cœur
Fut encore un mets bien plus fin.
Vive, etc.

De la vineuse Champagne
  Sois tout l'honneur,
Et qu'à jamais t'accompagne
  Gloire et bonheur :

Le ciel te fasse un long destin !
Vive, etc.

(M. le grand prévôt avoit eu soin de nous envoyer
des relais.)

De Châlons, droit comme un cierge,
Un matin frais,
Nous allâmes vite à Bierge
Prendre relais.
Mon dieu, que relais fait grand bien !
Vive, etc.

(Étauge.)

Passant, évitez Étauge,
Et son château,
Les chevaux y sont à bauge,
Bon foin, bonne eau ;
Mais quel séjour pour un humain!
Vive, etc.

(Verrerie à Montmirel, et vin excellent.)

A Montmirel il faut boire,
Car on y fait
Ce vase qui fait la gloire
De maint buffet,

Et qui rubis forme en son sein.
Vive, etc.

(Dîner détestable.)

Hôtesse de la Bussière,
  Au lieu d'argent,
Tu baiseras mon derrière
  Assurément :
Tu n'as pas seulement de pain.
Vive, etc.

(Meaux.)

Dans le courroux qui m'anime
  Étrillons Meaux;
Mais tout beau, ce nom-là rime
  Au cher du Vaulx :
Sans cela je ferois beau train.
Vive, etc.

(A l'Épée royale le jardin est au second étage.

A Claye, chasses surprenantes,
  Tout fut bien fait :
Les dames furent contentes :
  Mais en effet
Au grenier étoit le jardin.
Vive, etc.

Muse, finis ton ouvrage,
Et ta chanson :
Voilà le charmant voyage
Fait à Chaumont :
Devoit-il jamais prendre fin ?
Vive du Vaulx, et le bon vin,
Et le bon vin !

FIN.

TABLE

DES PIÈCES CONTENUES

DANS LE TOME QUATRIÈME.

———

FIN DE LA TABLE

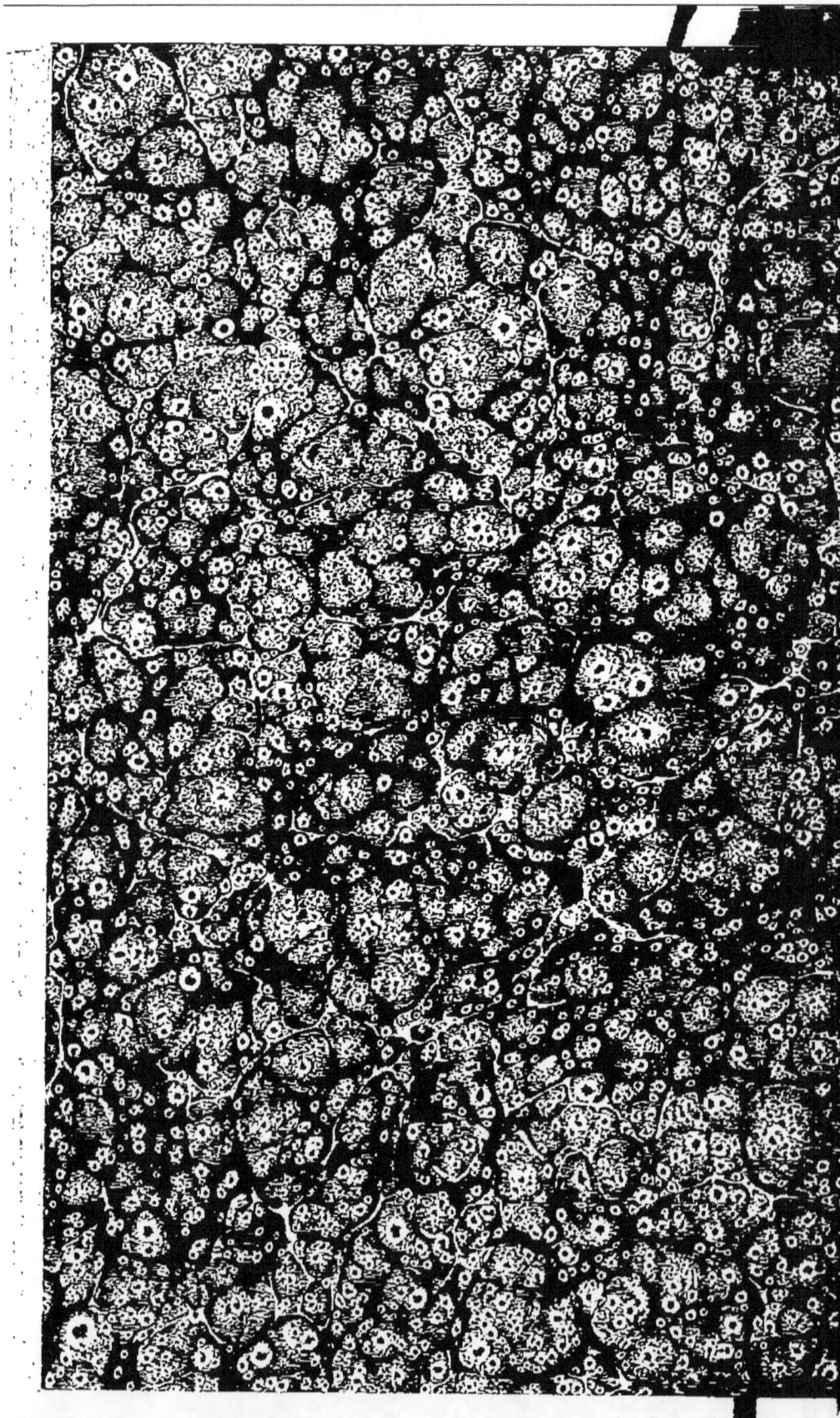

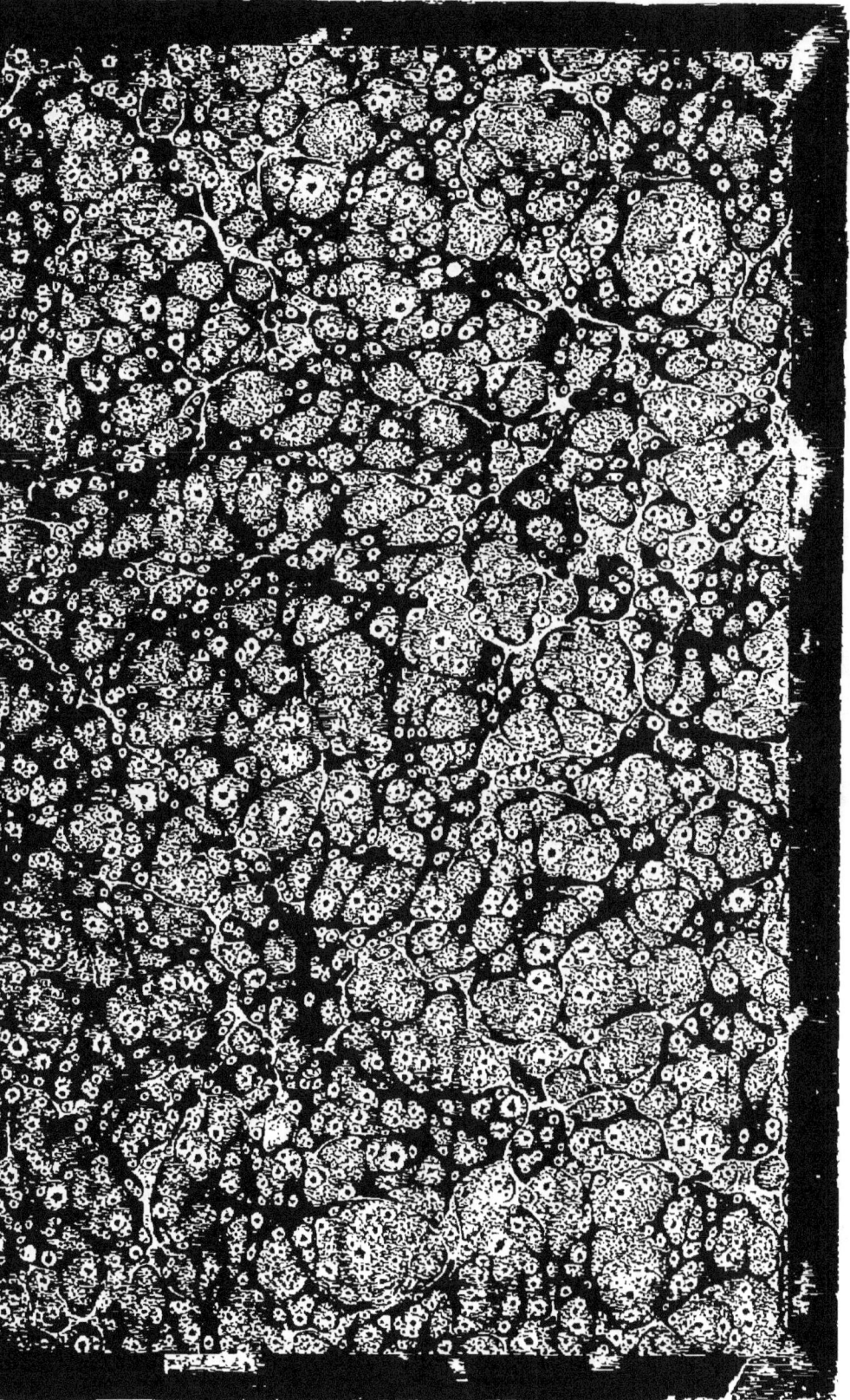